相信阅读,勇于想象

"幻想家"世界科幻译丛

GOD EMPEROR OF DIDCOT
迪德科特的神皇

[英]托比·弗罗斯特 ◎ 著

刘炳耀 ◎ 译

北京理工大学出版社

托比·弗罗斯特（Toby Frost）

英国当代科幻小说家。托比立志创作，大学期间即出版了第一部作品《大船》，2000年创作《刀锋之城》，此后，其作品累获殊荣。

托比的小说在风格和质量上与著名的已逝作家泰瑞·布里切特（《银河系漫游指南》作者）有异曲同工之妙，但是也极富个性。他创作的风趣幽默的科幻作品在科幻市场和大屏幕上都很受欢迎。

除"史密斯船长大事记"之外，托比还创作了其他多部作品，如"史揣肯"系列、《顶尖》《小恶魔》等。

中文版序言

小的时候,我渴望成为一名太空人。可遗憾的是,我很快发现,在20世纪80年代,英国太空人的工作并不好找,而且为此我必须先在学校学好大量关于宇宙空间的知识——这方面,我没有做到。结果,我成了一名律师。虽然没有实现儿时的目标并不令人兴奋,但幸运的是我不必跑到那么远的地方去工作。那时候,我还有了一个新目标——写一本科幻小说!

多年以后,我发现一位朋友在阅读 H. G. 威尔斯的经典小说《世界大战》,书中描写了外星人1900年入侵伦敦,并且与人类展开大战的故事。我由此想到,如果赢得了战争胜利的维多利亚人走向宇宙,走进其他文明的星球时,会发生什么样的奇妙故事?这个想法一经产生就变得越来越精彩和丰富:我设想了一系列场景,包括人类登陆其他星球后,与当地的外星人类共同分享茶和饼干,等等!我甚至在思考,那些走向宇宙的先驱者,是否会养成拥抱世界,甚至拥抱整个银河系的习惯?

因此,我创作了《史密斯船长大事记》,它用喜剧的手法描写了一个涉及大量英国文化的科幻故事。我们的英雄伊桑巴德·史密斯是一位大胆、热情但又不是特别锋芒毕露的太空船长,而他的飞行员波莉·卡尔薇丝则是一个喜欢安静甚于冒险的模拟人。与之同行的还有"暴力狂"苏鲁克和美丽的蕾哈娜——她有着神奇的能力和对史密斯无比巨大的吸引力。几个伙伴结成小队,在银河系漫游历险。我的出版商很喜欢这部小书。而当伊桑巴德·史密斯的冒险故事第一次在英国成书出版时，我感到非常高兴。

总的来说，史密斯的世界是一个奇怪的世界。地球的各个国家都在以和平的方式在整个银河系中慢慢扩张、探索，但这种宁静却受到外星种族——巨型蚁人和凶猛的旅鼠人的威胁，他们更愿意以武力征服一切。史密斯发现自己不得不与各种奇怪的生物交锋。在此过程中，他还试图将对手侵占的星球解救出来，帮他们加入不列颠太空帝国——在这方面，他取得了不小的成就。

不久当我被问及续集的时候，我发现我有太多的设想和有趣的情节可以融到一部小说里面。在以下的每一本书中，我们都会看到更多的史密斯的冒险旅程和在此过程中遇到的奇怪的文明。

在《迪德科特的神皇》中，战争狂人在帝国种植茶叶的星球上引发了战乱——茶叶是英国士气的重要来源。在《莫洛克的祈祷》中，史密斯与一大群没有自我保护意识的大型啮齿动物进行战斗。在《战舰游戏》中，事情变得更加怪异，史密斯的船员发现自己与不列颠太空海军强大的无畏舰队并肩作战。在《最后的帝国》中，史密斯小队和对手在一个致命的丛林中发生冲突。最后，在《死亡攻势》中史密斯遇到了蚂蚁人的最高领袖。

当然，故事发生地在英国，即在不列颠太空帝国，所以能从书中看到大量奇特的英国文化的代表：比如板球、饼干、咖喱、恶劣的天气、人们喝下的巨量的茶（尤其是奶茶）。书中还能看到很多幽默的桥段，能看到类似《星球大战》和涉及外星人的科幻电影情节、老战争电影情节、间谍故事甚至是黑白电影的痕迹。

  无论如何，能够在书店阅读自己的书是一种很棒的体验，而且想到能用另一种语言印刷它就感到更加兴奋。我从来没有去过太空，但我已经以另一个形式无限接近它了。我对能够创作这些作品感到无比的欣喜，我希望你们也能够喜欢它们。

托比·弗罗斯特

目 录

第一部分

01	一个危险的任务!	003
02	帝国赌场	027
03	迪德科特 4 号星的陷落	052
04	开始反抗	075
05	噶斯特检查站	096
06	可恶的熊孩子!	121
07	茶托女巫	146
08	回家的浪子	162

第二部分

01	返回瓮星	199
02	各种各样的历险!	217
03	准备战斗	241
04	三军会师	261
05	前进!	281
06	与神皇帝的决斗!	296
	致谢	321

第一部分

瓮星，迪德科特星系第 4 颗行星：72 型文明世界

人口：460 万

重要定居点："首都"，瓮星的首都

土著外星人：无

气候：温和到闷热

著名的生物：太阳龙，曾观测到 30 米长的个体。适合有经验的猎人

主要土地利用情况：4% 城市，96% 农业（种植园）

主要出口物：茶

《帝国百科全书》第 43 卷（蒂芬 – 文达鲁）

01

一个危险的任务!

伊桑巴德·史密斯刚跑了不到10米,身后的丛林就被劈开一个口子,一只房子般大小的触手朝他的脑袋扔了一根树干。那根木头飞了过来,像炸弹一样扬起土来。史密斯猛地转向,朝东边的大本营跑去。一边跑他一边回头看了一眼,叫道:"你们还没有给我一个答复呢!"伴随喊声,一个索力安人冲出丛林,咆哮着冲到了他的右边,史密斯仓促地向左转。

在沿着小路奔跑的紧要关头,史密斯的靴子被一根突出地面的藤蔓绊了一下,摔倒了。当他晃晃悠悠地站起来时,听到森林里到处都爆发出吼声和惊恐的小鸟拍打翅膀的声音。

他的耳机响了起来:"史密斯!下面究竟发生什么事了?"

"小问题。"他上气不接下气地说道,"他们似乎想要杀了我。"

"嗯,这可不太好。"一只触手进入了史密斯的视野,像一条水蟒一样闪着光。当触手掠过史密斯的头顶时,他俯身躲开,然后从小路上跳了下去,在树林间穿行。

通话的另一方,赫里沃德·可汗点燃了他的烟斗。

"那么,我猜他们是不想加入帝国了。"可汗说道。

"呃,实际上,他们也没有说不想。"史密斯回复道。树叶划破了他的外套;树枝和树干断了,砸在他身后。"但说实话,他们对此似乎不是很热衷。"

峡谷出现在眼前。史密斯冲出森林,跳上了索桥。两个索力安人在后面号叫着。他朝对面跳去,木板和绳索在他身下摇晃。到了另一边之后,他拔出剑来,砍了一次又一次。索桥从峡谷上掉了下去,砸在了外星人那边下面的岩石上。

史密斯拍着身上的灰尘,可汗从灌木丛里走了出来,一只手拿着一个马克杯:"你好啊,史密斯。喝点茶?"

"好主意,长官。"

他们喝着茶,看着索力安人在峡谷对面发出威胁。"典型的外星人,"可汗说道,"总是大惊小怪的。"

"就好像他们觉得太空理所当然地属于他们一样。"史密斯说道,"真是可惜,他们本可以成为我们对抗噶斯特人的得力盟友呢!我想现在得有人教训一下他们了。"

"我怀疑海军是否能腾出一艘驱逐舰。另外,"可汗笑了笑,接着说道,"我在特工处的联络人给我发了一条消息,要求你立刻飞往比邻星轨道飞行器。很明显,这是最高机密,并且非常危险。"

"太好了!"史密斯喝完了他的茶,擦了擦胡子,"一旦我的船员知道了这个消息,她会很高兴的。她总是在说自己需要参与更多的行动。"

有光:令人痛苦的光。一些声音模模糊糊地渗入波莉·卡尔薇丝的脑海,她意识到自己还活着。擦得锃亮的皮鞋下面,什么东西的碎片噼啪作响。一个男人的声音说道:"我的上帝啊,这儿怎么这么乱啊!"

她咕哝着,翻了个身,在床上坐了起来。她还穿着衣服,尽管她的靴子不见了。她袜子上的条纹让她的眼睛很痛。"我的脑袋,"她呻吟着,"我往脑袋里灌了什么?"

"你没灌什么!"一个年轻人回答道。他有着深色的头发,穿着皇家太空舰队的制服,衣冠楚楚,英俊潇洒。

"你好。"她说着,皱起了眉头,"不,我不知道你的名字。但是你看起来不错。"

"你看起来好像昨晚过得很艰难。"他说道,随手拿起一个在床边碰倒的空瓶子。

"我敢肯定那是拜你所赐。"她害羞地说道。然后她摸了摸自己的脸,有些惊慌失措,"哦,我的上帝,我长痘痘了!"

"没事儿。"那军官说道,"你趴在一盒巧克力上睡着了。"

卡尔薇丝困惑地抠下一个痘痘。那是一粒微微融化的巧克力。"真恶心。"她看着它说道,"算了,勤俭节约,吃穿不缺。嗯,里面还有果仁。"

另一位年轻的军官从浴室里走了出来,整了整他的头发。

"哇！"卡尔薇丝说道，"你们有两个人？"

"你不是看到了两个人吗？"第一个人说道。

"两个人。我的天！"她摇摇晃晃地站了起来，"听着，哦，我感觉不是很舒服。我相信你们两个小伙子都很不错，但是两个……我感觉很糟糕。说实话，我以前从来没有这样做过。我平时做梦都不会想到会做这种事，即使是跟你们其中之一……我现在情绪有些低落，我觉为自己感到羞愧。昨天晚上并不是我一贯的样子。"

一个人开口准备说点什么，但是她像一个圣人一样举起一只手掌阻止了，然后迈着沉重的步伐走进了浴室。

她关上门，拉上门闩，跳了个舞。她对镜子做着口型：看看我，我居然一次跟两个人相处！她的身体前后摆动了几次，但她的头开始疼了，于是停了下来。卡尔薇丝做了个鬼脸，走进淋浴间，为自己没怎么记住昨晚发生的事情而有些懊恼。

当她出来的时候，离她最近她的那个人说："舰队指挥部派我们过来接你，卡尔薇丝小姐。有一项任务需要你完成：基地希望'约翰·皮姆'号今天早上能飞到比邻星轨道飞行器上，你将作为飞船上的模拟人过去。"

"如果你在想的话，昨天晚上你没有跟我们两个人一起发生什么不合适的关系，"另一个军官说道，"或者和任何一个。"

卡尔薇丝觉得，要不是因为意志力的作用，她早就像一个加了盐的鼻涕虫一样萎缩下去了。

"我不知道你为什么会那样想。"她回应着，站直了她那一米六出头的身子。"我是一个四级合成机器人,有精确的驾驶能力,不是什么廉价的妓女。现在,我还有工作要做——一个为帝国服务的机会,我张开双臂欢迎它。"

"刚才你的表现可不是这样的。"一个男人咕哝道。她没有理他,带着高高在上的尊严走到了门口。如果在出去的路上她没有被一个百加得朗姆酒瓶子绊倒,并差点把脑袋撞到门把手上的话,这将会是一次完美的退场。

汽车的引擎声在巨大的拱形大厅的墙壁间回响着,这里存放着范登航运公司精选的太空飞船。巨大的鼻锥像一排导弹一样从黑暗中伸了出来,它们是白色的,闪着光芒。约翰·皮姆号停在最后面,看上去好像一枚从目标上弹回来、准备再试一次的导弹。

迄今为止,史密斯已经坐着它飞行了好几次了,但每一次看到它,他的情绪总是相同的:一种喜爱和失望的混合,就像一个人从战场上回来之后,发现自己的老婆其实相貌平平。在飞船的左后支架下(就是有时候只能收起来一半的那根),两个穿着工作服的男人正在一辆工程车旁干活。他把车开了过去,想知道他们是谁。是技术人员在对推进器进行微调吗?不是,他们在进行害虫防治。

史密斯下了车,拿出他的包。他调整了一下衣领,朝一个灭虫员走了过去:"你好。我是史密斯船长。"

"好的,伙计。"那个较老、矮胖的人脱下一只手套,跟史密斯握了握手,"麦克·拉奇,见到你很高兴。你的货舱里有一些害虫。"

"货舱？你，哦，没有把所有的房间都看了，对吧？"

"只看了那些门没有锁的。有一间我们进不去。"

史密斯松了一口气。苏鲁克把他最喜欢的东西放在那个房间里。不习惯他那种生活方式的人可能会对此感到不安。

灭虫员说道："不用担心，伙计，现在都处理完了。我们把它们都杀光了——迅速，并且没有痛苦。"

"你们用了什么工具？夹子吗？"

"冲锋枪。通常情况下，我们会放一些东西，比如说，地雷，但是这艘飞船比较小，你必须记住这是某个人的家。"

"枪？这到底是怎么回事？"

"普洛克图兰撕裂兽。这总是一件憾事。这是一种近乎完美的生物体，我是指这种普洛克图兰撕裂兽。它是很完美的生物，天生的捕食者，不受良心和悔恨的限制。它的敌意只能与它完美的身体相匹配——我们在冰箱后面发现了它。"

"我没有意识到冰箱有那么大。"史密斯说着，往工程车后面看了看。里面躺着一具尸体，它又瘦又长，脑袋圆乎乎的，比人稍微大一点。"你确定那不是一个骑摩托车的快递员？"

"不是，如假包换。我们会把费用清单发给你的老板。我们得走了，"灭虫员继续说道，"去基地区域对付一个变形怪。最好在它变成能赔偿我们汽油钱的家伙之前赶到那里。"

史密斯打开了他的舱门，把包扔在了床上。约翰·皮姆号没有什么变化：墙上还贴着同样的海报，天花板上还挂着同样的太空战斗机模型。他搓了搓手,笑了起来,然后走进了走廊里。

苏鲁克的房间现在开了,但是之前在船空的时候是用挂锁锁上的——任何时候都不能排除那些爱管闲事的人会向警察举报苏鲁克,说他收藏人类头骨的可能性。史密斯对这件事情倒没有感到多困扰。这确实有些不太文明,但是到目前为止,苏鲁克跟他说过的那些头骨一般都是坏人的:杀人犯、叛徒,等等。另外,蕾哈娜如果知道他很尊重土著文化,一定会对他刮目相看的。要是她在这里就好了。

"你好,苏鲁克。"他说道,"你怎么样,老兄?"

那外星人转了过来,张开下颌。他之前一直在擦拭壁炉台上的一排排骷髅,直到现在都还穿着围裙。他一只手里握着一个掸子,另一只手里拿着一罐去污剂。

"啊,马祖兰。我以朋友的身份向你致以问候!我们又一次踏上了这个钢铁怪兽,并把正义的刀锋带给我们的敌人们。我再一次听到了战斗的召唤,而且我应允了。"

"啊,所以他们也叫你了,嗯?我猜,是一个来自特工处的小伙子吧?"

"啥?你说特工处?"苏鲁克伸出手,快速地从一个头骨上取下一副太阳镜和一个螺旋耳机,"啊……你知道吗,他们从没有来看过我。他们肯定是在路上走丢了什么的。我,哦,我其实是做了一个神秘的梦。差不多就是这个样子。"

"好吧,我们又回来了。你的假期过得怎么样?"

外星人耸了耸肩:"我不知道。现在的游客太多了。不再有衣着古雅的奇怪的当地人了，房子上也没有漂亮的图画了，也没有热闹的街头派对了。啊，好吧，也许我们在太空中能碰到几场不错的战斗。"他做了一个相当于皱眉的动作，"我注意到那个小女人又来了。"

"嗯，她是驾驶员啊！"

"我去跟她打个招呼。"他说罢走出房间。史密斯跟在他后面。卡尔薇丝在驾驶舱，赶在起飞之前再浏览一遍《海恩斯手册》。在仪表板的另一端，仓鼠杰拉德巡视着它的笼子，四处嗅着。"啊，原来你还活着啊，小东西。"苏鲁克说道。

"你好，青蛙怪。你知道有人往你的脸上粘了一只死螃蟹，对吧？"

"现在，听着，"史密斯说道，"咱们都尽量文明一点，好吧？"

"当然。"苏鲁克说道，"你能来到这里已经让我非常惊讶了，并且，你居然还没有被即将到来的危险吓得尿裤子。我原以为你是那种在使命的召唤面前，膀胱会召唤得更厉害的胆小鬼呢！"

"不，不，很高兴能回到飞船上。"卡尔薇丝勉强笑了笑说道，"很高兴能回到太空。我已经等不及去面对那些饥饿的外星人了，超级等不及。"

这话倒是不假。离开地球的确会让她松一口气，这主要是因为自从她下了飞船之后，除了让自己难堪之外，几乎什么也没做。在公司的圣诞晚会上，她错把一位来自尤锡安的贸易代表当成了圣诞树，还试图把一个小仙女放在他头上。卡尔薇丝最终被请走了，但是那会儿伤害已经造成了，尤其是当她跪下来，把手伸向那个尤锡安人,还含混不清地重复说着"我的礼物在哪儿"的时候。

"嗯,好极了。"史密斯说道,"那我们就赶紧上路吧,好吗?全速驶向比邻星。"

"好的,头儿。"卡尔薇丝俯到前面,用手的一侧拨倒了两排开关。飞船深处传来一阵咳嗽声,然后是引擎启动之后的持续嗡嗡声。史密斯系上安全带,听着引擎的轰鸣从墙壁间传了过来。主控制台上的十几个仪表盘里,指针颤抖着摆动到红色区域。他的椅背开始颤动。苏鲁克跑进了走廊里。杰拉德躲在了它的笼子底部。卡尔薇丝双手握住油门杆往前用力一推,约翰·皮姆号轰隆一声跃起一米多高,停在了空中。

"哎呀!"她说道,"手刹还拉着。"

两个小时之后,卡尔薇丝敲了敲史密斯的门。史密斯没有回应,她就自己打开了。船长背对着她坐在扶手椅上,戴着耳机,手指来回敲着扶手。

"啊,啊,女人。"他唱着,"女人,你深深地伤害了我。女人,你骑着魔王索伦的马……"

卡尔薇丝朝他俯过身子,把耳机摘了下来。"平克·齐柏林?"她问道。

"《魔多女人布鲁斯》。"史密斯应道,"驾驶舱的情况怎么样?"

"不知道——我也没在那儿,不是吗?"她看着耳机,"我从来没听过前卫摇滚乐。我自己是看不出来为一个巫师唱半个小时哪里前卫了。要我说，任何一个愚蠢到让飞船往太阳中心飞的人都应该自食其果。想看看外面吗？"

"好啊，为什么不呢？"

史密斯跟着她进了驾驶舱，坐在了船长席上。卡尔薇丝朝着导航计算机点了点头："我绘制了一条去往比邻星轨道飞行器的路线。不知道哪个蠢货之前把迪德科特星系设成了我们的目的地。还好我在按下开关之前检查了一下，不然我们就要飞错方向了。"

"哦。"史密斯说道，"不好意思。我之前做了一些研究，想看看我们离那儿有多远……"

"你是说离蕾哈娜？差不多有一百二十八亿千米。"

"一百二十八亿零二十八千米。"

卡尔薇丝叉起胳膊："头儿，你不觉得这样有些可悲吗？我是说，她现在差不多在帝国的另一边了，更不用说她身体里有一个可怕、通灵的外星鬼魂。"

史密斯叹了口气："我知道，我知道。她还是待在月球上比较好。事实上，如果她真待在月球上，那就简单多了。我们可以在下午的时候过去转转。要接受她永远地离开了很困难。你知道，她不是一个让人容易忘记的人。"

"如果你听过她演唱鲍勃·迪伦的歌，那肯定更难忘。天呐，她应该庆幸我没有把那个口琴塞到她肚子里。"

史密斯不由自主地表示同意。蕾哈娜曾经暂时替代过一个用药过度的空港大会成员，那是一个相当著名的民间乐队，这让她总是吹嘘自己的音乐技巧。她的嗓音有一种歌剧的风格，这显然是她后天养成的习惯,如果还不算太糟糕的话。

卡尔薇丝耸了耸肩:"我想,她也有好的时候:她很聪明,长得也很漂亮,而且从好的方面来说,跟她一起抽烟总是很不错的。那个女人身上的烟草比一个板球场上长的还要多。"

"说实话,我真的不知道该怎么办。"史密斯说道,"我很想念她,卡尔薇丝。也许她也喜欢我呢!"

"她想着和你做爱那件事情也让我觉得是这么回事儿。你却选择了给她泡茶喝,真是可惜。以后,记住,如果一个女人让你给她宽衣解带,她并不是让你在壶里少放一袋茶。"

"卡尔薇丝,你能不能不再喋喋不休地说那件事?"

"如果我有机会的话,至少我能把握住。"

他移开视线,凝视着太空:"就算知道该怎么做,真的着手也是很困难的。她给我的感觉总是很遥远,即使她也曾经对我表现出兴趣。不管我有过什么样的机会,我都已经错过了。我几乎希望我能忘了她,去找别人,但是我做不到。我到哪儿还能找到她那样的人啊?"

"为什么不再要一个呢?"苏鲁克在门口说道。他走进房间,伸展了一下他的胳膊和下颌,打了个哈欠。

"再要一个?"史密斯惊讶地叫道,"她又不是芝士三明治,苏鲁克。更像是……一个金子做的三明治。"

"所以,是不能吃的。"苏鲁克说道,"一点用也没有。"

"你知道,"史密斯说,"这一切让我想起了蕾哈娜曾经放过的一首歌。里面唱道:'眼前的东西你从来不会珍惜,直到它离你而去。'我现在才意识到这话是多么正确。我想这首歌是摩托党的。"

"琼妮·米切尔。"卡尔薇丝说道。

"好吧,都是一个系列的。"

"什么?民乐吗?"

"不,首字母都是M。"

"还真有道理。"卡尔薇丝把注意力转向了控制台,"我们快到了。看,"她指着屏幕左边的一个点,它在慢慢地变大,"就是它:比邻星轨道飞行器。它们怎么一开始看起来都跟豆子罐头一样,想想还挺有趣的,不是吗?"

史密斯点了点头:"太空很容易让人厌倦,一切都这么黑暗。"

"别难过,船长。"卡尔薇丝说道,"我知道蕾哈娜的事情让你很难处理,但是你必须继续努力。我一直在等待着命运把我和那个对的人——或者任何人——安排到一起,但是我还一直尝试着保持快乐。你知道,有的时候,我会想到瑞克·德莱基特。我喜欢他。我们去约过会什么的。"

"他跟你约会只是为了杀你,卡尔薇丝。"

"是的,但是他没有杀我,不是吗?这是个开始,对吧?当时我们之间可能会发生一些事情。"

"枪战吗?"

"你真是愤世嫉俗。"她把他们的坐标输到了导航计算机上,"程序已经设定好了,接下来我们会进入自动驾驶。我们有优先对接权。"她在椅子上转过身来,打量着史密斯,"来嘛,船长,开心一点嘛！装装样子也行啊！你让我都有些郁闷了。"

"你只管让飞船降落，可以吗？"史密斯说道。

"女士们、先生们，还有殖民定居地的生物们，你们可以进入了。"电脑说道。在一阵嘶嘶声中，活塞打开，气闸舱的门滑向两边。

空间站的对接大厅里挤满了士兵，到处都有活动和演讲。穿着装甲的人与比邻星的装卸工聊着天。在他们之间，士兵们携带着一箱箱的装备，从有轨电车一路小跑到通往他们自己的飞船的气闸舱里。从锻铁天花板上吊下来许多机械臂，给来往的汽车装货、加油。三辆"征服者"战车在远处的墙边等待着，它们的炮塔正在接受检查。它们偶尔会喷出一股蒸汽，好像焦躁不安的马儿一样。在角落里，有一名军士在跟一个挥舞着书写板的模拟人争论着。

"从外表看，应该是护送舰队的人。"史密斯说道。

严格来说，不列颠太空帝国的各个世界是自给自足的，但是随着与噶斯特人的战争日益激烈、前线不断地发生变化，一个又一个殖民定居地进行了装备与强化，以让它们变成泛不列颠星际空间中的最新军事基地。毫无疑问，这些人最终会成为某些高产的工厂世界的卫戍部队——帝国不能失去这些世界。

一辆电动汽车停在了他们身旁，一个穿着无国界记者组织制服的女人打量了他们一番："史密斯船长？"

史密斯感到一丝恼火，他每次看到无国界记者组织的工作人员时总会这样。他们有名望、养老金丰厚，最重要的是，他们能接触到地狱火空间部署的战斗机，这一点让他私下里非常嫉妒。"啊，没错，是我。"他说道，"这两位是我的同事。我们来这里是因为接受了一项非常重要的任务，具体细节我不能告诉你。"

"很好，上车吧！别把行李箱弄坏了。"

他们爬上车的后面，车开了，沿着长长的走廊朝对接办事处驶去。史密斯把一个帆布背包从腿上推了下去，心里想，虽然他不是一个挑剔的人，但是他宁愿在其他什么东西上接受这项任务，而不是在这辆行李车上。

他们遇到一小群码头工人。工人们正在度过早晨的第二个茶歇时间，这是他们的行会授权的。行李车在一扇金属门旁边停了下来。"我们到了。"无国界女记者说道。

他们下了车。忽然间，门开了一个口子，一个阴暗的椭圆形脑袋伸进了走廊里。脑袋上面有着细细的小胡子和乱蓬蓬的黑发，原来是W，那个间谍大师。"啊，史密斯，是你。"他说道，"进来吧！"

"你正好赶上喝茶的时间。"W说着，把他们领了进去。

他们走进一间很大、天花板很高的房间。这里之前可能是一家商店，现在成了一间办公室，里面堆了大量的垃圾和纸质文件，让人倍感亲切。墙上有一张很糟糕的画，画的可能是维克托国王。桌子上散放着许多文件、几张地图和一个曲面电脑。在桌子后面，有一幅情报局的海报，上面画的是一个留着铅笔胡的骑士大步走在一群表情严厉的市民中间，标题为"向胜利前进"。靠在墙上的一件东西最为奇怪：那是一个带轮子的茶壶，跟人一样高，是用有凹痕的闪亮金属做的，前面有一个龙头。

一小群戴着帽子的人站在巨大的茶壶旁边，神情严肃。他们穿着黑色的短外套，里面是蓝色的工作服，脚上穿着靴子——这是行会制服。一个人对着新来的人咕哝着，另外一个只是阴沉地点了点头。一个矮小而结实的人从人群中走了出来。他穿着一件棕色的长外套，戴着一顶工会高级官员的布帽，耳朵上夹着一支办公室的铅笔。

"伊桑巴德·史密斯、波莉·卡尔薇丝和杀戮者苏鲁克。"W说道，"这位是威尔弗雷德·赫伯斯威特，食品部的助理顾问和种植园生产协会集体联盟的特级大师。"

"你们好。"小个子说道。他跟史密斯和卡尔薇丝握了手，然后问道："他会咬人吗？"

"起码不会用手咬人。"苏鲁克冷冷地说道。两人握了握手。

W朝对面的墙点了点头。一个模拟人坐在办公椅上，衣冠楚楚，聚精会神。她有着64型模拟人的精致、敏锐的特征，那是比卡尔薇丝更先进的一种型号。

"你们好啊！"她说着，站了起来，"很荣幸认识你们。我叫哈蒂。"她伸出一只手，"史密斯船长，杀戮者先生，卡尔薇丝小姐——见到一个模拟人同胞总是很高兴。"

"你好。"卡尔薇丝说道。

"很高兴再次见到你。"W说道，"希望你一切都好。"他狠狠地对着手掌咳了咳，看了一下，想着还是握握手比较好，然后坐了下来。

"我把你们叫过来是为了讨论最近出现的一个相当棘手的问题。但我们还是先喝点茶吧!那边有一些杯子,卡尔薇丝小姐……"

"好的。"卡尔薇丝说道。她站起身来,从靠墙的桌子上拿了一个马克杯,放在了茶壶下面,打开了龙头。

"把你的手从我的喷嘴上拿开!"那个茶壶说道。

"见鬼!"卡尔薇丝喊道,"这里面有人呢!"

"当然有。"那茶壶说道。它在一阵缓慢的嘎吱声中滚到了房间中央。她吃惊地往后退了几步。"我是特级大师。"那茶壶说道,"刚才你没在听吗?"

"我是想让你把杯子递给我。"W 解释道。卡尔薇丝坐了下来,她看起来十分惊讶:"我去把水壶放上去。把这些事情做好也是很重要的。"

"说得很对。"特级大师从他的壶里说道,"如果我的身体里没有装满这些东西的话,我也想要一个杯子。"

"我们可以从上面给你倒一杯。"W 一边建议道,一边往壶里倒水。

"非常感谢,但是不用了。"

"那我们说正事吧!"W 擦了擦肘部的皮质补丁,交叠起了他那两条又长又瘦的腿。他就跟一个稻草人一样:骨瘦如柴,蓬头垢面。"哈蒂,也许你能给我们介绍一下这个地区的情况?"

"当然!"她说道,一个镜头从发带上折叠下来,落在了她的左眼前面。镜头里突然闪过一道亮光,她的五官变得冷淡起来,眼神也有些恍惚。卡尔薇丝意识到：这是高端战略机器人的超常规操作状态。哈蒂的声音又快又精确。

"伊斯特帝国公司十二区现状报告。全面动员。所有可用单位转移到前线，以对抗预期可能出现在区域边缘的噶斯特人的攻击。邻近战区有六个师。第十五舰队处于最高警戒状态。装备和士气均为最佳状态。区域防御等级为 A2，预计在三个标准周之内达到 A1。"

"太好了。"史密斯说道。

哈蒂回头看了史密斯一眼。"所有防御措施均处于最佳状态。"她说道，"所有正规部队单位均被调往区域外围。国民警卫队正在接受训练，以便发生动乱的时候就地设防。"

W 点了点头："国民警卫队的实力如何？"

"训练有素。"她回答道。

"嗯，听起来好极了。"史密斯说道，"那些蚂蚁人要是敢让他们那红色的大屁股越过边界，我们能很轻松地把他们赶出去。"

W 说道："但是这种动员削弱了我们的内部防御力量。要是有内奸掀起什么活动的话，我们很可能会发现自己没有充足的力量应对。"

"内奸！"史密斯大声说道，"那些卑鄙的叛徒！他们在哪儿？"

W 举起一只手咳了咳。"现在一切都还好，史密斯。但是首先，有一个问题。自帝国革命和超帝国覆灭以来，我们的帝国还没有输过任何一场大战。尽管我们既文明又开放，但是我们军事上的成功在诸大国之间也是屈指可数的。那么，是什么让帝国如此擅长战斗呢？"

史密斯皱起了眉头:"嗯,我会说,这要么是因为结合了优良的装备和训练,要么是因为我们的军队中没有外国人。"

W 站了起来,开始倒茶。"很接近,但不是这样。"他把他们的茶杯推过桌面,还给赫伯斯威特先生倒了一杯,"看看你手里拿的是什么,你就会知道答案了。"

"瓷器?"卡尔薇丝说道,"你是说中国人吗?"

"不是!"W 的大手拍了一下桌面,"是茶!正是茶让我们如此强大!"

一阵短暂而有些尴尬的沉默。

"你确定不是因为优良的训练?"史密斯说道。

"看着。"W 说道,"你,姑娘,把投影仪打开,好吗?"

"我就知道我能拿到飞行员执照是有原因的。"卡尔薇丝有点生气地说道。一个装着投影仪的机械臂从天花板上落了下来,她按下按钮,房间的灯光变暗了。

音乐响了起来。在墙壁中央,一面英国国旗飘动着。旗帜上出现了"政府宣传片——私人"的字样。W 指了指图片中央:"注意了,伙计们。"

国旗的图案切换成了一张桌子:事实上,就是这个房间里的桌子。W 正站在桌子后面。"注意了,"他说道,"这是一部关于茶的影片,由联合园艺设施监管机构和情报局赞助。你们中有很多人可能想知道,为什么要观看一部关于茶的影片。"

画面切换到一条可能是阿贾克斯·米诺瑞斯的街上。一个记者把一个棺材形状的麦克风推到一位老人面前。"茶到底有什么用呢？"那个老人说道。

影片又切回了到了站在桌子后面的 W 身上，他点燃了一支手卷香烟。"没错。"他说道，"今天，我想跟你们说一说茶对于我们文化的重要性，还有它在击败外星敌人方面所起到的作用。但首先，说点历史。茶是由中国人在很多年以前发现的。"

"看到了吧？"卡尔薇丝说道，"中国人。"

屏幕上出现了一些古代中国人的画面。"不久之后，印度开始种植茶叶。在 17 世纪，英国殖民者获得了茶叶，并带回了英格兰。没过多久，向茶水中加牛奶的习俗就形成了，紧接着，英国海军开始向全球传播。这可不是巧合。"屏幕上现在描绘的是在皇家海军舰艇"胜利"号的后甲板上喝茶的纳尔逊和他的军官们，在他们后面，一只迷迷糊糊的奶牛正在被吊到船上。

科学家们出现在屏幕上，他们在一个巨大的实验室里工作。"这些是科学工作者。他们已经通过科学手段证明，往茶水中加入牛奶会导致化学合成作用，产生有助于保持高水平精神品质的酶。而我们都知道精神品质在提高各地公民的士气、智慧、勇敢和绝对正派方面是多么重要。"

"在发现了适合我们的喝茶方式以后，第一帝国在战争中保持着不可战胜的地位，在无限的茶叶供给之下，它成为当时世界最大的殖民国家。然而，茶叶的黄金时代并没有持续太久。"

音乐变得忧郁起来，屏幕上现在描绘的是一群看起来很虚弱的唯美主义者，他们在喝着某种有奶油的、里面充满了颗粒的饮料，就像一个贫血症患者掉进了杯子里一样。在画面的边缘，一个大腹便便的家伙正从一个罐子里大口地喝着汽水。

"在随后的时代，茶遭到了遏制——这在如今的历史学家看来，这种现象几乎是有预谋的，其目的在于腐蚀帝国的意志。趁火打劫的公司把由咖啡和糖浆制成的饮料强行兜售给士气低落的民众。在那个黑暗时期，人民的未来掌握在其他人的手中，直到帝国革命的发生和超帝国的覆灭。现在，我们可以放心的是，正直的饮茶人的强壮臂膀再也不会被外国压迫者的拿铁咖啡弄得皮包骨头了。"

音乐又变了，这一次变成了沃尔顿的轻快作品。一对公民，一个男人和一个女人手牵着手穿过一片草地。"这就是未来，"W的声音说道，"你们的未来。帝国掌握在像你们这样的公民手中，掌握在准备为了保护民主和道德不受外星人侵犯的人民手中。"那男人和女人爬上了一座小丘，现在，黎明在他们头上出现了。那个女人指着镜头之外的什么东西，而男人则在从茶壶里倒茶。"我们将勇往直前，一手拿着武器，一手拿着茶杯，勇敢地面对我们的敌人。让那些想要欺压我们的人记住，一场暴风雨正在酝酿。"

最后，国旗又出现在屏幕上。史密斯本能地站了起来，意识到没有其他人站着，又坐了下去。灯也亮了。

"这部影片令人振奋。"史密斯说道。

"正是茶的摄入让我们的军队变得强大。"赫伯斯威特说道，"而且，我可以说，也是茶让你们不列颠工人成为全帝国最好的工人，如果不说全人类的话。"

哈蒂点了点头。"对历史数据的统计分析表明，精神品质可以让作战部队的战斗力提升百分之二十四到百分之六十。据估计，精神品质比数量优势、选择性繁育、荣誉准则和宗教热忱等的有效性要高出百分之三十。"她那平静而冷漠的眼睛紧紧地盯着史密斯，"培养精英部队最有效的因素正是精神品质。"

"而精神品质来自茶叶。"W说道。

"天呐！好吧，我会记得多喝点茶的。"史密斯说道。他不知道自己除了静脉滴注之外如何能做到这一点。"但我们是怎么说到这里的？"

"你需要看看在银河系范围内的茶叶生产是如何管理的。"W说着，在他的桌子上翻来翻去，"我们得把银河系看作一个整体。这里应该有一个全息投影仪的……我还在下面放了一张地图。在这儿。"

他拉出一张已知空间的地形测量图："现在，这大块粉红色的区域是不列颠太空帝国。目前，前线主要集中在这里，沿着这些星系。这里，从地狱犬星系到昴宿星团，是主要的攻击预计发生的地方，我们也派遣了大部分重型战舰去那里，准备全力以赴迎战噶斯特人。"

"很好。"史密斯说道。他对前线很熟悉。

"还有这里，在靠近边境的地方，是迪德科特星系。"

史密斯对这个点特别熟悉：蕾哈娜正驻扎在那里。他知道从迪德科特到其他许多地方的距离，想着万一他要是去某个地方的时候，可以找一个借口在路上绕几十亿千米，顺道过去跟她打个招呼。他发现自己一想到能过去找她就会笑起来。不幸的是，他不知道她具体驻扎在那个星系的什么位置。

W皱起了眉头："迪德科特星系里有两颗有人居住的行星：迪德科特6号星，上面的定居者是莫洛克人；而更重要的是迪德科特4号星，在迪德科特4号星上，种植出了可以满足帝国需求的百分之六十的茶叶。"

"我还真不知道这个地方。"史密斯惊讶地说道。

"你可能知道它的另一个名字。人们把它叫作瓮星。"

"瓮星。"史密斯重复了一句，"没错，我的确听说过瓮星。它周围那是一个力场吗？"

"不是，那是我之前用地图垫杯子的地方。瓮星是一个自治的、受不列颠保护的殖民定居地。它与帝国签订了长期合同，向帝国供应茶叶。作为交换，我们为它提供了一个导弹防御网，以应对来自太空轨道的威胁，并承诺保护它的领土完整。"

"很好。"

"的确很好。"W说道，"可是这种好很可能无法持续下去了。最近，有一个自称为'大海拉克斯'的煽动者不知道从什么地方冒了出来。他在瓮星上已经拥有了相当多的支持者。他是一个宗教狂热分子，可能还是一个疯子，他声称自己代表着新伊甸的兄弟会。"

"等一下。"史密斯说道，"那个滑稽的教堂不是跟——呃，新伊甸——上的一样吗？"

"没错，是一样的。"

"基列。"卡尔薇丝说道。

新伊甸是一个与噶斯特帝国结成盟友的人类世界联盟。他们崇拜一个由他们自己创造的上帝，叫作"大毁灭之神"，它混合了地球上的好几个古老神明最坏的特征。史密斯之前也遭遇过一些伊甸人，当时残暴而又愚蠢的基列船长试图抓住蕾哈娜，他认为她是一个天使，可以强迫她与他们站到同一条战线上。没有多少人能让噶斯特人看起来很理智，但是在这一点上，伊甸人做得很好。

"大海拉克斯是一个疯子。"W解释道，"他的伊甸主义甚至比伊甸最高指挥部还要极端。他聚集了一群被称为'圣战教团'的狂热追随者，他们立誓要推翻民主总督，然后让海拉克斯做他们的神圣皇帝。我们相信，如果这种情况发生，圣战教团将公开与新伊甸结盟，并阻止茶叶的出口。现在你该意识到如果帝国的军队被剥夺了茶叶之后会发生什么了吧？"

"我的上帝！"史密斯喊道，"多么邪恶的计划！我们不能坐在这里，让那样一个人密谋反对帝国！我们应该立刻飞往迪德科特，让他的那些阴谋破产！"

"我也是差不多的意见！"卡尔薇丝说道。

苏鲁克之前一直在安静地坐着，听着人类讨论了一大堆让他提不起兴趣的事。但是现在，谈论正在往更有趣的方向发展。他从喉咙后面发出一阵呼呼声："我很乐意去帮助茶农。我这里的人类朋友会把我带到瓮星世界，而我会对抗这个傻瓜并把他的头砍下来。"

"不行。"W说道，"如果要阻止大海拉克斯，必须小心谨慎。否则发生内乱的可能性太大了。"

"我可以先从后面悄悄地接近，"苏鲁克提议道，"然后再把他的头砍下来。这样行不行？"

"你们要直接飞往瓮星。"W说道，"在那儿你们会遇到我们的首席——也是唯一的特工。他奉命与在当地定居的茶农联络。从他所要的活动经费来看，他现在应该已经建立了一些牢靠的人脉关系。我会在几天之后以记者的秘密身份到达瓮星。我将声称自己在为《巨石日报》的一个故事做调查。我们将一起商量应该做什么，一起阻止这场针对帝国平民的阴谋。因为针对茶叶的阴谋就是针对人类自由的阴谋。"

"说得好。"赫伯斯威特说道，"大快人心！"

茶壶的侧面传来了轮子的嘎吱声。史密斯已经忘记了种植园生产协会集体联盟的特级大师，就像人们会忘记一个住在巨大的茶壶里的人一样。他转头看了看特级大师，看到的只是自己映在龙头上面那污迹斑斑、坑坑洼洼的金属上的脸：那是一副坚毅的面容，上面留着精心打理的小胡子。

"茶叶必须得以保留。"特级大师说道。

"我们马上就出发。"史密斯保证道，"我们将为应付任何可能出现的情况做准备，如果有需要，我们会消灭这个人。但是我们要用帝国的方式处理这件事——在杀死他之前，我们要先看看能不能跟他讲道理。"

02

帝国赌场

"圣战!圣战!屠杀不信教者!用他们的血液沐浴!在他们的女人的悲恸中欣喜,将他们的儿女像待宰的羔羊一样驱赶!圣战!"

"看来是没法跟他们讲道理了。"伊桑巴德·史密斯说道。

他们站在一群人后面。"大毁灭之神"教堂坐落在一个之前是仓库的地方,在教堂前面,四面八方的人群队伍绵延了几十米。在他们头顶,瓮星的太阳已经升到了最高点,让人感觉酷热难耐。太阳和人们的叫喊声让卡尔薇丝有些不舒服,此时,她很感谢自己的帽子和手中的冰激凌。

在教堂的阳台上,大海拉克斯的胡子、头发和宽大的袖子不断地甩动着。他看起来像是一个寒酸的巫师在试图召唤幽灵。

"我们想要什么?圣战!我们什么时候要?现在!"

"他在干什么?"卡尔薇丝问道,她不停地往上跳着。人群中爆发出一阵赞同的声音。

"不是很清楚。"史密斯说道,他挣扎着想把他前面那个高个子男人挤到一边。那家伙头上戴着一个可折叠的铁丝架,上面盖了一块布,用来遮阳。"这家伙头上的茶巾把我的视线挡住了。"

卡尔薇丝用胳膊推了他一下。"你不能这么说!"她用沙哑的声音低声说道,"我不知道,这算是种族主义什么的吗?如果蕾哈娜听到你这么说,她会骂死你的。"

"打扰一下。"前面的那个男人转了过来,"我无意中听到你们的谈话了。事实上,这的确是一块茶巾。"他说着,指了指他的头饰,"这是瓮星的传统:它代表着我工作的集体种植园。我们茶农是一群很自豪的人。而且,"他继续说着,把茶巾的末端拉到了耳朵上,"在阻挡上面那种大傻瓜发出的噪声时,它非常有用。"

从海拉克斯身后,一排穿着长袍、看上去很野蛮的人像合唱团一样跑了出来,然后开始用棍子使劲地打自己。"你得承认,他知道该如何举办一场演出。"史密斯说道,"他甚至有自己的鞭笞教徒。"

"的确。"苏鲁克点了点头,"不过他似乎更擅长满嘴'空话'。"

"你说的是肠胃气胀,苏鲁克。"史密斯说道,"两者是不一样的东西。"

"主啊,原谅我吧,因为我肠胃气胀。"卡尔薇丝打趣道。

"一、二、三、四,我们想要什么?圣战!跟我说,圣!跟我说,战!"

"我们走吧!"卡尔薇丝说道,"我们在这里得不到任何有用的东西,任务简报上说,我们的联络人有一个游泳池。"

他们转身从人群中间溜了出来,苏鲁克走在最前面。人们纷纷给他让出路来：尽管莫洛克人是自由公民，但是他们很少来瓮星，而在这里，有感知能力的生物几乎全是人类。在他们周围，人群仍然张口凝视着那个煽动者。

"我不明白为什么会有人听这种屁话。"史密斯说道。

苏鲁克耸了耸肩："人类真是愚蠢。"

"或许吧，但是没那么愚蠢。你不知道别人能从他身上看到什么。"

他们走到了他们的车旁边，那是史密斯从太空港租来的一辆克罗夫顿·英普汽车。史密斯开车，卡尔薇丝坐在他旁边，苏鲁克躺在了后座上，旁边是杰拉德的笼子。虽然是敞篷车，但依然有遮阳篷和空调。

他们在瓮星上的着陆出奇的顺利。当地最著名的动物——据说还会吃人的太阳龙，并没有出现。这是很幸运的，因为它们不仅不能被雷达侦测到，而且还在身体里储存了大量的电能，它们会把电能吐向任何通过平流层的东西——那里显然被它们视为自己的领地。现在，约翰·皮姆号隐匿在两艘更大更好的飞船之间，瓮星上的商船队似乎就是由这两艘飞船组成的。

史密斯把车开进了滚滚车流之中，那辆造型优美但是蒙了许多灰尘的小车在一排排圆顶的办公大楼之间穿行。卡尔薇丝把她的帽子拉了起来。"我不喜欢这个地方。"她说道，"什么样的人会把自己的首都称为'首都'？那是除了'此地'之外最蠢的地名了。"她回头看了看"大毁灭之神"教堂。

"史密斯，你信教吗？"

"我？"史密斯在车载电脑上查到了目的地的坐标，并设定了他们的路线。他靠在后面，双手搭在方向盘上，以防他们的车改变主意。"英国国教吧，我想。"他说道，"我应该是有些信仰的，但假如它跟刚才那位伙计的神一样的话，我不确定我是否愿意跟它站在一边。我只是想做一个好人，希望能和另外一边的随便某个人好好谈谈，如果有这么一个人的话。"

"我觉得大部分人都认为上帝是个不错的家伙。"卡尔薇丝说道，"不过就我来说，我是一个无神论者。我拒绝追随任何神明。"

"这可能是相互的。"苏鲁克说道，"我不相信有哪个神会想让你跟在他后面，不停地提出让自己变苗条和拥有很多面首的要求。这是很降低格调的事情。"

"你这么说真是可笑。你也没好到哪里去，你崇拜一根棍子。"

"我不'崇拜'任何东西。我尊敬我的祖先，他们的英勇在我挥舞的武器中得到了体现。其他任何东西都很荒唐。我的长矛也同意我的看法。"

"好吧，我是一个自由而不受约束的人。"卡尔薇丝说道，"我不会向任何人下跪。"

"我不会降低身份去跟你继续讨论下去的。"苏鲁克回击道。

大海拉克斯关上了身后的门，欢呼的人群安静了下来。他从口袋里掏出一块手帕擦了擦额头："刚才怎么样？"

有两个人在房间的另一边看着他。桌子上放着饼干和咖啡杯。

"不错,不错。"其中一个人说道。

说话的人名叫卡洛威,年轻健硕、穿戴整洁,与海拉克斯破旧的衣服和浓烈的气味形成强烈的对比:"我觉得你刚才的表现很好,史蒂夫。但是你必须记住,你是在跟有明确相关利益的人发表演讲。要想取悦一群把你视为精神错乱的暴君的人可一点都不容易。"

海拉克斯把手伸进胡子里,挠了挠下巴:"为什么不容易?"

"情报人员表示,那些平民会希望在关键问题上得到保障,比如健康和教育,以及养老金等。"

"好吧,"海拉克斯说道,"这很容易。一旦我们掌权了,毁灭之神会为我们提供健康的身体,这样我们就可以打圣战了。很明显,教育是没有必要的,除了告诉孩子们要服从我,还有参加圣战。至于养老金……那或许也是某种圣战?"

"我觉得人们会担心我们是一个只关心一个问题的政党。"卡洛威说道。

"这就是问题所在。"海拉克斯说道,"一旦所有人都死了,就不需要担心其他问题,或者任何投票了。我要将难以想象的痛苦施加在人类身上,这会让所有其他问题变得无关紧要。问题解决了。"

卡洛威皱起了眉头:"这可能得绕些圈子。"

"哼,但是我喜欢!"第三个人说道。他坐在阴影之中,腿上盖了一块毯子。他倾向桌子去拿咖啡壶,毯子掉在了地上。

他有一个机器人的身体:那是一个老式的机械式机器人,细长而无任何装饰的身体,被漆成了军队那种浅褐色。金属部分到喉咙底部就没有了,从那里往上,是一个肌肉发达的脖子,然后是一个凶残的、棱角分明的下巴。下巴上面是一张白人面孔,整容手术让它留下了愤怒和永恒的惊讶——那是一张犹如美少年阿多尼斯的古铜色面容。

"你看到了吗?"大海拉克斯说道,"基列喜欢。"

"哦,我的确喜欢。"基列说道,他的声音有些梦幻,"你所说的一切都是对的,尤其是关于痛苦的那部分。这些人偷走了我的身体,他们应该付出代价。每一天都会有上百件事提醒我,不列颠太空帝国欠了我多少东西。"出于本能,他挠了挠胯部,在油漆上留下了一些划痕。他低头看了看:"明白我的意思吗?"

"我明白了。"卡洛威说道。

"好的。"基列顿了一下,提着咖啡壶向他的杯子倒咖啡,"我所需要的只是等着我的赞助商来电,然后我们就可以行动了。到那个时候,这个地方就是我们的了。"

"是我的。"海拉克斯说道。

"它会属于新伊甸,由你来担任总督。"基列解释道,"这颗星球相当于不列颠太空帝国的右手——虽然它看起来不太像。一旦我们控制了它,我们要不断地压榨,再压榨,直到我们掐死这些不敬神的混蛋,并让他们为伊桑巴德·史密斯对我的所作所为付出代价。"

"你掐人应该掐他们的脖子,而不是掐他们的右手。"卡洛威说道。

"我说怎么掐,你就怎么掐。"基列回击道,"当约翰尼·基列采取强硬手段的时候,如果你没有跟我们站在同一个队伍中,你只会一败涂地。下一次你怀疑上帝之言的时候,你一定要记住,上帝之言是不会动摇的。"

他举起一只手,用金属手指捏着咖啡壶。从他的金属胸膛里传出一个女性的电子音,说道:"挤压伤害即将来临。"

"我们很快就会对他们实施打击,到时候他们只有被打的份儿。"基列说道,"一旦我们的新盟友做好了准备,你们的人民所要做的就是拿下导弹防御网,然后这个星球就属于我们了。"咖啡壶变形了,咖啡从他的铁拳上流了下来,流满了杯子,流到了桌子上。

"我的杯子满了。"基列说道,"这是一个信号。"

"咖啡流到地毯上了。"卡洛威冷冷地说道,"这大概是说明你是个傻瓜的信号。"

"不过,"当他们驶到郊区的时候,史密斯说道,"撇开这些宗教狂人和他们明显正在策划的政变不谈,这是一项相当幸运的任务,因为我们可以再一次见到蕾哈娜了。一旦我们挫败了圣战教团的起义,我想我可以给她带一些花,看看她愿不愿意找个时间跟我出去吃饭。"

汽车驶过宽阔的草坪和又长又宽的房子。割草机在草地上慢慢地划出条纹。帝国官僚们的孩子在和寻回犬、西班牙猎犬和肥胖的拉布拉多犬玩扔球游戏。

"这个计划不错。"卡尔薇丝说道,"当然,你得先找到她再说。"

"哦，我会找到办法的。"

她叹了口气："我只希望我能对自己的情况也这么自信。"

"我相信你迟早会遇到一个人。"史密斯回应道，"在这个世界上可是有很多单身的男人的。"

"他们大部分都很冲动。"苏鲁克说道，"你会不知道该怎么选择的。"

仪表板上有什么东西发出"叮"的一声，一个表盘上的指针跳了起来。"看样子我们到了。"史密斯说道，他把车转到一条宽阔的碎石车道上。

在烈日下，一座白色的大房子赫然出现，它像一座冰山一样，正面闪闪发光。长长的窗户在阳光的照耀下忽明忽暗。一顶有条纹的遮阳篷把阴影投到了一个泳池上。一些机器人管家在草坪上走动，有的在修剪树篱，有的在拍打户外躺椅上的枕头。

"嗯，"卡尔薇丝说道，"很高兴能知道安全局的预算都花在了需要的地方。"

史密斯把车停下，他们下了车。一个机器人管家放下手中的工作，朝他们摇摇晃晃地走了过来，石子在它粗短的腿下发出哗啦哗啦的声音。一个小平板滑进了它圆形的脑袋里，一个探针把他们扫描了一遍。它说："呜啼嘟嘟？"

"我是来见房子的主人的。"史密斯说道。他左右看了看，确保没有人在监视他，又刻意说了一句："候鸟南飞，意在过冬。"

"呜，"机器人管家说道，"呜嘟嘟皮姆？"它问道，它的圆头顶弹到了后面，露出许多酒瓶子。

"对我来说太早了。"史密斯回答道，机器人管家的头顶又关上了。

"好吧！"它说道，"我去看看主人是否在家。请在这里等候。呜嘟呜。"

史密斯看它踮着脚走进了房子，说道："我为什么会理解它说的话？"

"我不知道。"卡尔薇丝说道，"我还以为它是个翻盖垃圾桶呢！"

草坪上的一个洒水装置嘶嘶响了起来。一个黄鼠狼一样的小男人穿着运动衫从房子的一边走了过来。他的眼睛半闭着，好像蜥蜴的眼睛，长长的手指间夹着一支小雪茄。如果他再这么无精打采的，史密斯想，他肯定会睡着，倒进灌木丛里。

他露出笑容："你一定是史密斯了，很高兴认识你。詹姆斯·费瑟斯通。"

史密斯跟他握了握手。费瑟斯通朝苏鲁克点了点头。

"这是你家的小子吗？"

史密斯看了看苏鲁克。"不。"他疑惑地说道，"我们看起来很像吗？"

费瑟斯通说道："'小子'是说仆人的意思。每一个像样的间谍都会有仆人。"

"他不是个仆人，他是我的朋友。我希望这不会成为一个问题。"史密斯接着说道，他有些生气地瞪了费瑟斯通一眼。

"完全不会。我还挺喜欢这个家伙的。他的嘴巴有一条凶狠的曲线。我得问问,这个神气的年轻女郎是谁?"

"你好。"卡尔薇丝说道,"我是波莉。你的房子真不错。"

"波莉·卡尔薇丝,我的飞行员。"史密斯解释道。

"在工作中带一个女人可不好:她们必须保持秩序。女人总是会给别人带来麻烦。"费瑟斯通说道,他的语气好像在引用谚语一样。他挑起一边的眉毛,吐出一口烟:"唯一的问题是,卡尔薇丝小姐,你会给我带来麻烦吗?"

卡尔薇丝做了个鬼脸:"哪一个选择更属于柏拉图式呢?会,还是不会?"

费瑟斯通轻轻地笑了笑:"跟我来,史密斯。我们得谈谈你在这里的事。你的月亮人可以给你拿东西。与此同时,欢迎你的人使用游泳池,只要这个外星人不会把它染成绿色。我非常欢迎小女人使用。"

他转身,优雅地走过落地窗。史密斯皱起眉头看了看他的船员。在他后面,卡尔薇丝做了一个恶心的表情,苏鲁克把行李箱踢翻在地。

"等到这个白痴对我们没有什么用的时候……"他低声吼道。

"真的,"史密斯说道,"他似乎有点,呃,离经叛道。我不能说我对他有什么好印象。"

卡尔薇丝拍了拍她的口袋:"飞船的钥匙在谁身上?"

"我还以为你拿着呢!"史密斯说道。

"我给你了。"

他叹了口气:"在你身上呢,卡尔薇丝。这是一项很专业的任务，你知道的。如果在我们到这里的第一天你就把飞船的钥匙弄丢了，那我们看起来就不像优秀的间谍了。"

他气鼓鼓地大步地走进房子的阴凉里。费瑟斯通在一台巨大的机器上戳着按钮，那机器把冰块吐到了一个鸡尾酒调酒器里。

"鸡尾酒会让男人变得敏锐。"费瑟斯通说道，"你想喝点什么？"

史密斯想了想。他本来想要一杯金汤力，或者一大杯啤酒，但是间谍最重要的技巧之一就是，你得看上去像那么回事。"那种带一把小伞的。"他说道。

费瑟斯通的眼睛在沉重的眼皮底下盯着他。他呼出的烟雾并没有在半空中凝滞。"它们全都有小伞。"他说道。

"那就要一杯那种的。"史密斯说。

"我猜你还会想让我把它搅拌一下。"费瑟斯通生气地说，他往玻璃杯里倒了一些液体。在外面，苏鲁克把冰桶里的香槟拿了出来，往桶里灌满了游泳池的水，享受地喝着。史密斯尝了尝他的鸡尾酒。它的味道好像一条酗酒的蛇喷出来的毒液。

费瑟斯通看着卡尔薇丝爬上躺椅并扭了扭身子以让自己更舒服一些。"你那个小飞行员。"他若有所思地说道，"她的态度有些问题。你知道你应该怎么做吗？"

史密斯正忙着调整表情以适应他的鸡尾酒，没有回答他。

"你应该把她按在你的大腿上，扒下她的裤子，狠狠地抽她的光屁股，直到她尖叫着求饶。"费瑟斯通继续津津有味地说道。

"她只是把钥匙弄丢了。"史密斯回应道，"这也有点太严厉了，不是吗？"

"胡说，我亲爱的史密斯。严厉是女人唯一能理解的语言。我遇见我自己的妻子时，她就是那样：就像一只小母马，暗自渴望着被驾驭。有一天晚上，"他拿着雪茄狡黠地笑了笑，"晚饭之后，我粗暴地抓住她，把她推到了墙上，然后告诉她我知道她渴望屈服于我的男子气概。"

"后来发生了什么？"

"她用烤面包机打了我。但是那不是重点，史密斯。铁腕才是正确的答案。她们真的喜欢。成王败寇。"

史密斯皱着眉头，勉强地喝着鸡尾酒，想弄清楚刚才费瑟斯通是说出了一个令人震惊的真相，还是说他只是一个卑劣的小人。

"那么，"他说道，决定相信是后者，"你在这里观察了一段时间了。你怎么看海拉克斯这家伙？"

费瑟斯通皱起了眉头："嗯，毫无疑问，这个家伙很有组织性。他有一个简单的议题，他向各种人承诺各种事情，他还有一大批狂热的追随者。简言之，他是这个殖民定居地上最主要的政治角色之一——事实上，是除了总督之外唯一的一个。"

"我明白了。其实我刚看了他发表的一次演说。那个人显然是疯了——但我想那是无关紧要的，对吧？"

"没错。谁知道疯子会做什么？对你我来说，这杯鸡尾酒和这次聊天是非常愉快的——但是像海拉克斯那样的疯子可能会在用草坪修剪器给自己剃毛时获得同样的愉悦。这种人就是不正常。"

史密斯又小心地喝了一口鸡尾酒，它尝起来仍然像是加了橄榄的防冻剂:"那你建议我们怎么办?我还不太习惯这种秘密的间谍行动。"

"好吧,"费瑟斯通说道,"你本能的感觉是什么?"

"嗯,"史密斯说,"我原来想着我们可能会监视他什么的:你知道的,安排一个特工链条,渗透到他的组织里,死信箱,公园长椅,大衣,等等。"

费瑟斯通笑了。"哦,我亲爱的朋友,不是的。"他说道,"你看的电影太多了。在那之后间谍活动一直在发展。我们要去赌场。"

"赌场?"

"当然。现代任何间谍活动的核心都是掷骰子。或者,更好的办法是让一个漂亮女郎帮你掷。现在不是黑暗的中世纪,你懂吧?你看,海拉克斯自己过着一种简单纯洁的生活,但是他的手下可没有。他的公关专家是一个叫卡洛威的人。他被雇来专门帮海拉克斯回答跟圣战无关的问题。事实上,他花了很多时间打牌。如果我们能接近他,就能对海拉克斯本人有更多的了解。"他喝完自己的酒,转身走向制冰机,"你知道百家乐吗?"

"只听过他的《雨点不停地落在我头上》。"

"嗯,这才是生活。"三个小时之后,卡尔薇丝说道。她从躺椅上直接去了浴缸里,并在那里待了将近一个小时。现在她穿着便袍,站在她敞开的行李箱前,想着接下来穿什么。

在隔壁的房间里,史密斯已经准备出发了。他穿着红色的舰队夹克、黑色裤子和闪亮的鞋子。他对自己的着装要求一向不高。

温文尔雅并不是史密斯的强项。他倒不笨，只是不善于评价别人；他不会讲笑话，不会取悦别人，也不会让人觉得他很聪明。这是相对于另外那男人说的，那种不费吹灰之力就能得到女孩，而且不可避免地对女孩很差，但他们却因此得到了更多的爱的男人。或许费瑟斯通是对的，那就是成功之道。哦！当然不是！蕾哈娜永远不会接受那样的哲学。史密斯非常抑郁。不知道多久之后，蕾哈娜就会被一个不太真诚但却更加圆滑的取巧者得到，而不是被他自己。

他站起来，对着镜子检查了一下他的小胡子。她很快就会属于别人了，这是不可避免的。像她那样的女人不会长时间地保持单身的。忘了她吧，他又告诉自己。

"我的网袜到底是怎么了？"卡尔薇丝在走廊的另一边喊道，"裆部怎么有一个大洞？"

苏鲁克从她的房间里往外看了看。"抱歉，"他说道，"我把它当T恤穿了。"

"谢天谢地。我还以为我犯了什么巨大的错误呢！有人看到我的靴子了吗？"

史密斯漫步到走廊里，卡尔薇丝走了出来。她还穿着那条蓝色的连衣裙，这让她看起来像是《梦游仙境》里的爱丽丝。

"嗨，头儿，你穿得很整洁嘛！"

"谢了，卡尔薇丝。你脸上那是什么东西？"

"用地衣做的面霜。包装上说它会让你看起来年轻五岁。按照我被造出来的时间来算，我的视觉年龄应该是负三岁，但是管他呢!"

"它让你的脸看起来好像被小丑用馅饼拍了一样。请进来一下,可以吗?"

她跟着他走进了他的房间:"怎么了?"

"我希望你小心点,卡尔薇丝。据我所知,作为敌人,海拉克斯这个家伙不容小觑。"

"嗯。我会没事的。再说,海拉克斯不应该有点娘吗?"

"我真的不知道。听着,这个赌场听起来像是中立之地。很可能不允许携带武器进入。"

"我明白了。"

"我想让你去我们的车里,跟苏鲁克一起。把'开化者'藏在看不见的地方,如果有什么麻烦,随时准备去找。懂了吗?"

她的小脸在面霜下面变得严肃起来。"一清二楚,头儿。需要行动的时候,我就去拿你的枪。"她敬了个礼。

苏鲁克走了进来。"我看上去怎么样?"他问道。

"吓人,几乎让人毛骨悚然。"卡尔薇丝回应道。

"很好。"

史密斯打量了那外星人一番:"你能不能少带点头骨?"

苏鲁克解下一些他那惊人的战利品:"还不能拿几个首级?好吧,如果非得这样的话。弱小的人类。"

"费瑟斯通先生?"酒保问道。

"一杯白色俄罗斯鸡尾酒,"费瑟斯通回答道,"稀奶油。"他从口袋里掏出一块纸,叹了口气,"还要一大杯淡味啤酒,装在带柄的杯子里……两大杯百分之四十的蔗糖溶液……万能的上帝啊,'一种不含酒精,但是能让我喝醉的东西'。"

现在是九点半,赌场里人潮正盛。在阳台上,一群喝着酒的人看着下面上百人输钱。商人、种植园的长官、警察、罪犯、政府的工作人员混杂在一起。空中充满了轮盘游戏转动轮盘的咔咔声、玻璃杯的叮当声,以及人们傲慢地大笑时发出的刺耳声音。在一个巨大的楼梯上面,一个穿着尼赫鲁式上衣的男人静静地站在两个保镖后面,在阴影中仔细地看着他的地盘。史密斯感到有些不安,这里远离外层空间。他环视着房间里那些衣冠楚楚的居民,意识到如果他处于太空之中,或者手里拿着步枪在某个外星世界的丛林里爬行,寻找着可以送回家的文物,那他会更高兴。真奇怪,他想,作为一个文明人士,他觉得在野外要比装成一个世故的人更舒服。

那才是我应该去的地方,他想,去前线,把噶斯特人炸得屁滚尿流,而不是像一只软弱的天鹅一样招摇过市。我应该直接把海拉克斯这个家伙抓起来,把他交给法律处理,然后回去跟大蚂蚁们作战。

"还没有看到卡洛威的踪影。"费瑟斯通在他身旁说道,"这是你的啤酒。"

"谢谢。"

"我会继续观察。如果他来了,我会告诉你的。"

史密斯离开夹层,在牌桌之间漫步,感觉有些迷茫。船员们在不远的地方坐着。卡尔薇丝在喝着她那种不算酒精,但是能让人喝醉的饮料，吃着一块烤三明治。苏鲁克喝了半杯蔗糖溶液。史密斯喝了一口酒，坐在卡尔薇丝对面："东西挺烈，苏鲁克？"

"我只想对这个愚蠢的地方说一句话，马祖兰：这里的小吃还挺不错的。你想吃烤花生吗？"他说着，递出一个小袋子，"狩猎愉快！你甚至可以抓住戴单片眼睛的那个人。"

"不用了，谢谢。"

"如你所愿。我想我可以在纸牌游戏中试试我的技巧。"

"嗯，记着别喝汽水就行了。"

"我不会碰那东西的。汽水毁了许多勇士，还会在很大程度上造成獠牙腐烂。啊，人类女性来了。你发情的时间到了，史密斯。"

"我们在给你找老婆。"卡尔薇丝说道。她朝门口点了点头，那儿刚到了两个漂亮的姑娘："金发的那个可能适合你。"

"我真不确定。"史密斯回应道。他不太喜欢把未来妻子的选择权托付给卡尔薇丝和苏鲁克，尤其是在他未来的妻子曾经见过他们的情况下。谁知道她们能回想起什么样的怪物？

"我想你应该找一个那种有钱的无国界女记者。"卡尔薇丝说道，"我原以为你会喜欢时髦的太空舰队女郎。"

"负责发射飞船的女士？呃，我不知道，卡尔薇丝。退而求其次的话还能勉强接受。我更希望有一个像那边的蕾哈娜一样的人。我的天呐！蕾哈娜在那边！"

他们回过头，看着史密斯手指的方向。"不。"卡尔薇丝说道，"不可能的。"然后又说，"老天爷，还真是她。"

蕾哈娜站在大厅另一边的门旁边。她比一般人略高一些，皮肤苍白，深色的头发扎成脏辫，几乎垂到了腰际，用一根布带束着——这一次倒是和她的衣服很搭配。

她打扮得很精致，史密斯想。蕾哈娜穿着一件高领的深红色夹克，这让他隐约感觉有点中国风，裙子的装饰让人想到印度的纱丽，平底高跟凉鞋像是日本的艺伎，肩上披着一条围巾，让他想起了《消失的战线》中的主角。史密斯以前从未见过这副东方飞行员的打扮，但是他觉得这很适合她。

有人给了蕾哈娜一杯饮料，大概是用非有机葡萄酿制的，她婉言谢绝了。她看上去如此美丽，如此优雅——史密斯想，他完全高攀不起。

"我的上帝。"他说道，"她看起来跟我记忆中的模样完全不同。"

"那可能是因为她洗了个澡吧！"卡尔薇丝说，"去跟她说说话啊！"

史密斯捏了捏他的鼻梁："我，我感觉有些头晕。可能是酒精上头了。"

"那是因为血液流到了其他地方。"卡尔薇丝说道，"你最好在自己不得不坐下之前去看看她。"

"你不要没完没了！"史密斯回嘴道，他感觉自己有责任让卡尔薇丝闭嘴，于是整理了一下他的舰队夹克，站起身来大步穿过房间。

"打扰一下。"他说道，"米切尔小姐？"

她从吧台上转了过来，看清楚是谁之后笑了起来。"嗨，伊桑巴德！最近怎么样？"她问着，靠过去在他脸颊上吻了吻。"有礼了，伊桑巴德。这件夹克是新的吗？你看起来很帅气——虽然你穿着帝国主义侵略者的服饰。"

"你看起来也很棒。你怎么知道我会在这里？"

"你的朋友告诉我的——那个记者。高个子，有些忧郁，很喜欢喝茶。"

"啊？"

她环视了一下房间。"那么，你的飞船怎么样了？苏鲁克还保持着他的土著传统吗？"

"哦，是的，他挺好的。对他的传统，警方通常都睁一只眼闭一只眼。"

"卡尔薇丝找到男人了吗？"

"嗯，她找到了许多男人——只是还没有什么实质性的进展。但是她还不错。"

"这太可悲了。"蕾哈娜说道，"她应该意识到，作为一名女性，她不应该觉得自己有义务去用与男性的关系来定义自己。我所尊敬的很多女性都没有结过婚。"

"但是你不会那样，当然了，"史密斯迅速地说道，"我是说，到了最后，你会想要一个像样的小伙子，对吧？"

蕾哈娜笑了起来："我大概还是会选择另类的生活方式，伊桑巴德。"

史密斯不知道这是否牵扯到其他男人，这会让他觉得很卑鄙、不道德；或者其他女孩，这会让他觉得好极了。但不管是哪一种，听起来似乎都不会跟他有什么关系。他感觉有些沮丧，他知道，这样会削减他的吸引力，因为女性都喜欢自信的男人，这反过来又让他更加沮丧。那么，一切随缘吧！

"那么……哦……你参加的那些绝密训练，"他说道，"是什么样子的？"

"我真的不能告诉你。"她说着，用手捋了捋她的脏辫，"那是最高机密。"

"我想是吧！"史密斯说道。他意识到他把这件事搞砸了。

"不过我可以告诉你我的基地在哪里。"蕾哈娜看到他不太高兴，便继续说道，"当然，不是准确的位置，但是它被伪装成了一家由圣卡米拉修女会经营的女校。"

"哦，好的。那儿好吗？"

"不好，糟透了。我必须掩盖身份，所以我不得不一直穿着可笑的校服。我都三十多岁了，还得穿得像个六年级的女学生，以便隐姓埋名。你可以想象那是个什么样子。"

史密斯发现他能很好地想象出来。

蕾哈娜转过身，从赌场的一边往另一边看去，视线经过老虎机、纸牌游戏和轮盘赌桌。"我一直觉得这样一个纸醉金迷的地方非常……"她心不在焉地挥了挥手，"压抑人的灵魂。你不觉得吗？"

"嗯，正是这样。绝对的。我跟你说哦，"史密斯说道，"我本应该找一个人，但是他现在还没来。要不我们在阳台上等他吧？"

"嘿，好主意。"

有什么东西在史密斯的背上戳了一下，他回过头去看。费瑟斯通站在他身后。"卡洛威来了。"他说道，"该去干正事了。他刚从便门进来。"

"好的。"史密斯说道。"对不起,蕾哈娜,我得走了。职责所在。"

"好吧。祝你好运,伊桑巴德!上帝保佑!"

"该死。"史密斯边走边嘀咕着。帝国又一次在一个愚蠢的时候需要拯救。

"品位,我亲爱的史密斯,品位。"费瑟斯通说道,"一个间谍必须很有品位。这儿有这么多美丽的小姑娘,你却偏偏选择了一个像风一样缥缈的。这里肯定有一只该死的大猫把她拖了进来。"

"你这么说我可不能接受。"史密斯生气地说道,"就因为蕾哈娜没有穿得像一个露着屁股的轻佻女子……"

"我们开始工作吧,史密斯。他在那儿。"

费瑟斯通点了点头,史密斯意识到了他指的是谁:一个身材高大、衣着整洁的年轻商人正在眉开眼笑地跟一桌富有的、面目可憎的人握手。史密斯做了个怪相,惊讶地发觉自己已经醉得很厉害了。

"有什么计划?"他问道。

费瑟斯通扬起眉毛:"我们等到他一个人的时候抓住这个混蛋。我负责抓他,你把他从后门推出去,推到我的车上。我的后备厢里有一些用来捆绑的东西。"

"这样行吗?"

"当然。你现在是一名间谍了,史密斯。记住,要有信心。"

这个计划听起来有些糟糕,即便是对史密斯这样头脑混乱的人来说也是如此。"要把他推出去可能有些困难。"史密斯说道,"我想我们可以从窗户把他扔出去,或者用绳子把他吊下去。"

卡洛威用拇指朝背后指了指，然后摆出一个抱歉的姿势。他从桌子旁边转过身去。

"他要去卫生间了！"费瑟斯通叫道，"我们去厕所袭击他！"

几个过路人走到他们身边的时候绕开了。史密斯说："好的！"

费瑟斯通盯着他："然后呢？"

"我在等着你先走呢！"史密斯说道，"我随后就来。我们总不能一起进去吧？我是说，我们是伙计啊！"

"稍等一下，然后进来。"费瑟斯通说完，走到墙边，消失在洗手间里。

史密斯环顾了一下房间，想随便找一个他认识的人。蕾哈娜已经消失了，大概是无法忍受香烟的烟雾和毫不掩饰的纸醉金迷。卡尔薇丝也溜走了，尽管吧台旁边推推搡搡的人群中有一个小身影可能是她。史密斯注意到，苏鲁克不知道从哪里弄来了一个遮阳帽舌，他正坐在一张牌桌上，面前放着一堆筹码。这看起来可一点都不让人放心。

史密斯看了看他的手表，是出发的时候了。他朝洗手间走去，明显地感觉到有些晃晃悠悠的。

厕所又红又长，看起来像是科学实验室与 20 世纪 20 年代的远洋客轮的结合体。瓷砖被擦得干干净净的。史密斯进来的时候，看到墙边坐着一个穿着燕尾服的古董机器人。它站了起来。

"晚上好，先生。"它说着，把他的衣领拉了下来，"先生需要什么协助吗？"

"我很好，谢谢。"史密斯回答道。机器人静静地离开了房间。

在房间的更深处,一个穿着西装的身影离开了小便器。那正是被费瑟斯通指为卡洛威的人。卡洛威转过头来,直直地看着史密斯,史密斯立刻知道有麻烦了。在男厕所里没有人会进行目光接触。

"史密斯船长,"卡洛威说道。他露出一丝淡淡的笑容:"有情报人员跟我说你在找我。"

"或许吧!"史密斯说道,"你把费瑟斯通怎么样了?"

"哦,他马上就会来加入我们,别担心。"卡洛威比史密斯年轻几岁,打扮得也更加考究。他看起来有钱得令人发指,史密斯想,但是打起架来他应该占不了什么便宜——假设他也头痛欲裂,还有一股想睡觉的强烈冲动的话。

"我们就别拐弯抹角的了,史密斯。"卡洛威说道,"交流一下意见。我的客户,大海拉克斯,已经获得了广泛而又坚定的支持,这归功于他极富感召力的演讲和……他正打算实施的基于圣战的进步性改革方案。我得说,不需要动什么脑子就可以知道,在一到三个月的时间里,他有望获得总督的职位。我现在要跟你实话实说了,史密斯。"

"继续。"史密斯说道。他讨厌跟一个说起话来像房产经纪人一样的生物交流。

"好吧。我们继续!这样我们大概能说得更投缘一些——或许这位布雷迪能帮上忙。"

史密斯回头去看。那个机器人回来了。它轻轻地关上了门,两只手放在背后,靠在了门上。

卡洛威打开一个水龙头,往他那看起来花了不少钱的头发上洒了点水:"布雷迪,史密斯船长是一个人来的吗?"

"除了费瑟斯通先生?我想不是这样的,先生。他是和一位年轻的女士一起来的,她现在应该在忙别的事情。我相信他还被看到跟一个绿皮肤的人在一起,先生。一个绿皮肤的战士。"

"我明白了。那么,史密斯,你接受我的观点吗?我建议你趁现在还有机会的时候加入我们。大海拉克斯是一个明白事理的人——他不想踩着别人的脚印做无用功,只是想发动一场小小的宗教屠杀……我认为没有什么事情是我们无法达成一致的。那么,你参与这个计划吗?"

史密斯皱起了眉头。他感觉头晕目眩:"你在说什么,伙计?"

机器人布雷迪走上前来。它的手从背后伸了出来,露出了手里拿着的短柄小斧。

卡洛威说道:"你不会参与这个计划,对吧?"

史密斯说:"什么?"

"那就没什么说的了。"卡洛威说道。他站在烘干机前晃着手指,房间内充满了空气快速喷出来的声音:"干掉他。"

布雷迪挥出斧头,史密斯往后一跳,直接冲上前来,朝机器人的肚子打了一拳,然后才想起来它是金属做的。

史密斯往后退了退,摆出了格斗的第一个姿势。布雷迪皱了一下眉头,用斧子朝史密斯的头上砍去,史密斯跳到一边,腿架在机器人的膝盖后面,然后从它的胸部使劲一推。

布雷迪头重脚轻地倒在了地上,把下面的瓷砖都砸碎了。斧子从它的手里滑了出去,撞在墙上。史密斯跑了过去。布雷迪疯狂地眨着眼睛,它像一个从坟墓里爬出来的僵尸一样,先是坐了起来,然后又猛地站了起来。

"真遗憾。"布雷迪一边挠着它的后脑勺,一边说道。另一只闲着的手伸了出去,抓住了史密斯的夹克。史密斯猛地转身,把斧头砍进了布雷迪的脑袋。

史密斯放开斧子,布雷迪慢慢地倒在了地上,一动不动。那机器人的关节锁得紧紧的,它看起来就像一个破娃娃一样。烘干机停了下来。史密斯看着卡洛威。

"那么现在……"史密斯说道,他感觉很糟糕,卡洛威在他的视野中摇晃着:海拉克斯的公关员似乎是站在一艘在浪涛中挣扎的船上。"我要抓你回去受审。"

左边传来一阵冲水的声音,一扇侧门打开了。费瑟斯通走了出来。"结果还挺好的嘛!"他说道。

"我抓到卡洛威了。"史密斯说,"这个混蛋让一个机器人攻击我。"

"哦,乖乖。"费瑟斯通说道,"那东西显然还没有对你起作用。"

"什么东西?"史密斯问道,然后说,"等一下!你给我下毒……呜……"

"是我的错。"费瑟斯通说道,"我的确下了。"

03

迪德科特 4 号星的陷落

史密斯醒过来的时候，首先看到了一片很蓝的天空，上面有阵阵波动。一切似乎既令人愉快，又隐含着不安。然后他意识到那不是天空，而是费瑟斯通的游泳池。而他自己不仅倒了过来，无法移动，就连裤子也被拉了下来。不用脑子也能知道情况很糟糕。

他的脑袋和肩膀被倒插进了一把柳条椅的底部，胳膊被压在身体两侧。他的头发垂到了地毯上。

"啊！"一个声音说道，"你醒了，船长。很好。"

费瑟斯通走进了视野。他穿着一件黑色的制服，配着马靴和一条很宽的裤子。他一边喝着鸡尾酒，一边从长长的烟嘴里抽着香烟。他看起来真蠢，史密斯想，然后才想起来是自己而不是费瑟斯通被光着屁股塞进一把椅子里。

"那么，你看到我的真面目了？"费瑟斯通说道。

"你这个卑鄙的司机！马上把我放开！"

"我不是个司机。"费瑟斯通生气地回应道，"我是个噶斯特主义者。"他喝完鸡尾酒,从餐具柜里拿出一顶黑色的军官帽,戴在了头上。两个假触角从帽檐伸了出来。

"叛徒!"史密斯喊道,他猛烈地摆动着,"你这个肮脏的叛徒,吃屎去吧,蚂蚁的走狗!老天作证,费瑟斯通,你最好立刻投降,不然我会用拳头把你打得死去活来,让你恨不得直接上绞刑架一死了之!"

"不能这样,我亲爱的史密斯,至少在我们好好谈谈之前是不行的。你瞧,噶斯特人给我开了一个让我无法拒绝的条件。我们的帝国代表着正直、文明、进步、平等——讨厌的平等主义。噶斯特人对乐趣是由什么构成的有着更好的想法。一旦新伊甸人让大海拉克斯掌权,这个世界差不多就会变成噶斯特帝国的殖民地。到那个时候,噶斯特人会需要像我这种人的帮助——帮助他们把当地人的生活变得暗无天日。我怎么能拒绝这样一个机会呢?"

费瑟斯通叹了口气:"话不多说,我们谈正事吧!"

他打开一个小柜子,用手指扫过一排史密斯看不太清楚的东西。"啊,在这儿。"费瑟斯通说着,抽出一根长长的手杖,"你肯定明白,史密斯,我需要从你这里了解一些特工处的情报。稍后我将会有相当多的娱乐活动,我会把你那个小飞行员女孩的屁股打到发青。但是这只是生意,我不是什么变态,你知道的。"他说着,把手杖伸了起来。

"你差不多要死了。"史密斯说道,"我的人就在我身后不远的地方。"

"但没我这么近,老伙计。"费瑟斯通说道。

门突然开了，卡尔薇丝和苏鲁克出现在门口。卡尔薇丝手里拿着一把巨大的手枪——史密斯的"开化者"。"全都不许动！"她喊完，眨了眨眼睛，"哦……要不我过一会儿再回来？"

"别！"史密斯说道。

"真是奇怪。"苏鲁克说道，"谁充当女性的角色？"

烟嘴从费瑟斯通的嘴里掉了出来，落在了史密斯的屁股上。"啊！"史密斯大喊着，烟嘴又掉到了地上，"赶紧杀了他，你们这些笨蛋！"

费瑟斯通朝梳妆台迈了一步。"听着，"他说道，"对于这一切，有一个完全不一样的解释。"

"我还想看看呢！"卡尔薇丝说着，笑了起来。

"这不好笑！"史密斯喊道，"他是个狗杂种卖国贼，把我处理完了之后，他打算抽你的屁股，把你打死！"

"哦，这样啊！"卡尔薇丝说道，"你告诉我的有些晚了。好吧，既然这样——来打这个吧！"

"开化者""砰"的一声响了，枪的后坐力几乎把卡尔薇丝推翻在地上。子弹正中费瑟斯通的胸膛，把他冲到了墙上。他躺了下来，死了，流下一摊血迹。

苏鲁克慢悠悠地走了进来，似乎对整个事件无动于衷。他用靴子尖推了推费瑟斯通："他总算死了。他为什么要穿成司机的样子？"

"这是我人生中最糟糕的一个夜晚。"史密斯说道，"有人能把我弄出来吗？"

苏鲁克帮忙把他从椅子上拉了出来,而卡尔薇丝却把目光移开了。史密斯把裤子拉了起来:"啊!该死的香烟烧伤了我的屁股。"

"我也度过了一个糟糕的夜晚。"苏鲁克说道,"我玩了一种叫扑克的游戏。没有人能读懂我的表情,因为我长了獠牙,于是我赢了一大堆圆圆的小饼干,还有一个叫作游艇的东西。结果那饼干是塑料做的,所以我把它们都扔掉了。真令人失望。"

"真是一团糟。"四十五分钟之后,W说道。他坐在一把有棱有角的椅子上,卷着一支香烟。他看起来破破烂烂,衣着寒酸,跟其他所有人一样,在费瑟斯通的现代主义住宅里显得格格不入。"最糟糕的是,我一直在怀疑他。"

"你可以在他点燃我的屁股之前就告诉我的。"史密斯站在房间的另一头说道。在卡尔薇丝的请求下,他们在费瑟斯通的尸体上盖了一条床单。苏鲁克的请求,即把他踢到游泳池里,则被忽略了。

"好吧,我不是在明确地说他。"W舔了舔卷起来的香烟,从口袋里拿出一个金属小盒子,把香烟扔进了盒子里,打算以后再吸,"我原来觉得这里有人会陷入腐败,但我没有意识到腐败已经达到了这种程度。"

"腐败很难完全解释这件事。"史密斯说道,"我最大的遗憾就是没能亲手杀了这个混蛋。他还把我的裤子脱掉了。"

"这个城市里似乎充满了噶斯特主义者和潜在的叛徒。"W

站了起来，闷闷不乐地说道，"我认为应该归罪于社会中所谓的上层阶级，他们总是试图压迫劳动人民。"

"这个地方需要的是一支正儿八经的不列颠卫戍部队。"史密斯说道。

"非常正确。大多数人肯定还是把自己看作公民的。但是我怀疑军队能不能拨出这么多人来镇守这个地方。哦，你看到你的女朋友了吗？"

"看到了，谢谢，你真是太好了。虽然我认为她并不是真的属于我。我想我错过了自己的机会。"

卡尔薇丝拿着一个托盘进了房间。"茶来了。"她宣布道，"我们什么时候行动？那个死了的司机让我心里发毛。"

"我突然觉得，他们对于打败你肯定很有信心。"W说道。

"我猜他们跟我们一样了解我们的计划。"史密斯说，"费瑟斯通一定把我们的事情统统告诉了他们。"

"毫无疑问。"W从托盘里拿了一杯茶，一饮而尽，"不知道这样会不会迫使他们采取行动。警察现在应该已经抓到卡洛威了，而没有他的话……"他的口袋里发出一阵鸣响，他掏出了他的通信器。"稍等一下，对不起，各位。你好！"他对着听筒说道，"是你吗，温斯科特？情况还好吧？哦，我的上帝……"

他大步穿过房间，打开了电视。一个声音低沉的男人站在屋顶上，衬衫外面套着一件装甲背心。在他身后，有什么东西在城市里燃烧。

"——以大海拉克斯的名义袭击了导弹防御系统，宣称他们自己才是瓮星的合法统治者。这场政变受到了当地国民警卫队的顽强抵抗，伊甸人的部队被赶回了城市西部的导弹基地和太空港，虽然他们被包围了，但是他们仍然占据着那里。国民警卫队发表声明称，他们预计能在十二个小时之内挫败这场政变。"

"海拉克斯已经采取行动了，"W说道，"但是看起来不是很顺利。"

"没错。"史密斯说道，"现在牌已经打到桌上了，他的胜算不大。继续用扑克比喻，他很快会玩'对儿'。也就是说，我们应该帮点忙了。我很高兴能狂揍那些邪教分子。"

"我也一样。"苏鲁克说道，"我们说得足够多了。少说话，多打仗。"

播音员继续说道："我是R．特雷弗·汉弗莱斯，在——上帝啊，那是什么东西在闪？"

天空中出现了灯光——着陆灯，有好几百个。飞船在城市的上空降落，那是虹鱼形状的飞船。

伊桑巴德·史密斯咬着牙说道："噶斯特人！"

"哦，坏了。"卡尔薇丝在他旁边说，"这是入侵！"

"我的上帝。"W尖声喊道，"怪不得他们要占据导弹基地，这样噶斯特人就可以登陆了！他们肯定有成千上万人！"

"太好了！"杀戮者苏鲁克说道，"我们还在等什么？快把他们全杀光！"

"你疯了吧？"卡尔薇丝喊道，"我们应该赶紧离开这个鬼地方！"

"那可能不太容易。"W 说道，"你看。"

屏幕上的画面晃了晃，然后消失了。取而代之的是一个怪物：一个蚂蚁和人类的混合体坐在一把高背的有机体椅子上，他近似于人脸的部位正对着屏幕。在史密斯看来，所有的噶斯特人长得都差不多，但是这一位身上有一种特别让他厌恶的东西——除了他脸上的疤痕和闪闪发光的人造眼睛之外，他认出了某些东西。

"噶斯特帝国公告！"他叫道，"我是 462，是侵略部队的突击指挥官。就在我讲话的时候，强大的噶斯特海军正在部署六个师的精锐禁卫军突击部队来占领这个世界。你们现在都是大噶斯特帝国的一部分了，地球渣滓！哈哈哈！"

"462。"史密斯低声说道，"我的上帝。我还以为我把他杀了呢！"

"反抗是绝对不能容忍的！所有反对我们的人都将被枪毙！"他的脸上突然露出了可怕的笑容，"记住，瓮星的人民，任何跟我们合作，并把自己营养丰富的亲戚捐献给新秩序的人都会得到赦免。任何反抗我们的人都会被处死，因为我们从来不会出错，我们军团的胜利将成为我们万无一失的明证！所有的荣耀归于一号！"

462 用他的螯和触角敬了个礼，然后从屏幕上消失了。在他的位置上，禁卫军的标志像一面海盗旗一样布满了屏幕：那是一个带有触角的非写实风格的噶斯特骷髅。

"卑鄙的外星人！"史密斯骂道，"这里是不列颠的土地！或者说，它本来可以在几个月之后变成不列颠的土地。"他皱起了眉头，"六个师，嗯？车里有一支步枪。大家跟着我——我们要突然袭击,阻止他们!"

夜空下灯火通明。探照灯在十来艘虹鱼形状的飞船底部扫射着地面。推进器的轰鸣声被噶斯特人的扩音器发出的声音盖过了,他们尽其所能地咆哮着:一号的演讲、噶斯特帝国为了安抚人心而做出的无法实施的承诺、疯狂的恐吓和乱七八糟的侮辱。

在整个旅途中,W都坐在苏鲁克旁边的后座上,与他的同事温斯科特在手机上交谈。苏鲁克摇下车窗,把头探了出去,以看到更好的风景,灼烧的气味随着夜晚的温暖空气冲进了车里。

"这是个很糟糕的主意。"卡尔薇丝说道,"我是说,难道你们没有注意到我们真的在朝着敌人前进吗?四个人不可能打败六个师的,尤其是当四个人里还有一个会忍不住藏起来的时候。这是行不通的,我猜。"

一辆吉普车别在了他们前面的路上。史密斯猛踩刹车,一个男人跳下车,朝他们跑了过来。史密斯拉开夹克,把手伸到了"开化者"上。"等一下。"W说完下了车,朝吉普车踱了过去。

新来的人穿着一条宽大的短裤和一件卡其色的衬衫,从这个距离看过去,他好像一个长着胡子的超大号童子军。他们交流了一会儿,然后W转向史密斯。"太空港被占领了!"他喊道,"他们控制了飞船。我们被困在这里了。"

"哦,见鬼。"卡尔薇丝说道。

W迈着大步朝汽车走来,他对着手咳嗽着:"他们正在卸载生化坦克和伊甸的战斗服,很多很多。这个地方已经被占领了,邪教分子在城市里发疯了。我们不可能战胜这么多人。就连温斯科特都认为我们有麻烦了。"

那间谍站在车外的黑暗中,在他身后,火光和探照灯照亮了夜晚,车头灯让他的脸变成了一堆乱七八糟的线。有那么一会儿,他似乎很困惑:"听着,史密斯。我们要尽力找到所有在城市外面的人。从这个地方往东六十千米,有一个叫作茶色亩的种植园。我们在那里的瑞克酒吧碰面,然后计划下一步行动。"

"等等,"史密斯说道,"蕾哈娜在哪儿?"

"现在情况危急,史密斯。"W说道,"我觉得……"

"对她来说,同样情况危急。你知道噶斯特人一直想要抓住她,因为她有超能力,而现在他们有机会了。她现在比任何人都更有危险。一想到能抓到她,那些蚂蚁人估计都要高兴得流口水了,我就会——如果我是噶斯特人的话。她现在比我们任何人都更需要帮助,而且我想帮她。"

W点了点头:"你说得对。我们不能让她被噶斯特人活捉。你有地图吗?"

"这儿。"史密斯把公路图递给他,W在上面画了一个十字。

"在这里,城市的边缘地带,圣卡米拉天赋异禀女子学校。一旦你找到了她,就来茶色亩种植园的瑞克酒吧跟我们碰面。明白了吗?"

"好的。"史密斯说道,"我会去的。"

"祝你好运。"

W大步走向吉普车。史密斯在路上把车掉了个头。他们开始远离火光,驶进了黑夜之中。

他们抄了小道。噶斯特人的袭击异常迅速而出人意料，但是人们早已开始朝城市外面涌去，逃往大型的茶叶种植园和能够为他们提供庇护的城镇。史密斯开车穿过工业区以避开车流，经过仓库和包装工厂的巨大阴影以及微笑着的广告牌。他瞥了后视镜一眼，看到一张巨大的脸，宽得像一辆公共汽车的小胡子下面举着一个杯子。"茶——为了活力与节律！"标语上写道。在照片后面很远的地方，激光在城市里闪动着。

"真该死。"史密斯说道。

"往好的方面想想。"卡尔薇丝回应道，"至少我们是在远离噶斯特人。"

"也是在远离我们自己的飞船。"史密斯冷冷地说道，"它们现在肯定把'约翰·皮姆'号扣押了。"

"我们应该回去。"苏鲁克在后面低声吼道，"我渴望鲜血，而且这辆车让我有些晕车。"

"你最好别吐在仓鼠身上。"卡尔薇丝说道，"你如果伤害了杰拉德，是会有麻烦的。我跟它之间有共鸣。"

"因为它一个劲儿地吃东西，然后脸都变宽了？"

"船长，我想他刚才说我肥……"

"你能不能安静一下？"史密斯喊道，"大家就……稍微安静点。"他两手握着方向盘，直直地看着前方。他很理解他们，所以无法跟他们争辩。她很害怕，他想，那么谁又不害怕呢？还有苏鲁克：远离战斗一定会让他感到沮丧。上帝知道我现在就想要一个猎杀噶斯特人的机会，尤其是那个混蛋462，还在拖着他的大红屁股到处晃悠。他应该死了才对!我打中了他的眼睛!

"这对我来说也不容易。"史密斯说道,"我不喜欢像这样逃跑。我身体里有一部分想要回到城市里,好好地给那些肮脏的外星人送几发子弹——但我还有一部分想要跟蕾哈娜在一起。"

"我能猜出来那是哪一个部分。"卡尔薇丝咕哝着。史密斯假装没有听见。仪表板上的一个表盘发出嗒嗒的声音,一座有山墙的巨大建筑在他们前面的黑夜中若隐若现。汽车驶过它宽得像城堡一样的大门。他们把车停在了圣卡米拉学校。

即使离中央政府如此遥远,帝国伦敦的影响力依然很大。这所学校像是一块维多利亚高哥特时代的预言石板,上面满是雕刻品,仿佛这里有艺术精湛的白蚁出没。

学校的前面一片混乱:一群年轻的女士正在往巴士上装行李,准备逃亡。史密斯把车停了下来,他们走进一片校服的海洋中。

"这儿的网袜太多了,即使以我的标准来看。"苏鲁克说道。

"有一千多个十八岁的女孩,她们全都需要保护。"卡尔薇丝补充道,"这真是一种艰苦的生活啊,不是吗,头儿?"

"跟我走,伙计们!"史密斯说着,擦了擦他的舰队夹克,然后大步走上台阶,来到了前门口。

一个瘦瘦的、看起来很优雅的女人侧身站在台阶顶端。他们走近的时候,她抬起下巴,从鼻子上方看过去:"晚上好。我是阿米莉亚·克利弗小姐。有什么需要帮助的吗?"

"我们在找蕾哈娜·米切尔。"史密斯解释道,"这是一件很重要的事。"

克利弗小姐皱起了眉头:"我明白了。令人遗憾的是——先生该怎么称呼?"

"史密斯,史密斯船长。"

"令人遗憾的是,史密斯船长先生,我们这里没有这个人。"远处有什么东西爆炸了。克利弗小姐轻蔑地转过头看了看。"真的,有些人呐……"她说道。

"情况紧急。"卡尔薇丝说道,她的眼睛紧张地朝声音传来的方向眨着,"我们必须在他们把这个地方炸飞之前救出她!"

"我很怀疑他们会这样做,年轻的女士。"克利弗小姐回答道,"这里是一个受人尊敬的机构。我们圣卡米拉不会容忍外星人入侵的。"

"听着。"史密斯说道,"我们是由议会的一位特工派来的,我们知道他叫W。他个子很高,在《巨石日报》工作。他有一个叫温斯科特的朋友。"

"哦!那你们最好进来说。"克利弗小姐说道。

她转过身,领着他们走进大厅,那是一间用激光刻蚀的红砖砌成的圆顶房间,很凉爽,角落里有地球仪照明。在大厅的尽头有一扇巨大的天窗,城市和敌舰上闪动着的不祥的光芒透过天窗照了过来。

两个女孩急急忙忙地朝出口跑去。

"嗷!"当她们经过的时候,史密斯龇牙咧嘴的,"那个女孩捏了我一下!"他伤心地揉了揉屁股。"如果今晚早些时候费瑟斯通那头猪没有把我烧伤的话,我就不会那么介意了。"

"你应该庆幸我带了枪。"卡尔薇丝说道,"要不是我拿你的枪对准他,他是不会停止打你屁股的。"

"你们宇航员的生活还真有趣啊!"克利弗小姐说道,"请跟我来。在圣卡米拉,我们相信在精神上受过训练的年轻女性可以变得更加优秀。除了正常的被保护人之外,帝国还给我们送来了一些有特殊天赋的女性,我们试图在她们把同学烤焦之前给其灌输一些纪律。"

"你真的相信那些东西吗?"卡尔薇丝问道,"人们能通灵什么的?"

"这取决于你怎么定义它。"克利弗小姐解释道,"影响他人的能力是一个很微妙的东西。"

"好吧。"卡尔薇丝说道,"我还没有看到过任何证据能证明灵力的存在。"她眨着眼睛,挠了挠脑袋。

"我自己……等等。"苏鲁克说道,他的鼻孔抽动着,"有敌人。"

卡尔薇丝环顾四周。"在哪儿?"她问着,但还是拔出了左轮手枪。

史密斯举起"开化者",走到了女士们前面:"是什么?"

"等等。"苏鲁克回应道。他抽出一把大刀,朝屋顶扔了出去。

就在刀子击中玻璃前的半秒钟,天窗爆炸了。玻璃碎片像雨点一样落了下来,史密斯赶紧转过身,把卡尔薇丝和克利弗小姐推倒在地上。他抬起头,举起手枪。屋顶上有绳子吊了下来,上面还有一些身影:来袭者戴着头盔,像昆虫一样——他们顺着绳索滑下来的时候，黑色的外套像翅膀一样在身体两侧拍打着。

其中一个没有滑下来。一个噶斯特人重重地砸在了苏鲁克脚前的地上。他弯下腰，从他的身体里拔出了他的刀。"开化者"在史密斯的手中咆哮着，弹仓在转动，另一个噶斯特人尖叫着倒了下来，好像一只死掉的蝙蝠。"快跑！"他喊道。

天窗上还有更多的噶斯特人在聚集。卡尔薇丝愣愣地看着他们，反感不已。她意识到，这些只是工兵，而不是禁卫军，入侵者肯定把他们当成了一次性消耗品。

然后，有一个噶斯特人蹄子着地，降落在她身旁，她转过身，抬起胳膊，朝那东西开了四枪。

克利弗小姐站在一个侧门边。"快过来！"她回头朝他们喊道，"大家走这边！"苏鲁克跳了起来，飞快地冲进了门里。史密斯跟在他后面，然后是卡尔薇丝。"快进来，年轻的女士！"克利弗小姐喊道。卡尔薇丝刚跑进来，就"砰"的一声关上了门，插上了门闩。

什么东西重重地撞在了门上。外星人的声音在外面响成一片。

"这撑不了多久的。"克利弗小姐说道。

史密斯打开他的枪，把弹壳倒了出来，又从口袋里掏出一个快速装弹器，把一组新的子弹塞进了"开化者"。"我们需要知道蕾哈娜在哪儿。把你的枪给我，卡尔薇丝。"

门上的抓挠声停了下来。有那么一会儿，卡尔薇丝在想他们是不是走了，这时他们开始一起撞门。门摇晃着。砖灰从门锁的边缘落下来。

史密斯给卡尔薇丝的枪装好子弹，又把枪还给了她："大家有什么想法吗?"

克利弗小姐有些不屑地说:"一些女孩——那些更有天赋的女孩——正在从后门出去。我跟蕾哈娜说让她留下来在那里等你。"

"怎么说的?"卡尔薇丝问道。

"那不重要。走后门——走台阶的时候小心点,不要跑——然后走左边的走廊。她会在尽头等你们。"

"你不来吗?"卡尔薇丝问道。

"我能挡住他们。"克利弗小姐说道,"我会没事的,谢谢。"

"我来帮你吧!"史密斯说道。

"没错!"苏鲁克怒吼道,"我要砍下他们的脑袋!"

"不,你不能那样。我在米切尔小姐的成长上投入了太多的时间和精力,我不能让他们在什么银河战争中浪费掉。你要帮助她离开这里。怎么样,史密斯船长?"

史密斯顿了一下。他从她身上看到了一些跟自己很像的东西:她的决心跟他自己的一样大,甚至更大,她的意志力让他既羡慕,又同情。"如你所愿。"他严肃地说道。

"砰"的一声响,门摇晃着。一颗螺丝钉掉在了地毯上。

"快走吧!"克利弗小姐说道,"感谢你来我们的学校,史密斯船长。"

"也谢谢你。"他说道,"走吧,你们两个。我们还有事情要做。"

"的确。"苏鲁克抽出两把刀。他转向克利弗小姐:"祝你狩猎愉快,萨满女士。"他说完,小跑着跟在了其他人后面。

"把一个女人就这样扔下很伤人,"他们穿过走廊的时候,史密斯咬着牙说道,"非常伤人。"

走廊里刷着白漆,看起来好像潜水艇的内部。天花板上有许多管道,油毡在脚底下吱吱作响,空气里还弥漫着一股卷心菜的气味。这让他想起了初中,那时候他是班里最差的学生。那段记忆让他感到害怕,同时也让他为战斗做好了准备。

当时,孩子们只会取笑他,但是他们的嘲笑之中隐隐有些先见之明:他们称他为"太空人"。他想不起来这是为什么:他之前从来没有认真去听。

他们刚跑开了二十来米,噶斯特人便破门而入了。声音沿着走廊传过来,紧随其后的是噶斯特人的吼叫,仿佛从地狱中飘出来的声音一样。

"这到底是什么意思?"史密斯听到克利弗小姐在质问,"就这么闯进来……"

"我们在找噶斯特帝国的两个敌人。你要做的是……"

"我只做我愿意做的事情,谢谢!"

"安静,人类渣滓……"

"注意你们的措辞。"她说道。她的话语之中蕴藏着的强大力量穿过他们的身体,如同电流一般,如同义愤的海啸一般。"你怎么敢这么跟我说话?我是不列颠公民。你说话的时候当心点,年轻的昆虫人。"

"很好。我们要找……"

"安静点,别大惊小怪的。你们在这里胡闹些什么?大喊大叫,吵吵闹闹的——真是耻辱。我很想向你们的高级官员举报你们。坐在后面的那位——注意听我说。"

"重要的是……"

"你们要找的人不在这里。他们在很远的地方,你们永远也找不到他们的。现在你们该走了。听明白了吗?说英语,好吧?"

"请——"那噶斯特人说道,"下属们,我接到了命令,他们在很远的地方。我们必须马上离开。"

"我的上帝。"史密斯低声说道,"她有精神控制的能力。"

"什么?"卡尔薇丝问道。

"我之前听到过传言,但是从来没有亲眼见过——'啸腾',不列颠最古老的神秘艺术。但是我已经很多年没有见过任何人……"

"好吧!"卡尔薇丝说着,紧张地回头看了一眼,"待会儿再告诉我,好吧?"

他们又急匆匆往前走,拐了个弯,突然就来到了通往外面的那扇沉重的隔音门前。墙上挂着一排雨衣,一个身影从藏身的地方走了出来。

"蕾哈娜!"史密斯喊道。

"天呐!"卡尔薇丝说道,"你为什么要穿成这个样子?"

蕾哈娜尽量把裙子往下拉了拉。"我告诉过你这是件愚蠢的校服。"她说道。

史密斯打量了她一番。他之前还从来没有看到过蕾哈娜的腿:她的腿特别长。"草帽不错。"他勉强地说着。

"是的。嗨,"卡尔薇丝说道,"现在,我们能离开这里了吗?"

蕾哈娜走到门口,然后停了下来:"你们听!"

声音又响了起来。克利弗小姐说:"又是你们?我还以为我把你们都送走了。这又是要搞哪一出?"

"工兵们已经离开了。"回答的是一个噶斯特人,但是声音却更加低沉,更加刺耳,更像一个动物的声音。

"没错。你们也要离开,谢谢。"

那个噶斯特人发出一阵呼呼的笑声:"我不这么想。你瞧,我们是禁卫军。你的精神控制对我们的大脑起不了任何作用。不过,你可以放心,被你蛊惑的那些弱者会被枪毙。你也一样。"

裂解枪响了一声。一阵短暂的寂静之后,噶斯特人的声音从走廊里传了过来:一阵咆哮和咯咯的吵闹声。

"哦,我的天呐!"蕾哈娜喘着气说,"他们把她打死了!"卡尔薇丝吞了一下口水。她的额头上流出的汗水闪闪发光。她蹲了下来,把门上的一个门闩拉开:"把上面的门闩打开,好吗?"

史密斯朝拐角处看了看。噶斯特人正迈着高高的步子,小心翼翼地沿着走廊爬了过来。他拉开"开化者"的击锤。

蕾哈娜跑到门前,踮起脚尖,把门闩拉开。她转动门把手,把门拉向她,让夜晚的空气流了进来。门口站着一个禁卫军哨兵,他背对着他们,外套在晚风中轻轻地飘动着。蕾哈娜僵住了,手捂着嘴,眼睛睁得大大的。

苏鲁克走上前去,静静地把卡尔薇丝抱了起来放到一边。那噶斯特人把他的触角揉到了一起。苏鲁克抡起他的大刀,又飞快地落下,发出一声"嗖"的声音。那噶斯特人倒了下来,摔在了柏油碎石上，脑袋滚到了一边。

史密斯回头看了看拐角处。一个装甲兵正从他的腰带上掏出一枚长尾的生物手榴弹，史密斯抬起"开化者"，打中了他的胳膊。手榴弹从他手中掉了下来，上下颠倒地落在了地上。那噶斯特人的腿和尾巴剧烈地摆动着。

史密斯回头看着。"来啊！"他喊道。手榴弹爆炸了，发出一声"砰"的巨响，接着走廊里传来了鬼哭狼嚎的声音。蕾哈娜抓起她的小背包，他们就逃走了。

"谁想喝啤酒？"基列大步走进太空港，金属手臂下夹着一个冷藏箱。

太空飞船的侧面像悬崖一样赫然出现在他旁边，消失在他脑袋上方三十多米的黑夜之中。它们大部分是运输船，用来把茶叶送到帝国每个月派来的大集装箱船上。它们现在哪儿也去不了，基列满意地想。这个星球已经与外界隔绝了。

他的部下们穿着装甲战斗服站在那里，手里拿着枪，互相聊着天、开着玩笑。他们是宇宙中最好的战斗人员，基列想。"啤酒！"他大叫着，拿起一罐啤酒晃了晃，扔给了一名中尉。当那个中尉打开罐子，啤酒喷到了他的面罩上时，基列情不自禁地笑了起来。

在太空港的另一边，一排禁卫军正等待着噶斯特人首领的到来。他们冷酷而又沉默，带着漠不关心和轻蔑的表情看着前方。他们站成一排只是出于本能。

两个穿着蓝灰色战斗服的伊甸人本来应该负责守卫停机坪，但现在，他们却在研究一个关于被征服者的问题。一个噶斯特人走了过去把他们推到一边。

"安静！"他叫道，"高级指挥官来了！"

随着一声像生肉被撕开一样的嘶嘶的声音，指挥舰后面的一个舱门滑开了。一个坡道弯折下来，光滑得好像蛇的舌头。恶臭的浓烟从后面的通风口滚滚升起，一个身影出现在坡道顶端，仿佛是浓烟聚集而成的一样。462缓缓地走下坡道，他的头盔夹在胳膊下面，禁卫军晃晃悠悠地立正。

462穿着一件满是徽章的风衣。他的右眼不见了，他那些效率低下的技术人员用一个金属镜头代替了他的右眼。眼睛周围的皮肤凹凸不平，伤痕累累，好像古代蟾蜍的背部一般。

他瘦弱的身体驱使他走到了坡道的底部。噶斯特人整齐划一地把两只主臂交叉在胸前，螯臂举在空中，脚跟撞在一起，抖动着他们竖起来的触角。"阿卡！"

"阿卡。"462随随便便地说着，他的一只螯臂微微挥了挥。

"嗨，462！"基列喊着，他晃晃悠悠地穿过停机坪，来到了坡道底部。喝了几瓶啤酒对他没有什么好处。他本想把胳膊搭在462的肩上，但最后还是决定算了："你错过了战斗，太可惜了。你感觉怎么样？"

462回头看了看他的腹器，那是一个从他的风衣后面伸出来的、形状像昆虫腹部一样的器官。"又大又红。"他说道。

"嗯哼。你想喝啤酒吗？"

"不。我会把受伤的工兵榨成汁来补充营养。"他的眼睛扫过太空港,停在了近乎报废的人类控制塔和他那狭小的着陆平台上,"在海拉克斯自封为'先知总督神王之皇'以前,我有命令要给他。"

基列点了点头,他的眼睛下面闪过一丝让人不愉快的东西。"我也有一些想发出的命令。我要去找点乐子。"他眯着眼睛看了看周围,"这个星球真恶心。只要你一句话,462,我就把这些人炸飞。跟你说一个秘密。"他靠近了一些,继续说道,"我在想着如何跳过娘娘腔的中世纪阶段,直接让他们换成古希腊的风格。"

"我会很高兴地看着你跟他们这样说。"462回应道,"可惜的是,你不能让任何人换成古希腊的风格。这个星球受到噶斯特帝国的控制,而且到目前为止,我还没有收到过任何命令能允许你推行愚蠢的恐怖主义统治。不要害怕:这些都会过去的。到那个时候,你会找到乐子的:这个星球上的可怜公民将不会再享有人身保护权。"

基列咧嘴一笑:"我想我也可以用用这种手段。肮脏的英国女人——无信仰者全都是荡妇。"

在基列的视野边缘,一架噶斯特的侦察机冲到了停机坪上。它掠过着陆场,前灯像喝醉了的萤火虫一样晃来晃去。它插进了宇宙飞船之间,停在了指挥舰旁边。飞行员是一个工兵,他爬了下来,跑去和一个禁卫队员说话。

"那是什么?"基列问道。

"一个信使。"462朝飞行员招了招手,他跑了过来对462敬了个礼。

"阿卡!弗莱卡不如爱他卡阿卡。阿卡!"

"这说的都是些什么鬼东西?"基列说道。

462 的笑容展开到了伤疤允许的最大限度:"好消息。我们的重炮打败了人类的防空炮。接着说,让基列船长也能听明白,工兵。"

"遵命!"那工兵又敬了个礼,"人类伊桑巴德·史密斯和那个沃尔女人已经逃跑了,他们的位置现在还是未知的。"

462 有那么几秒钟什么都没做。"未知。"他说。

那信使点了点头:"未知!我得知我们的攻击既迅速又无情,意在彻底粉碎一切抵抗。像我这样的工兵都是当一次性消耗品使用的,那些人类渣滓被杀得措手不及,但是……"

462 朝一个禁卫队员点了点头。他身体前倾,像园丁剪掉难看的树枝一样,把那个飞行员的头咬了下来。

"晚餐准备好了。"462 说道,"这是个不幸的消息,基列。太不幸了。我想要找到他们!"他把风衣紧紧地裹在身上,转身走开了,"找到他们!"

他们一出城,就停下来让蕾哈娜换衣服。史密斯靠在车上,回头看着燃烧的城市。巨大的泛光灯从登陆艇上照下来,扫射着城市中的建筑。"首都"现在属于噶斯特帝国了,整个瓮星也是如此。

卡尔薇丝站在他旁边。夜晚的空气很暖和。"我想我们现在还不能回家。"她说道。

"我们会回去的。"史密斯回应道,他的语气很严肃。

"我保证。"

"看着我！"一个尖厉的声音在他们身后说道。他们转身去看：苏鲁克把那个禁卫队员的脑袋放在了车顶上，还像一个木偶师一样控制着他的嘴巴："我曾吹嘘自己是一个伟大的战士，而现在，我坐在杀戮者苏鲁克的壁炉上面！看着我，绝望吧！因为我曾经强大，但现在我成了一个镇纸！"

"你非得要这么做吗？"卡尔薇丝厌恶地问道，"用那些砍下来的头颅胡乱当什么东西，你不觉得这样有点病态吗？"

苏鲁克耸了耸肩："不，这很有趣。另外，你应该庆幸我只拿了一个脑袋。当我还是一个勇敢的年轻人的时候，我经常会把我的敌人彻底肢解。不过，马祖兰不喜欢看到他们的肢体扔在地上。"

史密斯看着城里的火光，看着盘旋在城市上空的外星飞船上的一团团光。他能隐隐约约地听到一艘飞船播放的一号的演讲。在黑暗中的某个地方，有一只狗在号叫。蕾哈娜在往她的无袖制服外面套一件阿拉伯长袍。她不小心弄掉了长袍，弯下腰去捡。

"你知道，卡尔薇丝。"史密斯说道，"我觉得我永远都不会忘记这一刻。"

"就因为你能看到蕾哈娜的内裤？"她说道。

"我说的是外星人的入侵，卡尔薇丝。"

"哦，那个啊！"她回应道，然后叹了口气，"我在试着不去想那件事。"

04
开始反抗

八点钟的时候，史密斯在一间阳光明媚的白色房间里醒了过来。明亮而清澈的阳光从窗户里泄了进来。在这么好的天空下，任何邪恶的事情都不应该发生。

他在房间里的洗脸池里洗漱之后穿上了衣服。他把他的步枪藏在了床垫和床架之间，把"开化者"系在了他的腰侧。这个地方应该很安全，冒险是没有任何意义的。

在楼梯的平台上，他遇到了卡尔薇丝。她穿着她的睡衣、羊毛拖鞋和便袍，看起来不像是一个与外星暴政做斗争的关键人物。"哦，头儿。"她嘟囔着，关上了洗手间的门。

"早上好，卡尔薇丝。昨晚没睡好？"

"我又做那个关于电动绵羊的噩梦了，几乎没睡。"

"好吧，你最好做好准备。今天是我们对噶斯特人开战的日子。"

"早知道要发生战斗的话，我就睡懒觉了。"她虚弱地说着，手里拿着牙刷，踩着沉重的步伐走到了走廊里。史密斯下了楼。这座建筑的后部又脏又乱，堆满了前面的酒吧要用的设备。在楼梯底下，他听到了说话声。这声音很冷酷，还有点气喘吁吁的，只能属于 W。

"该死，你疯了吧？"W 尖声喊道，"你不能回去，伙计。这太疯狂了。"

"我想做什么就做什么！"另一个声音喊道，"你被传统束缚住了手脚。我们现在需要用强烈的情绪去处理这件事！"

史密斯打开了门，里面是厨房。"你们好。"他说道，"在讨论作战计划？"

W 回头看了一眼。"史密斯，你来告诉这个该死的傻瓜他错了。你应该用水壶往茶壶里倒水，而不是用茶壶往水壶里倒水！"

"胡说八道。"另一个人说，"你还不如把茶叶托付给一个野蛮人的好。"

苏鲁克溜达了进来："你们好！"

"这个头脑发热的人是温斯科特少校。"W 说道。

"温斯科特，深空行动小组成员。"那个人说道，"很高兴见到你。"他伸出一只手，与史密斯握了握。温斯科特留着胡子，目光敏锐，个头很小，穿着史密斯见过的最大的一条短裤。他身上有一些尘土，这让史密斯想到地理老师和流浪汉，都是一些他通常情况下认为跟军事才能无关的人。"很高兴见到你，史密斯。见到你很高兴，战斗与你同在。"他做了一个用刀捅人的手势，对苏鲁克补充道。

苏鲁克笑了起来:"战斗万岁。"他说道,用一根手指划过喉咙。

"你也一样,先生。"温斯科特说着,鞠了个躬,"我非常尊敬你的人民。你们都是勇猛的战士。"他继续弯着腰,轻轻拍了拍头发中间的一条伤疤,疤痕从前面一直延伸到他的后脑勺。他直起身子。

"温斯科特少校是非传统战争的大师。"W补充道。

"正是。"温斯科特说道,"传统的军事学说能使反对势力预测自己的进攻计划。而我则会打破常规,把它们抛到脑后,然后跟那位像成吉思汗的旗帜一样在微风中飘荡的老伙计合作。每次都能把敌人吓得屁滚尿流。"

"我相信你的话。"史密斯说道。他环顾着厨房,不知道该怎么把话接下去。或许在温斯科特到那条疤痕的时候,他的一部分脑子也掉了出来:"外面那些是茶田吗?"

"没错。"W说道,"干净的未采摘的茶。"

史密斯走到窗前向外望去。由于是深夜到的这里,他之前没有意识到外面这个种植园的规模。深绿的茶树从窗口一直延伸到地平线:纯净的生命,纯净的茶。

"帝国的血液。"他自言自语道。

"而噶斯特人打算让这血液停止流动。"W说道,"就在我们说话的时候,这些大种植园正在尽可能多地收获茶叶,并隐藏起来。第二条战线已经形成,我们要在敌人发现之前尽可能多地储备茶叶。"

"这些农场会被摧毁吗？"苏鲁克问道。

W摇了摇头："恐怕比这还要糟糕。有传言说，那些变态的蚂蚁人打算把这些种植园的产品用在自己身上。我的联络人告诉我他们企图用自己的突击师团来测试茶叶，希望能在他们身上培养出优秀的精神品质。"

史密斯一拳打在了餐具柜上。"肮脏的猪猡！"他叫道。

"到目前为止，茶并没有给噶斯特人力量。"W解释道，"事实上，茶对他们来说有轻微的毒性。但是毫无疑问，他们会努力自己收获茶叶。不管怎样，圣战教团的人也认为茶是罪恶的，而且可能会禁止普通民众喝茶，以此来削弱他们抵抗的意愿。"

"这太可怕了。"史密斯说道，"你的意思是，噶斯特人打算把这个星球变成他们的试验场地以强化他们自己的军团？"

"人类的战争可能要依赖这颗星球。"苏鲁克说道，"甚至说，整个人类星系。当然了，我的族人是无法被征服的战士。"

卡尔薇丝走了进来，还穿着她的便袍。"好了。有麦片吗？"她问着，打开了橱柜。

"没错。"W说道，"茶要是进入了噶斯特人的血液里，他们会变得无人能敌。你想要什么样的麦片？"

"香甜粟米片会很好。"

"旁边那个橱柜里有一些。历史告诉我们，茶叶消费量的减少与人类精神品质的削弱有直接的联系。如果长期没有茶叶，就很有可能出现永久性的道德滑坡。在那儿，卜卜米的旁边。"

04 开始反抗

史密斯耸了耸肩。"你说得对。"他说道,"如果我们彻底失去了茶叶,噶斯特人很可能集结兵力在数周之内彻底征服已知空间。"

温斯科特一直站在窗边静静地听着:"这就是我们站出来的时候。我可以这么说,深空行动小组是人类历史上最聪明、训练最好、装备也最好的军事单位,不用把任何人排除在外。我想说,一个'空动'的成员就能比得上二十个顶尖的噶斯特禁卫队员。"

史密斯转向他:"你们有多少人?"

"五个。嗯,如果不算我的话,就是四个。但是上帝作证,我们真的很厉害。"

卡尔薇丝把香甜粟米片倒了出来。"嗯,如此说来,只要这支星际入侵部队里的外星人不超过一百个,我们就能轻松取胜了?"她说道,"我听够了。"她坐了下来。

"不一定。"W 说道,"我们很可能需要一支自己的军队。我需要跟我的联络人谈谈,以确定有多少人站在我们这边,还有我们即将面对的是什么。"

"好的。"史密斯说道,"我们越早反击越好。"他转向窗户,看到一个苗条的身影在茶树丛间漫步,深色的头发被一条五颜六色的带子束在后面。"行了。"他说道,"你去跟你的伙计们谈谈吧,我们半个小时之后再聚。这样我们就有时间准备了,到时候我们或许就能在用水壶往茶壶里倒水这件事上达成一致了。"

现在才九点钟,但是阳光却很强烈。比这更糟糕的是湿气:

它似乎能渗透史密斯的衬衫，渗进他的肉里，把他的能量都过滤走。他卷起衣袖，解开马甲，大步穿过茶树丛。茶树叶拂过他的身体，发出沙沙的声音，他真希望自己戴了那顶巴拿马草帽。

蕾哈娜站在田里稍远一点的地方，一动不动。他走近的时候，她没有转身。他绕了个圈走到了她前面，跟她保持了一个适当的距离，看到她的眼睛闭着。她正发出一种柔和的嗡嗡声，仿佛一台老化的冰箱。

"嗨，伊桑巴德。"她说道。她穿了一件很长的裙子、那双常穿的凉鞋，还有一件非常小的上衣——那简直比胸衣大不了多少。她的脏辫看起来像是章鱼和老鼠的混血儿，不过是一种好的方式的混血。她真的很美，他想，不过稍微有点邋遢。

"你好啊，蕾哈娜。你怎么知道是我？"

"我听得出你的脚步声。这里真美，不是吗？颜色这么鲜艳，让我想起了高更画的塔希提岛。"

史密斯对艺术了解得不多，但却很清楚现在不能对对方说他对艺术毫无兴趣。"好吧，我还真不知道。"他说道，"我想他在经历了所有那些宇航员都会经过的事情之后，应该休个假。"

蕾哈娜奇怪地看了他一眼。他们聊着天，一起走过茶田。

"那么，"他说道，"情况怎么样？你还能通灵吗？"

"我挺好的，谢谢。没错，我一直在努力提高我的技能。我在圣卡米拉学到了很多东西。这些天，我专注于我的脉轮，我能感觉到……正能量在我的体内流动。"

史密斯皱起了眉头，不知道这是什么意思。他已经忘了跟蕾

04 开始反抗

哈娜谈话是多么的困难。在他的思想深处有一个声音告诉他,如果他专注于蕾哈娜的脉轮,他也会感觉到正能量。他认为他在卡尔薇丝身边待的时间太久了。

"嗯,那太好了。你现在会不会觉得你可以用意念把东西炸飞?有没有这种可能?"

蕾哈娜皱起了眉头。该死,他想,我又搞砸了。在银河系里爬满了欠揍的怪物的时候,想跟一个和平主义者约会可能是件非常令人沮丧的事情。"抱歉。"他说道。

"我能理解。"蕾哈娜说道,"如果你来自一个本身有着很多潜在暴力倾向的文明,要拥抱和平肯定很困难。"

"哪儿,英格兰吗?"

"不列颠太空帝国,伊桑巴德。"一阵微风摇动着茶树叶子,把空气中的湿气也带走了一些。在地平线上,出现了一条懒洋洋的太阳龙,它的翅膀吸收着热量,给自己充能。它肯定很大,史密斯想,两翼张开估计有二三十米。

"嗯,跟噶斯特人比起来,我们可不知道要好到哪里去了。"史密斯有些生气地回答道,"还有该死的基列那群人——他们把自己的胡言乱语强加在我们所有人身上。"

"那真的太糟糕了。"她叹了口气,"为什么大家不能成为朋友,一起享受精神的自由呢?"

"说得太对了。这种伊甸邪教应该被禁止。我们必须抵抗这些混蛋,直到他们一个都不剩。当然了,是非暴力的抵抗。说实话,我需要你的帮助。"

她停下脚步，看着他："真的？"

"当然。好吧，虽然你现在还不能炸坦克，但是你的确有一些能力，而且，呃，你也知道，我本来就很担心你。"

"你真是太好了，伊桑巴德。我会考虑的。"

她笑了，他也笑了起来。他第一次在他们的谈话中感觉到自己正在接近她。

"我很担心你。"他说道，"敌人可能会到这里来抓你。他们不像正常人那样：他们没有道德观念。要是你做了什么傻事，我会很害怕的。"

蕾哈娜收回了一丝笑容。"我说过了，我会考虑的。"她说道，"给我些时间让我深思一下就行。但是别一直烦我，伊桑巴德。只有那位老大哥才会那么做。记住了吗？"

"我不会的，我保证。我们稍后要在里面开个会，欢迎你过来旁听。"

蕾哈娜说道："我想我还是帮点忙吧！那儿有那么多帝国主义分子，你们需要有人来帮忙让你们的对话……"她做了一个权衡的手势，"更流畅一些。我想没有其他人比我更能代表开明的女性了。"

"嗯，我们有卡尔薇丝。"

"我就是要去。"

酒吧里的电视机开着。电视周围摆了半圈大柳条椅，十个人围坐在一起。屏幕上有一个胡子很长的人，他对着镜头发表着演讲，好像一个隐士在讲解着他对文明的逃避。

"每个频道都在播放这个，二十分钟一次。"W 说道。

那是海拉克斯坐在他的王位上捋着胡子。

"瓮星的公民们，我以最温和的上帝——嗜血的毁灭之神的名义向你们问好。我是大海拉克斯，或者，按照现在我护照上写的，瓮星的'神王先知皇帝'。你们可能已经注意到了，昨晚发生了一场革命，让我成了你们的统治者。现在秩序已经恢复了，我来就目前的情况发出公告。

"由不列颠太空帝国扶持的民主政府已经被推翻，总督也被斩首了。我现在是最高统治者，你们要么崇拜我，要么就去死。发生这种变化有两个原因：一、为了保护你们的自由；二、为了遏制不敬神的异端浪潮。我会依次讲解这两点。但首先，我要感谢伊甸共和国的军团，他们在这场圣战中帮助了我。"

屏幕上出现了一阵骚动。忽然，基列的大脸号哭着挤到了镜头前。"他们是世界上最好的战士。"他呜咽地说着，然后对着一瓶淡啤酒喝了一大口，"上帝保佑你们，穿上你们的动力装甲，还有你们的……帽子。上帝保佑你们。把他们杀光！"他突然喊着，要么是他摔倒了，要么就是被人拉出了镜头。

海拉克斯捋顺了他的胡子，继续讲话。

"首先，自由。发动这次政变是为了保护你们的自由。你们中的一些人可能会觉得奇怪，因为你们目前拥有的自由更少了，这是由于我的政权是一个强大的神权地狱。好了，引用我一个朋友的话，尝试着跳出思维定式。众所周知，为了拥有更大程度的自由，必须先放弃一小部分，以让警察、安全部门等机构运行。我们把这种观念往前推了一步：既然你们已经放弃了所有的自由，那你们现在就有更多的自由去严格按照我的话语行事，或者像异端败类一样去死。在这一点上你们必须同意我的观点。

"其次，异端。我觉得我没有必要解释这一点。唯一不熟悉这个概念的人恰恰就是创造了这个概念的异教徒。因此，只有异教徒才不会欢迎我的计划，不欢迎我在全球范围内对可疑的异教徒采取的极端和专制的行动。一旦局势平静到了足以让我用圣战来加剧它的程度，你们就能在自己的电视机上看到我会怎么对付异教徒。相信我，我们知道该怎么对付异教徒。在审判秀节目上！

"在此期间，法律系统得到了简化。你们现在要严格按照我的话语行事。如果有疑问，千万不要尝试去违反，尤其是当这样做会让你开心的时候。特别注意，茶现在被禁止了。这种邪恶的饮料让虔诚的人堕落，让女人激发出邪恶的欲望。茶让她们的思想变得叛逆，让她们曾经虔诚的身体变得放荡，闪闪发光的汗水流淌在她们巨大的、起伏的……

"无论如何，茶叶的生产从现在开始要终结了。任何饮用、种植或者浸泡茶叶的人都是沉溺于堕落之中的异教徒，他们将会受到我的新法律的惩罚！异教徒将被完全消灭！九头怪兽将三次——三次——从火焰之湖中升起，圣战将覆盖整个银河系！不义之人将会在地狱中燃烧，而我——只有我——将会被我自己，神王先知，加冕为全宇宙的神王先知！你们已经得到了警告，你们这些堕落、卑鄙、该死的异教徒渣滓！

"感谢你的收听。

"另外，女孩会被加倍残酷地对待。"

海拉克斯颤抖着看向镜头之外，画面在一面圣战教团的旗子上逐渐消失。W扫视了一下房间，然后关掉了电视机。

"谁想说点什么吗？"

卡尔薇丝举起了手。"蠢货。"她说道。

屋子里传来一阵赞同的低语。

"就是这样。"温斯科特少校说道，"这些都是噶斯特主义者推选出来的傀儡。"

"完全正确。"他旁边的一个人说道。温斯科特旁边坐着三个男人和一个女孩，他们全都穿着大短裤、长袜子和笨重的靴子，仿佛是一支要去沙漠里作战的足球队。他们都像那位少校一样，瘦小而结实。史密斯意识到，这一定就是深空行动小组。

"嗯。"温斯科特继续说道，"我觉得他们的数量不会太多。我们看不到这些人身上有成为麻烦的迹象——虽然有六个师的禁卫军和数量未知的噶斯特工兵已经登陆了。"

"那么，"史密斯说道，"基列和462都还活着。我们得尽快弄清楚应该如何反击这些入侵者。我们能组建一支军队吗？"

"正确的想法。"W说道，"我认为，没有瓮星普通百姓的帮助，我们是不会取得胜利的。毫无疑问，即便是现在，也已经有为了反击而建立起来的组织。我在《巨石日报》的职务让我可以传播真相，并将未来能领导抵抗噶斯特人的人们联系起来。"

"没错。"史密斯说道。

蕾哈娜尽量压低了她的人字拖发出的声音,走进房间,坐了下来。史密斯对她笑了笑,她礼貌地回了一个微笑。

"这位米切尔小姐是新弗朗西斯科自由殖民定居地的公民。"W 说道,"关于她,我目前只能告诉你们这么多,尽管从严格意义上来说,新弗朗西斯科与不列颠是同盟关系。让她远离噶斯特人是至关重要的。"

"让她去他们那边吧,行吗?"温斯科特低声咆哮道。

"不行。"W 说着,朝手掌狠狠地咳了几下,然后喝了一大口茶,"实际上,恰恰相反。"

史密斯想起了噶斯特人抓住蕾哈娜时的情景,他们把她连在了一台机器上,以将她体内的外星人和人类身体分开。在某种程度上,他们成功了:那个外星沃尔人像一个复仇的鬼魂一样出现在她的身体上方,并让十来个敌军装甲兵像爆米花一样爆炸了,这证明她的和平主义本能来自她的人类部分。

"史密斯船长和他的船员,"W 用他的大手示意了一下,继续说道,"之前就认识了米切尔小姐,并帮助她克服重重困难来到了帝国的领地。目前,敌人正把他们的飞船扣押在城里,并执行着严格的禁飞政策。但是,我们还是可以依靠他们,因为他们是勇敢的男人、女人和生物。"他叹了口气,"现在,我们需要制订一个进攻计划。"

"很简单,"温斯科特说道,"我们要杀掉噶斯特人。"

在一阵短暂的沉默之中,温斯科特意识到房间里的人都在看着他。"具体的细节可以稍后再计划。"他说道。

"在这个时候,少校,如果你能训练出一支突击队来扰乱敌人,那就再好不过了。"W说道,"如果你能训练卡德希罗人,那你就能训练任何人。"

"你训练过卡德希罗人?"卡尔薇丝说道,"真是能干!"

卡德希罗的甲虫人是一个友善、平和的民族。他们的家园在战争开始后的第一周就被伊甸共和国吞并了。他们的民兵队伍四散奔逃,他们的国王被成群结队高声呼喊的步兵残忍地抓住了,甲虫人逃到了山里,敌人以为他们被打败了。这时,在帝国的帮助下,他们吃了大量的食物,并且策划了他们的复仇行动:一个月之后的一个晚上,在一场吵闹而又恶臭的反击中,甲虫人用他们自己的一个巨大的粪球把伊甸人的军营夷为平地。以排泄物为武器的战斗方式使他们成了让人闻风丧胆的游击队,现在他们已经作为已知空间中最为正规的非正规作战单位而著称。

"据我所知,殖民定居地的国民警卫队虽然被打散了,但是实力依然在。"温斯科特说道,"我们可以试着把他们集中起来,训练他们从事乡下的工作。毫无疑问,许多茶农会很乐意帮忙的,尤其是在海拉克斯禁止他们继续生产赖以生存的农作物的情况下。"

"但是那样是否足以重新夺回星球?"史密斯问道。

"我不知道。"温斯科特回复道,"在没有人离开星球的情况下,要想在下一次收获期到来之前警告帝国的其他地方是很困难的——而那要等到三个月之后。这场血腥的政变让整个星球都措手不及,即便是我们的人——当它发生的时候,我们正在踢五人制足球。而且，占领这里的是禁卫军：噶斯特帝国所拥有的顶尖的战士。"

"我知道你们在哪里能找到更多的人。"苏鲁克说道。

其他人转过来看着他。他静静地蹲在椅子上，躲在房间后面的阴影之中，他尖利的獠牙在一起不断摩擦。

"好吧，确切地说，不是人。"他无声地站了起来，带着他的种族所特有的那种古怪的优雅，"我这话可不是随便说说。不过，我所属的种族正处于这个行星系统之中。如果我能同我的族人交谈，告诉他们有一场大战正在等待着他们，那么一支强大的军队就能集结起来，我们的飞船将让这个星球的天空暗淡无光。人类可以跟莫洛克族一起面对噶斯特人的军事力量。"

"这倒是个好主意。"史密斯说道，"我们所要做的就是跟他们谈谈。如果我们能够让一艘飞船穿过敌人的防御带，那就行得通了。我同意。"

"但是你该如何离开瓮星呢？"卡尔薇丝转身对苏鲁克说，"他们把我们困在这里了。我是说，这是不可能的，对吧？这个想法不切实际，顶多算不上疯狂，对吧？除了我之外，还有其他人觉得这是在自杀吗？"

史密斯摇了摇头："这不见得一点可能性都没有。实际上，这是完全可行的。你们需要做的就是突袭噶斯特飞船所在的着陆场，夺回我们的飞船，绕过导弹防御系统，躲避敌人海军的追击。这样看来，我觉得也不是不可能。"

卡尔薇丝轻轻地哼了一声："谢了，头儿。那么，我们就去落实这个'射成碎片'行动吧！我是说，就在昨天的时候，我还在想着怎样才能死在爆炸之后的火球之中，而现在我知道了。"

温斯科特挠了挠下巴："我刚才想了想，这个计划虽然太疯狂，但可以行得通。我知道的。"

"好吧，"史密斯说道，"这就是我们应该做的事。实际上，我越想，就越觉得这是个好主意。"他站了起来。

"先生们，我和我的船员将接受这项任务。我们会齐心协力，把求援的消息带到太空深处，并把胜利带回来。我，"他慷慨激昂地继续说道，"将代表不列颠太空帝国。这位苏鲁克，将代表在帝国的帮助下管理自己星球的形形色色的外星人民。蕾哈娜，如果你跟我们一起去，你可以代表新弗朗西斯科的人民。还有卡尔薇丝，她已经同意加入我们了……"

"那是在讽刺好不好？"她往后坐了坐，说道，"听着，我不想打断我们现在正在谈论的'错误的团体'，但我真的不是那块料。我只是一个没什么经验的性爱机器人改编而成的飞行员。我很抱歉，但是我真的不适合。"

史密斯想了想："嗯，你说的可能有点道理。这毕竟不是一个团体。"

"很好，我很高兴你能明智起来。"

"我是说，我是里面唯一的一个男人，所以我想这更像是一种熟人关系。没错，就是这样！我们将在同一艘飞船上一起飞行，因此我们是飞船上的熟人！就像我之前读过的那本书《蝇王》一样。"

十一点了。他们停下来喝茶。

卡尔薇丝在外面的时候，突然产生了一个想法："哦，我的上帝，我们这是去送死。"

一只手在她的胳膊肘上轻轻拍了拍。

"嗨。"蕾哈娜说道，"别担心，波莉。你会没事的。我们会夺回飞船，然后起飞，之后的所有事情都会很顺利的。另外，即便不是这样，也没有关系。死亡只是生命之轮进入下一个循环的序曲，对吧？"

"只有我这样吗，还是生命之轮都要经过那些令人不愉快的事？"卡尔薇丝说道，"你知道，当我受命来这个星球的时候，我就隐隐地感觉到有些事情不对劲，但是我也说不清楚到底是什么问题。既然我们要去执行一项由一个五人制足球队制定出来的自杀任务，那我已经知道到底是哪里不对劲了。"

蕾哈娜叉起胳膊："嗯，波莉，有的时候你必须相信一些东西。有些时候生命会给我们设置一些障碍，因为通过克服这些障碍，我们会跟更大的生命合而……"

卡尔薇丝哼了一声："作为一个素食主义者，你是真能胡说八道。"

前门开了。门口站了一个看起来疲惫不堪的英俊男子。他大约三十五岁，穿着一套白色的燕尾服，嘴角夹着一支抽了一半的香烟。

卡尔薇丝倒抽了一口气。"瑞克·德莱基特。"她叫道。

他用一只手摸了摸他那没刮胡子的下巴，仿佛是在检查他的下巴是否还在那里一样。"是的。"他过了一会儿说道,"的确是我,妹妹。"

"你看到了吗?"蕾哈娜说道,"这就是缘分啊!"

"好了。"史密斯俯身看着地图说道,"攻击计划。我建议温斯科特少校对导弹防御系统发动攻击,让它无法运行,同时,我们会冲向飞船。麻烦的是,导弹发射井离太空港有三十千米。即便发射井被关闭了,也不能保证我们穿过城市到达太空港。"

"如果你想这么做的话,最好先叫辆救护车。"一个声音在门口说道,缭绕的烟气吹进了房间,"把那个地方一锅端了,后面就是无限晴空。"

温斯科特抬起头。"你是什么人?"他问道。

德莱基特走进了屋子。"只是一个想耍嘴皮子的傻瓜。"他回答完,露出了微笑。

温斯科特的眼神冷漠而具有杀伤力。"我没空跟你逗趣。"他说道。

W举起一只手。"别紧张。这位是瑞查德·德莱基特,之前是一位赏金杀手,现在是瑞克酒吧和戴纳拉玛餐厅的老板。他偶尔也会为我们工作。"

"嗯。"温斯科特皱起了眉头,"不过他为什么要那样说话?那种奇怪的行话会让一个人显得脑子不正常。"

"这是因为我之前经常在卡弗岩的穷街陋巷里出没。"德莱基特说道,"我为公司里的那些腐败的高层杀过不少人,我之前的许多身份都是伪造的。后来我做了一些证件,放弃了那些不义之财,来到这里工作。相对于砍掉别人的脑袋喷你一身血，经营酒吧可容易多了。"

"真恶心。"温斯科特说道。

W 说："我们需要两本护照，德莱基特先生。"

"抢手货，嗯？"德莱基特拿下香烟，意味深长地环顾着酒吧里的人。他黑眼圈下的眼睛扫过围坐在桌子旁的人的面孔，打量了一下苏鲁克那非人的容貌，最后停在了史密斯身上。

"它们是给我和卡尔薇丝用的，她就站在你身后。"

德莱基特点了点头，转过脸看了一眼。"嗨，"他说道，"我们之前见到过。你就是那个有人雇我追杀的女孩。"

"是我！"卡尔薇丝说道，她对他咧嘴一笑，"那么，这个酒吧是你的吗？"

德莱基特点了点头："这份工作很不错：你必须学习如何善待他人，因为他们中很少有人试图谋杀你。"

"哇。你没有杀我真是太好了，不是吗？"

"放过你是举手之劳，妹妹。"德莱基特说道。他把胳膊肘放在自动钢琴上休息，又看向其他人："你什么时候需要它们？"

"今晚。"史密斯说道，"我们日落之前就需要它们。"

"我看看能做点什么。要用在什么地方？"

"太空港。"

"好的。祝你们玩得开心。"他看了卡尔薇丝一眼，"回见了，美女。"

"我不太相信那个家伙。"德莱基特走了之后史密斯说道，"要我说，他靠不住。"

仍然蹲在座位上的苏鲁克说话了："那么，我们现在有三件事情达成了共识：第一，要想解放这个世界，我们就必须与我的战士弟兄们，以及像你们这些出身于弱小的人类民族的军事队伍并肩作战。第二，一旦敌人识破了我们的意图，他们会不惜一切代价阻止我们逃跑。软弱、投降的人对他们来说是值得欢迎的，但假如我们像勇士一样战斗，他们会奋力击败我们。还有第三，"他看了卡尔薇丝一眼，继续说道，"这个侏儒对繁殖伙伴的选择没有品位。"

史密斯、W 和温斯科特在房间里研究着一张地图。苏鲁克离开了，拿着他的武器做战斗练习。蕾哈娜在给突袭小队的人准备一份外带的午餐。卡尔薇丝负责处理肉，但她把火腿夹在三明治里之后，就没有什么事情可做了，只剩下独自烦恼。

电视上除了圣战教团吵吵闹闹的演说之外什么也没有。由于某些她无法理解的原因，他们开始破坏音响设备，这违背了他们那些复杂的宗教信仰。海拉克斯的一段布道视频在电视机里播放了起来，一群邪教分子围着一个吊着音响的绞刑架跳起了舞。卡尔薇丝把电视机关了。一夜之间，瓮星从一个松散运行的民主国家变成了疯子的游乐场。卡尔薇丝不是战士，但她感觉到，即使是她也很乐意踢翻这个神王先知的法令。

她不想再听到那些乱七八糟的东西，于是在检查了杰拉德的笼子之后，走到外面去呼吸新鲜空气。

天很热，仿佛地下有一个巨大的炉灶要把大地烤干一样。一辆改装过的吉普车停在房子一侧，离马路不远的地方。引擎盖被打开了,一个穿着背心的人影低着头摆弄着引擎。卡尔薇丝走了过去,发现是深空行动小组的那个女人。

"嗨,你好。"那个女人直起身子说道。她很结实,看起来很厉害,但面容天生就很有吸引力。她微笑着。她的制服夹克挂在吉普车的后视镜上,背心上沾了一些油渍:"你是那个机器人,对吧?"

卡尔薇丝点了点头:"模拟人,波莉·卡尔薇丝。"

"好的。苏姗。"她伸出手,发现自己厚厚的手套上沾满了油,便把手套摘了下来。她们握了握手:"你还好吗?"

"糟透了。你呢?"

"还行吧!就是再确定一下我们都准备好可以出发了。"她拍了拍吉普车,"这辆车还真不错——又快又稳。它能以氢电池、汽油、柴油为动力,紧急情况下甚至用煤都可以。这意味着可能出问题的地方也多到了四倍。想帮我一把吗?我知道这不是太空飞船,但是涉及的原理都一样。"

"嗯,我本来也不太清楚飞船是怎么工作的,所以,有何不可?"卡尔薇丝绕过引擎盖。一挺自动校准的马克沁连射枪安装在前客座车门的枢轴上。它比在约翰·皮姆号的武器柜里吃灰的那挺要稍微先进一些。卡尔薇丝小心翼翼地戳了机枪一下,仿佛在检查它是不是死了。

"你之前用过同样的枪吗?"苏姗问道。

"用过。在我看来,如果事情变糟糕了,你最好能躲在一把大枪后面。"

苏姗扬起一边的眉毛:"战士,嗯?"

"其实是胆小鬼。我是'尿裤子联盟'的旗手,只不过不用走在队伍的最前面。理想状况下,挡在我和手无寸铁的敌人之间的武器越大,就越好。你知道,我们之间有一些人不是精英战士。开火的时候,我能做的就是尽量把头低下。还有别失禁。"

苏姗重新戴上手套:"那么,你最好还是离开星球,去给我们找点帮手吧!在未来的一段时间里,这个星球上不会有太多好玩的东西。"她又把头埋进了引擎盖里,继续工作了。

05
噶斯特检查站

回去的路上几乎空无一人。城市静静地坐落在远处。那些制茶厂里也没有烟冒出来。这是一种突然而又阴沉的寂静,一种在某人朝另一个方向看的时候突然袭来的寂静。

在返回城市的半路上,一辆有八个轮子的巨大犰狳形车辆与他们擦肩而过,车上竖满了枪,还印着基列士兵的火焰和天使徽章。车后的喇叭放着音乐,还有一个提前录制好的声音重复着:"欢迎来到伊甸帝国!我们是你的朋友!"当史密斯经过它的时候,他在装甲的挡风玻璃后面瞥见了一副太阳镜和一个防毒面罩。那车隆隆驶过之前,一个装甲兵朝他们大喊:"失败的感觉怎么样,失败者?"

苏鲁克从后备厢里吼道:"等着瞧吧!"

"嘘。"史密斯说。卡尔薇丝吹着口哨继续开车,努力装出无辜的样子。

蕾哈娜躲在后座的一条毯子下面。杰拉德的轮子在它的笼子里嘎嘎作响。"伙计们,我们快到了吗?"蕾哈娜问道。

"不远了。"史密斯说,"我们从噶斯特人的检查站进去,卡尔薇丝。与伊甸人相比,他们不大可能认出我们。没有命令,他们也不太可能只是为了好玩就把我们炸飞。"

"好的,头儿。"卡尔薇丝说道。

史密斯把假护照从副驾座的杂物箱里拿了出来。"我希望这个能奏效。"他一边说,一边细细地看着证件,"你的朋友在伪造这些护照的时候肯定很着急,要不就是光线太暗了。"

"我猜他不得不赶工。"卡尔薇丝说道,"要想在短时间内找到我们能用的身份可不容易。"

"你说得很对。我能记住我的假名字就已经很幸运了,更别说拼写了。把头低下,蕾哈娜。"史密斯说道,"我们到检查站了。"

路边有一座岗哨,一条像长长的脊椎一样的障碍物从里面伸出来,挡在了路上。那东西有着噶斯特科技的那种不健康的生物学外观。

他们接近的时候,一对工兵走到了路上。其中一个举起他的螯臂:"停下!"

史密斯把车窗摇了下来。

"注意,渣滓!"靠近他们的工兵叫道,"关掉引擎!"

卡尔薇丝看了史密斯一眼。他知道她想表达什么——我们没法快速逃跑了。

"关吧。"他说道。

汽车在她转动钥匙的时候晃了一下,然后就静止不动了。

靠近他们的噶斯特人走到车窗前，朝车里看了看，他的触角在轻轻地点着窗框："证件。"

史密斯把护照递了过去。一滴口水从那噶斯特人的嘴里滴了出来，落在了史密斯的大腿上。

那噶斯特人盯着卡尔薇丝看了一会儿，又看向史密斯："那是个孩子吗？"

"不是。"史密斯说道，"成年女性。"

另一个噶斯特人突然把他的同伴从车边拉了过去。他把同伴转了过来，对着他的脸喊了一连串的命令，怒气冲冲地转身大步走开了。他走到了汽车后面，开始踢轮胎——这是大男子生物的通用语言。每踢一脚，汽车就颤动一下。卡尔薇丝放在方向盘上的指节都吓得惨白。

拿着护照的噶斯特人回来了。他已经不流口水了。"你的孩子很幸运。我们目前还没有接到命令要吃掉她。"他打开了上面的护照，看了看照片，又看了看史密斯，"那么，你是亚瑟·方扎莱利？"

"的确如此，我的好伙计。"史密斯回答道。

"而这个孩子是——这该怎么念？"

"帕金斯·莫汉姆波特。"卡尔薇丝回答道，"可能是吧！"

那工兵停了下来："等一下。"

他走到了车后面的同伴旁边，开始了一段小声的对话。对于通常情况下说话等于吼叫的生物来说，他们的声音压得很低。

"我就知道这是个坏主意！"卡尔薇丝在后视镜里看着交谈

05 噶斯特检查站

的噶斯特人,小声说道。

"没错。"史密斯说。他穿着一件由 W 提供的破旧的平民夹克。"开化者"藏在下面。他伸手到身体的另一边,按下击锤,做好了开枪的准备。"我觉得你的朋友骗了我们。任何一个有一丁点脑子的人都会知道,帕金斯·莫汉姆波特不是一个白人女性机器人的名字。"

"我知道。"卡尔薇丝闷闷不乐地说道,"机器人的名字里都有个 R。"

"也许我们可以跟他们讲讲道理。"蕾哈娜在毯子下面说道。

一个噶斯特人给他的裂解枪上了膛,发出一声空洞的咔嗒声。"全都出来!"他叫道,"出来,渣滓!"

"见鬼。"史密斯说着,打开了车门。

"还有后座上躲在垫子下面的女人!出来,全都出来!"

"最好按他们说的来。"史密斯说完,走到了暮色之中。在他后面,蕾哈娜和卡尔薇丝也跟着出来了。后备厢一直关着。

第一个噶斯特人用枪指着他们,而检查站的指挥官则把他所有的手臂放到了背后,并鼓起了胸膛。"啊,你们还想着能骗过我们,是不是?"他说道,"弱小的地球人想欺骗噶斯特帝国。哈哈!我们抓到你们了!我们早就看穿你了,亚瑟·方扎莱利!你企图非法将这个女人带到太空港!"

他自鸣得意地晃了晃触角,幸灾乐祸地露出牙齿朝他们笑了笑:"但是还没完。我们接到了命令——很明确的命令——要抓捕一个莫洛克人、一个人类男性和两个人类女性,就像你们这个样子！是的，来自462的命令！现在，打开后备厢，让我们查清这件事，然后毙了你们。"

史密斯面无表情地紧紧地盯着那个怪物："我认为你不应该那样做。"

"安静！打开它！"

卡尔薇丝用胳膊肘碰了碰蕾哈娜。"灵力，灵力！"她低声说道，"让他们的脑袋开花！"

"安静！"那噶斯特人怒气冲冲地说道："你，男人，打开后备厢，不然我就要攻击女人了。"

"毙了她们。"第一个噶斯特人笑着说道，"把她们都毙了。"

"安静！"第二个说道，"谁是这里的二级路障指挥官？只有我才能发号施令。你，人类男性——打开后备厢，不然我就枪毙一个女性！"

"我会记住的。"史密斯说道。他走到车后面，试着想办法警告苏鲁克。他弯下腰，左手抓住后备厢的门锁，右手划过胸前，准备拔枪。他的右手握住"开化者"，左手按下按钮，后备厢打开了——里面却什么也没有。

史密斯想：苏鲁克呢？

"什么也没有。"那噶斯特人说道，"这些人不是我们要找的人类，"他看了看自己的同伴，"总之，我们还是开枪吧！"

"好主意！"另一个叫道。

"动手吧！"史密斯看着那噶斯特人的后面说道。

"如你所愿，人类！"那噶斯特人回答。

"我不是说你。"史密斯说着,苏鲁克的长矛刺穿了噶斯特人的胸部,那噶斯特人尖叫了起来。另一个装甲兵举起枪,史密斯跳了过去,一拳打在了他的下巴上,把他按在车上,拔出"开化者",用枪管子抵在他的身侧。那外星人低下头,看到枪插在他风衣的褶皱里,大喊:"别打我的皮革,方扎莱利!"史密斯扣动扳机。他倒在地上,死了。

"我还是觉得我们刚才可以跟他们讲讲道理。"蕾哈娜说道。

史密斯把枪收了起来。"你们觉得会有人听到枪声吗?"他问道。

"那声震耳欲聋的枪响?"苏鲁克问。他从噶斯特人的尸体上拔出了他的长矛,用那东西的外套擦了擦。"有可能。"

"我们走吧!"史密斯说道,"卡尔薇丝,你来开车。"

她点了点头:"好的。"她爬到了驾驶座上,发动了引擎。其他人也上了车:苏鲁克和蕾哈娜坐在后座上,史密斯坐在副驾座上。卡尔薇丝把她的左轮手枪递给史密斯,摇下了车窗。

卡尔薇丝看了史密斯一眼:"顺利通过了,对吧?"

"顺利通过。"史密斯说道。

卡尔薇丝回过头。"坐稳了!"她说着,松开手刹,猛踩油门。

在路的前方,禁卫队员 37012/B 转向他的同伴 264578/F。"你觉得哪个更好?"他问道,"反手抽他们的脑袋,还是在他们倒下来的时候用脚踢他们?"

264578/F耸了耸肩。"我两个都喜欢。"他说道,"两种方式同样凶狠。不过,我真正喜欢的是……"

他最终没能把话说完,因为那一刻,一辆克罗夫顿·英普的加固保险杠直接撞穿了岗哨亭,把它撞得稀烂。264578/F的同伙转过身,举起枪,史密斯把一发"开化者"的子弹打进了他的胸部,同时,苏鲁克的长矛劈断了他的一个螯。汽车穿过路障,转眼间,他们就不在公路上了:噶斯特和伊甸人的巨大运兵飞船出现在他们周围,吉普车在他们之间快速地穿行,仿佛一只在牛群间飞行的黄蜂,呼啸而过。

一个尖厉的声音响了起来:那是噶斯特人通过扩音器发出的号叫声。基列的四个空骑兵跳了起来,开始叫喊。他们后面响起了隆隆的枪声,卡尔薇丝在一艘伊甸飞船的起落架旁突然转弯。

有人从挡风玻璃的边缘跳了上来。卡尔薇丝转动方向盘,吉普车"砰"的一声把一个重装的伊甸人撞倒在地,他的头盔在混凝土上闪闪发光,然后滚出了视野。他们颠簸着继续前行,穿过敌舰,冲向约翰·皮姆号。

苏鲁克飞出一把刀,蕾哈娜压低了身子,卡尔薇丝弓身伏在方向盘上,绝望地露出了咬紧的牙齿,她离恐慌仅有一步之遥。扩音器里除了噶斯特人的声音之外,还多了人类的声音。士兵们涌到机场上,吉普车冲过了他们。太阳龙聚集在天上。噶斯特人拿出了一挺用三脚架支撑的裂解炮,两个基列人晕了头,开始朝他们开枪。一时间,太空港上子弹、光束纵横交错。三名邪教分子呼喊着跑到机场上并引爆了自己,这并没有帮到任何人。吉普车冲出火焰,史密斯看到前面的飞船都是不列颠太空帝国的。

"我们的飞船在那儿！"史密斯用手指着喊道。就在这时，一个禁卫队员跳到了引擎盖上，像一只巨大的苍蝇一样摩擦着挡风玻璃。他用爪子敲打着玻璃，史密斯从车窗里探出身子，打光了"开化者"的子弹。

"我什么都看不见了！"卡尔薇丝喊道。苏鲁克爬到车窗外面，踩在踏脚板上，抓住那禁卫队员的脖子。他扭断了禁卫队员的脖子——他掉了下来——汽车损坏的悬架从他身上碾过，颠簸了一下。"去吃轮子吧，死蚂蚁！"史密斯喊道，"干得漂亮，苏鲁克！"

卡尔薇丝用一边的屁股坐着，在后口袋里摸索着飞船的钥匙，史密斯帮忙驾驶。"把货舱打开！"她喊着，把钥匙扔给史密斯。史密斯在脚底下搜寻着掉落的钥匙，这时一辆噶斯特人的悬浮坦克开进了他们的视野。

他们驶近约翰·皮姆号的时候，史密斯抓住了钥匙。他回头看了一眼：蕾哈娜正闭着眼睛发出嗡嗡的声音，那辆坦克在抬起它的炮管。他把手伸到车窗外面，疯狂地按着钥匙上的按钮。"快打开，该死！"

约翰·皮姆号在四十米开外——现在是三十米。史密斯的手指按着按钮，谢天谢地，飞船上的灯闪了闪，然后有了反应——货舱的门像吊桥一样掉了下来。卡尔薇丝把车转向右边，轮胎发出刺耳的声音，他们听到后面的坦克大炮发出一声低沉的轰隆声。她继续猛地右转：裂解炮的炮弹没有追踪功能，从他们旁边飞了过去，在左边很远的地方爆炸了。

她转动方向盘，约翰·皮姆号的后门朝他们开着。卡尔薇丝把油门踩到底。货舱里，一个工兵发现没有什么值得掠夺的东西，于是在史密斯的女王照片上画起了触角。汽车冲上坡道，离开了地面，把那个工兵的脑袋撞了下来，最后撞到了货舱的舱壁上，没了动静。

史密斯几乎是摔进了货舱，摇摇晃晃地走到了后门口，猛地按下按钮。门关了。他大步走向汽车："大家都还好吧？"

卡尔薇丝茫然而又愉快地对他挥了挥手。他把钥匙扔给她："我们走吧。"卡尔薇丝跑进了驾驶舱。

苏鲁克走下踏脚板。"啊！"他说道，"我们再来一次吧！"

"蕾哈娜。"史密斯说道。她坐在汽车后座上，闭着眼睛，自顾自地哼唱着。她如果不是在冥想，那就是完全疯了。

约翰·皮姆号的侧面被什么东西击中了。飞船晃了一下，天花板上的灰尘掉了下来："快走，卡尔薇丝！"

他看向车里。"蕾哈娜，我们要起飞了。"他说道，"你得系上安全带。"

"等会儿。"她说着，又哼了起来。

苏鲁克拍了拍他的胳膊："先别管她了，马祖兰。你要指挥飞船。"

"好的。"他点了点头，跌跌撞撞地走进驾驶舱，还没有从刚才的飙车中缓过劲来。

引擎发动了。

"我们不能就这样起飞。"卡尔薇丝双手握住操纵杆，喊道，"一旦我们飞到天上，他们就会用导弹锁定我们。"她一边说着，一边把辅助动力转到主推进器上。外面，炮火连天。更多的坦克涌到了跑道上。有人在敲打着气闸舱。

"就试试吧！"

他给自己系上安全带——可是一条安全带并不能对付六个热跟踪导弹。引擎咆哮起来。

"来了！"卡尔薇丝说着，飞船离开了地面。子弹和激光轰击着船体。一支轨道炮小队跑出了掩体，卡尔薇丝转动喷射器，让火焰追着他们，把他们赶跑了。约翰·皮姆号一飞冲天，它的超大型引擎全速运转着，史密斯抓住扶手，祈祷着他们不会被晃成碎片。

飞船向上冲的时候，一群太阳龙在它周围盘旋着。它们被地面的混乱所吸引，正攻击着着陆点。史密斯看着它们，心中敬畏不已。一条龙朝一辆伊甸人的坦克喷了一口，一束静电从它的嘴里闪了出来，把坦克烧焦了。一个小橡树大小的东西像掷出的标枪一样撞穿了控制塔，让它的一部分坍塌了下来。

有一瞬间，脉络纵横的巨大翅膀布满了屏幕，然后又消失了。史密斯又振作了起来。他们必须赶快离开。W说过，太阳龙会攻击任何比大型星际飞船小的东西。他很惊讶它们还没有发动攻击。

史密斯打开无线电，驾驶舱里立刻充满了嘈杂的胡言乱语。一个人类的声音插了进来："伟大的指挥官，异教徒正在攻击导弹阵列！"

温斯科特！史密斯想。"他们攻击了导弹防御网！"他说道，"我们安全了！当然，除非他们还有备用的防空导弹。"

卡尔薇丝咧嘴一笑。"备用的防空导弹？不会的！我们早就飞到射程以外了。"她靠在窗边,做了一个粗鲁的手势,"现在试着来打我们啊,蠢货们!"

"别忙着自大。"史密斯警告道,"先输入路线,我们出发。"

"啊,在这个高度我们不会有事的。从这里看,他们就好像大蚂蚁一样。"

"他们就是大蚂蚁,卡尔薇丝。"

"哦,对。"她在电脑上输入着,"我们还在攀升。两分钟之后,我们就会飞出瓮星了。"

"很好。我们去看看蕾哈娜吧!"

苏鲁克在货舱里等着。蕾哈娜仍然坐在汽车的后座上冥想。

"温斯科特攻击了导弹发射井。"史密斯说道,"我们可以安全离开了。"

"多亏了我的王牌飞行技术。"卡尔薇丝说道,"还有开车技术。"

"还有我的计划,如果我可以这么说的话。"史密斯回应道,因为被她抢了功劳而有些气恼。

"嗯哼。"苏鲁克说,"事实上,看这儿。"

他打开车门,他们朝里看。蕾哈娜确实安然无恙:闭着眼睛,哼唱着,注意力集中在史密斯和卡尔薇丝看不到的某些东西上。

"所以她在哼歌。"卡尔薇丝说道,"那又怎样?我不开飞船的时候也可以做到。有时候还能同时做。"

"不。"苏鲁克回应道,"你们之前在谈论她的超能力,现在你们看到了。她的能力在保护着我们不受伤害。"

卡尔薇丝哼了一声。"所以是她在阻止我们被击中？"她说道，"证明一下。"

史密斯碰了碰蕾哈娜的肩膀。"蕾哈娜？"他轻柔地叫道。

她睁开了眼睛。"嗨，伙计们。"她说道。

"我在想……"史密斯说着。

一束激光击中了飞船的后部。货舱的控制装置在一阵火花中爆炸了。灯也灭了。

灯又亮了。卡尔薇丝从地板上站了起来，拍了拍身上的尘土。"你说得有道理。"她说完，跑回了驾驶舱。

"好了。"一个小时之后，卡尔薇丝说道，"我已经尽可能地检查了监控器。我们现在已经飞出轨道很远了，他们发射不了任何能够追踪到我们的东西了。从躲避导弹方面来看，我们安全了。"

"很好。"史密斯用一块消化饼蘸了蘸他的茶，"那么，受损情况怎么样？"

卡尔薇丝抬起靴子，放到了仪表板上。杰拉德在它的笼子里把轮子转得吱吱作响。"说实话，头儿，不出去看看很难知道。但是就刚才的距离，激光除了扰乱电力系统之外，不会造成太大的损伤。我想飞船上可能会有一个小窟窿，但是照目前的情况来看，我能确定它最多也就是把货舱后面的大门击穿了而已。一着陆，我就能把它修好。"

史密斯很满意。卡尔薇丝预设的性爱机器人程序让她很难不用一些粗俗的比喻来描述飞船的运行状态。但是到目前为止，她表现得都不错。

"这也表明，"她继续说道，"如果你要在没有保护措施的情况下接受一根光柱的打击，那最好是在后门的入口。"

"哼嗯。"史密斯说道，"那么，你建议我们该怎么做？"

她耸了耸肩，翻了翻手中的杂志。"在最近的标准重力星球降落，然后检查一下。最坏的情况就是我得做点焊接的活。"她拍了拍导航控制台，导致好几个表盘的指针都开始胡乱转动起来，"我们很快就会经过迪德科特5号星，我会做一次扫描；如果那个地方不适合降落，那么一旦我们到达了苏鲁克的地盘——迪德科特6号星，我们就去检查。"

"好的。修理需要花多久？"

卡尔薇丝深吸了一口气："哦，让我想想……大概，检查船体花一个小时，喷涂新的密封剂最多花两个小时，再花上十五分钟来跟你磨嘴皮子，告诉你这是件麻烦事——四个小时应该足够了。"

"四个小时？你确定要花这么长时间吗？"

"那就五个小时吧！"

史密斯喝了一口茶。他慢慢地品着，咽了下去，想：这东西现在很珍贵了。我们的储备多久之后会消耗殆尽？瓮星现在被封锁了，军队无法维持茶叶的供应。没有军队解放瓮星，帝国的力量会被慢慢耗干——然后它的精神品质会崩溃。帝国的人民将会没有希望、没有勇气、没有能力保护自己，更别说去保护银河系了。我们必须加快步伐，他想，帝国的命运掌握在我们手中了。

苏鲁克走了进来，把脸靠在挡风玻璃上，看着外面的太空："我们快到了吗？"

"还得几个小时。"史密斯回应道。"我们得先修理一下。你在读什么呢,卡尔薇丝?"

她把杂志举了起来。"这个月的《机器人女孩》。"她说道,"《提高自己处理速度的十种性感的方法》。"

"为什么?"

"哦,没什么理由。"她耸了耸肩,不太让人信服,"只是想着我可以。我是说,你永远不会知道的,对吧?"

"她想跟另外那个模拟人交配。"苏鲁克说道。

"谁,德莱基特?"史密斯回答,"呃,他给我的印象是一个卑鄙的家伙。我不希望我的船员跟这种人打交道。我想你会嘲笑这种荒唐的想法吧,卡尔薇丝?"

"哦,当然。"她说着,在杂志后面咧嘴一笑,接着又皱起了眉头,"说一个不相干的话题,我看起来胖吗?"

"当然不胖。"他们回过头,蕾哈娜站在门口,她穿着一件扎染的时髦衣物,"身体形象只是一种观念,波莉。不管你的身材怎么样,你都应该对自己感到满意。"

卡尔薇丝检查了一下扫描仪,叹了口气:"如果你问我的话,我觉得这听起来跟'振作一点,肥婆'差不多。我得减减肥了。"

蕾哈娜拿起《机器人女孩》,明智地摇了摇头。"这简直太可怕了。"她翻动着书页,说道。

"说得太对了。多两千克的人连一个照片故事都没有。"

"波莉,你有没有听说过身体法西斯主义?"

"毫无疑问,那是一种令人厌恶的外星人的行为。"史密斯评论道，"噶斯特人是对自然的侮辱。"

"不，不完全是。它是指我们接受了一个严格的审美观念，并让所有类型的人都符合一个狭窄的刻板形象。女人有各种各样的类型——有的人可能会更瘦一些，或者，呃，更大一些，或者——"

"更有吸引力一些？"史密斯提示道。他觉得自己对这个越来越拿手了。

"说这些也不会让我瘦下来。"卡尔薇丝说道。

苏鲁克不再研究星星，转了过来。"如果我把你的头砍下来，你就会轻一些了。"他说道，"你觉得这个主意怎么样？"

史密斯回头看了看。蕾哈娜时尚而富有魅力。她赤裸着腹部，这在帝国里可并不常见。她不知道在哪儿把鞋子脱了。"你看起来很漂亮。"他说道。

她笑了，他心中的某个地方软了下来。"谢谢。你知道，我很高兴能回到船上。"

"我很高兴你回到船上是开心的。"他说道。

"你高兴我也高兴。"她说道。

"你们够了啊！"卡尔薇丝说道。

蕾哈娜对他们每个人都笑了笑，好像一个圣人一样："我要去稍微躺一会儿，如果没有人介意的话。过了今天这么一个早上，我得休息一下。"

"当然。"史密斯说道，"你需要我为你做些什么吗？"

"不用了，谢谢你。"卡尔薇丝说道，她快速地闪进了走廊。

卡尔薇丝看着她离开。"她挺好的。"她说道，"看看她的屁股：一点都不像车祸现场。我呢，我只要经过一块烤饼，就会变成一个阻塞气球。你现在可以停止看她的屁股了，船长。"

"抱歉。"史密斯说道。

"另外，你忘了她是一个可怕的怪物。"卡尔薇丝看着杰拉德的笼子，"撇开她曾经变成过一个巨大的鬼魂不谈，她是靠不住的。不管她可能有什么超能力，她自己都控制不了。"她若有所思地捏了捏杰拉德的水瓶："我们需要的是一支军队，就像苏鲁克的同族那样的。"

"的确。"苏鲁克说道，"失陪一下。"

他转过身离开了驾驶舱。卡尔薇丝看着他走了，听到他房间的门关上了。她凝视着史密斯："他这是怎么了？就这么走了，好像我说错了什么似的。"

"奇怪，"史密斯说道，"我也不知道他在想什么。哦，好了，我们要多久才能着陆，解决这些修理问题？"

"迪德科特 5 号星应该可以降落。我们将在三小时之后进入高空轨道。哦，那是什么？"仪表板上有一盏灯闪烁着，"真奇怪。收到了一条消息。"

她拉下通信显示器，看着那条消息在屏幕上划过。打印机发出哗啦哗啦的声音，把消息打印到了一条纸带上。

"嗯。"她看着纸带说道，"看来下面有一个自动无线电信标。让我看看……请降落在这颗行星上。"她回头看了一眼："听这语气，应该是机器发出来的重复信号。但是他们这么说也挺不错的，对吧？"

"的确如此。"史密斯朝导航屏幕中间的行星点了点头。它周围环绕着混合的气体层,看起来好像树莓彩条冰激凌。"既然这样,我们应该接受他们的邀请。"

一位科学家军官瞪着眼睛,晃动着触角来到了通话器旁:"伟大的指挥官,我请求拜见你!"

462生气地抬起了头。他的桌子上有一桶水和一袋小猫,但是现在这得等一等了。他放下袋子,按了一下通话器:"进来。"

他的卫兵让科学家进来。噶斯特人的科学家看起来很像工兵,只是他们的外套是白色的而不是黑色的。科学家进来的时候抽动了一下,偷偷地笑了笑,这是他们这个阶层的普遍习惯:"致敬伟大的指挥官!"

"致敬。"462酸酸地说道,"坐吧!"

一把生物椅从地板上展开,它被设计出来专门承受噶斯特人身体结构的特殊压力。科学家拍了拍他的实验服和腹器,坐了下来。

462说道:"你打断我了的进餐时间,所以你带来的最好是个好消息,奴才。"他指了指头上的图片。虽然这个房间在设计上是人性化的,但是那张鼓舞人心的海报却是后来新加上去的,上面是夕阳之下的一群噶斯特人。"说吧!"

科学家使劲咽了一下口水:"《团队合作:我们应该如何避免被枪击中》。"

"很好。我希望你有一些成果。"

"是的，伟大的领袖，当然。我们一直富有成效——但是——但是我们的结果并不成功。我们强迫我们的禁卫军喝茶，或者在茶里浸泡——我们甚至把他们的血液抽出来，再用热茶替代——但是毫无效果。我们不能赋予他们精神品质。这是不可能的。"

"胡说八道！我被派到这个恶劣的世界来是有原因的，不是来听你为不可能的事情找一些牵强的借口！"他顿了一下，努力回想着，"或许还有其他的办法。DNA剪接、阳光曝晒什么的？能和茶交配吗？"

科学家摇了摇头。"不行，伟大的指挥官。即使人类也不能与茶繁殖。"他不由自主地笑了起来，看起来有些窘迫，"抱歉。"

"去吧，继续你的工作。如果你手下的禁卫军试验品用完了，我会派更多的过去。"

462看着他离开。蠢货，他想。或许他枪毙几个技术人员，这项研究就没那么不可能了。

想到这里，462笑着捡起了袋子，却发现里面空无一物。在刚才说话的过程中，小猫已经全跑了。

一个工兵溜了进来，递给他一条信息，又急忙跑了出去。462看了看那条信息，把它拧成一团，骂了一大堆复杂的话，大步走出了门。

两个禁卫队员在外面站岗。"跟着我。"他说道。

他们把一辆悬浮汽车从噶斯特大院里开到了之前的参议院大厅，也就是现在海拉克斯的宫殿。新政权已经开始运作了，而且还打算继续存在：宫殿外的街道上血迹斑斑，武装暴徒在路上念念有词地说着口号。

禁卫队员推开了两个穿着长袍的圣战教团卫兵。"给我把基列叫过来。"462叫道，他掀起大衣的领子挡住太阳。一个邪教分子带着他们进去了，在楼梯顶上，462把他推到一边，大步地走到了两天之前还是总督办公室的地方。

他打断了一场争论。卡洛威和大海拉克斯正隔着一张红木桌子互相大喊大叫。卡洛威转了过来，喊道："感谢上帝，终于有一个理智的人了！告诉这个疯子，他不能为所欲为！"

462不是特别感兴趣："他想干什么？"

"他想禁止交谈。"卡洛威说道，"交谈！"

"没有交谈！"海拉克斯的胡子上沾满了唾沫星子，"只有演讲！听啊，崇拜者，去学习真理！"他用肮脏的手指着基列，后者正冷酷而生气地坐在墙边。

"他不是一个真正的伊甸主义者！他拒绝接受我的神圣法律！哦，万能的毁灭之神。"他望着天花板喊道，"感谢你把你卑微的仆从变成了这样一个天才！所有的赞美都归于毁灭之神，但要经过我！"

"他想禁止交谈！"卡洛威喊道。

海拉克斯点了点头，从他的胡子里扯下一团毛发。"没错！禁止言论会带来痛苦，而痛苦就是虔诚！对其他任何人来说，语言是罪恶的引擎，因此，我将通过禁止所有的语言来减少罪恶，除了'海拉克斯是伟大的'。如果人们每次说话都是在歌颂我，他们还怎么犯罪？那时，女人还怎么骂我卑鄙无耻？"

462看着基列："呦，基列，我让你管理这颗星球，却发现你们人类还在喋喋不休地争吵。现在又出什么问题了？"

基列站了起来。他那牛一样的脑袋在机器人身体上看起来好像叉子末端的一块咸牛肉。"没什么问题，"他说道，"我们只是需要解决一些……矛盾。"

"矛盾？"462气得发抖，"矛盾？你应该摧毁这颗星球，而你还在为人类微不足道的言论而争个不停！"

他顿了一下，邪恶的眼睛转向窗口。他的四个上肢都放在背后，望着城市，他的声音也变得遥远起来："我刚刚得知两件令人不安的事情。第一，在太空港的突袭中逃走的人类飞船是'约翰·皮姆'号，伊桑巴德·史密斯的飞船。我很失望你没有告诉我，基列。"他转过身，明亮的阳光照在他的金属眼睛上，"我想知道：你没有告诉我，是因为你觉得这件事情不够重要，还是因为你害怕我的反应？"

"听着，"基列说道，"我跟任何人一样讨厌那个该死的反对者……"

"第二，你的人朝我的人开枪了！你真是胆大包天！"他尖叫着，整个房间的人都呆住了。即使是海拉克斯也一动不动地看着那噶斯特人——他的眼睛睁得大大的，眼神中有恐惧，也有怒火。"你的那些白痴手下朝我的部队开枪了！禁卫军团是受我指挥的！除了我，没有人能够杀他们！"

"他们犯糊涂了！"基列抗议道，"你们这些不信教的人看起来都一样!"

"一样?我看起来怎么——怎么——会跟一个长着胡子和两条胳膊的粉红色白痴一样?"

"也许我们可以从这件事中看出一些积极的行动要点。"卡洛威说道,"这些问题似乎会影响……"

462掏出他的裂解枪,指着卡洛威的鼻子:"闭嘴。"

卡洛威发出一声轻微而恐惧的声音。"哦,我的上帝。"他尖声说道,"我越线了。"

462开枪把他打死了。这个顾问在原地转了一圈,顺着墙倒了下去,462又朝他开了三枪。

"就当自己被解雇了,卡洛威先生。"462收起手枪,环顾了一下房间,"事情必须改变,先生们。目前为止,已经有太多的……你们用英语怎么说来着……蠢人蠢事了。以后不能这样了。我会亲自对付'约翰·皮姆'号。与此同时,把这具尸体当作一个教训吧,大海拉克斯。以后不能再发生这样的事了。"462转身朝门走去。他的禁卫队员在那里等着他,随时准备实施暴力。

他在门口回头看了看。他的眼睛眯成了一条狡猾而恶毒的缝:"我读过你的新法律。太可悲了。关于女人的法令毫无意义。真是浪费时间。"

"别忘了仙女罪。"基列插话道,"我们需要对仙女强硬一点。"

"我对语义学不感兴趣,基列。"

"他们也一样,大鼻子异教徒。"

462攥紧拳头,简短地向一号祈祷了一句:"好吧。守着你们那小小的宗教专治统治吧,但是你们两个人都给我记住:是我让你们有了今天,所以你们很快就要偿还我。噶斯特帝国让你们掌控了这个世界。我们创造了今天的你们——尤其是你,海拉克斯。我们创造了今天的你。别忘了!"

飞船穿过低空的云层,飞进了一场猛烈的风暴之中。"有点颠簸!"卡尔薇丝说道,约翰·皮姆号摇晃着,发出"咔咔"的响声,仪表板上的装饰物也疯狂地晃动着。

"稳住。"史密斯说道,"找到能够降落的地方了吗?"

"我想找一个平坦的地方试试。"卡尔薇丝回答。扫描器受到了风暴的干扰,但即便如此,地面看起来也很奇怪,让人觉得靠不住。大地起伏成奇怪的、被风吹过的形状:山丘、裂谷,还有弯曲的细石柱,它们可以像钉子一样刺穿飞船的底部。

一个起落架触地了,一个传感器发出哔哔的声音,飞船吱吱呀呀地摇晃着。卡尔薇丝关闭推进器的时候,他们感觉到起落架落在了弹簧上。引擎停了下来。没有任何波澜,他们已经顺利着陆。

"真是个鬼地方。"卡尔薇丝说道,"我们喝点茶吧!"

五分钟之后,他们聚在了休息室里。卡尔薇丝把诊断计算机的屏幕上的内容打印了下来,铺在桌子上。苏鲁克蹲在角落里的一把扶手椅上,磨着一把刀,蕾哈娜则在厨房的柜子里寻找好吃的东西。

"好了,各位。"卡尔薇丝握住双手,让自己看起来出奇的能干,"我让电脑分析了空气样本,算是个好消息吧——这是一颗处于半原始状态的 16 型世界，目前还未被宣示主权。固体地面，大气轻盈，没有土著生物。岩石结构可能是含钠量较高的硅酸盐。"

"说得通俗一点。"史密斯说道。

"我不知道，我只是在读打印出来的资料。但是这里可以呼吸。"

史密斯在桌子旁坐下来，浏览了一下文件。它们让他想起了他 14 岁的时候参加的那次数学考试，不可思议的是，这些资料比试卷还没有道理。他谨慎地研究着地图，以免再去想被迫计算直角三角形斜边的事："所以人类可以在这里生存？"

"是的。"

"还有噶斯特人。"苏鲁克说道。他用磨刀石慢慢地磨着他的刀。

卡尔薇丝耸了耸肩："这是一个非常原始的地方。你会很喜欢的，苏鲁克。就是没什么有感知能力的生物可供你杀戮。"

那莫洛克人看了看地图："小而多风，没有智慧生物。我们找到了你的家乡，小女人。"

卡尔薇丝皱起了眉头："不过，这让我很困扰。这个可能性也太小了。自然产生的可以让人呼吸的星球就跟修女跳脱衣舞一样少见。"

"好吧。"史密斯说道，"你之前提到的那个信号呢？会不会是有人在隔空观察它？"

卡尔薇丝点了点头："有可能，尽管他们要等很长的时间来让它到达基本肯特标准。之前有人来过这里，但是——嗯，要不是刚才的信号和那个建筑的话,我还以为他们早就走了呢!"

史密斯问道:"建筑?"

"没错,就是旁边有架航天飞机的那个。"

"航天飞机?"

"那么,大家晚餐想吃点什么呢?"蕾哈娜问道。

"晚餐?"史密斯觉得他的生活正在陷入一成不变的境地,他不自觉地问了一句:"有什么选择吗?"

蕾哈娜举起两个硬纸盒子,这让他感觉到一种奇怪的性感:"嗯,我们有合成火腿,还有合成扁豆咖喱。"

史密斯看着盒子。二者前面都有图画:它们看起来像是两种不同的婴儿呕吐物:"如果你们不介意的话,我就不吃合成火腿了。自从它被简称为'合腿'之后我就不再吃了。我要合成扁豆咖喱,谢谢。"

"我也一样。"卡尔薇丝说道,"那么,我们该怎么做?"

"检查一下有没有敌人。"苏鲁克说道,"如果我们非要屠杀什么东西的话——当然,这是一种可怕的耻辱——我们最好去捕猎它,而不是等它来捕猎我们。我们至少应该侦察一下这个地区。"

卡尔薇丝说道:"建筑和航天飞机靠得很近。如果我们开车的话,都花不了十分钟,即使外面有这么大的风暴也没问题。"

"我们开车过去。"史密斯说道,"四个人一起。那辆车还能开吗?"

卡尔薇丝耸了耸肩:"我看不出有何不可。"

"好的。"史密斯说道,"我们先吃晚饭,然后再开车过去。

外面会很冷，所以穿暖和点。有人能给蕾哈娜找一双靴子吗？"

驾驶舱里，那条纸带从打印机里滑了出来。卡尔薇丝之前看到了信息的第一部分，上面说，"请降落在这颗行星上"。现在没有人注意到，打印头又开始"咔嗒咔嗒"工作起来。更多的纸从卡槽里滑了出来，上面写着"并把我们从这个地狱般的地方救出去"。

06

可恶的熊孩子!

汽车小心翼翼地在风暴中穿行。巨大的石柱隐约出现在他们头顶,好像迷雾中冒出来的巨人。

卡尔薇丝伸出戴着连指手套的手,往外指了指。"越过这座山丘就到了。"她说道。一个巨大的柱子从风暴中露了出来,她看了看:"我不喜欢这个地方的样子,头儿。"

史密斯的手枪就在身侧,霰弹枪和步枪则放在后备厢里。他戴着护目镜和帽子:"不喜欢?"

她摇了摇头,把暖气开到最大:"我不知道。这些石柱太像阴茎了,不可能是自然形成的。这让我很不安。"卡尔薇丝俯身向前,检查了一下仪表板上的表盘。"我们现在应该到了。差不多是在它上面……"

一个轮廓突然出现在视野之中,好像一艘船的船头从雾中穿了出来一样。它看起来像是一个绿色的金属悬崖。汽车颠簸着经过了一架军用航天飞机残破的侧翼,它绿色的侧面坑坑洼洼,布满划痕。驾驶舱脏乱不堪,里面也没有亮灯。驾驶舱旁边,离汽车3米多高的地方,雕刻着一个鹰的卡通图案,它眨着眼睛,欢快地朝他们敬着礼。图案周围的字母写着:UFSAAF(美国空军)。

"自由联邦。"史密斯说道,"至少是它盟国的领土。"

航天飞机旁边停着一辆越野车,一块防水帆布在车轮旁边拍打着。汽车厚重而又结实,是专门为这种地形而造的。

卡尔薇丝抬起头看着航天飞机。飞机表面的漆层已经风化了,露出一条条裸露的金属:"它肯定在这里停了很久了。"

"他们不会无缘无故地把它扔在这里。"史密斯说道,"他们肯定是出于某种原因才把它遗弃了。"

"我不喜欢这样。"蕾哈娜说道,"就是感觉……不对劲。"

史密斯眯着眼睛望着风暴,笔直地指向前方。"见鬼。"他说道,"那是什么?"

那个东西看起来像一只巨大的甲虫残骸,不过没有腿。它平躺在地上,被专门设计出来抵挡风暴。

史密斯把车停下:"噶斯特人!所有人都下车。"

他们打开车门,低着头快速地跑到了车后面。卡尔薇丝打开后备厢,拿出了霰弹枪。史密斯拿起来复枪。他们装弹的时候什么也没说。卡尔薇丝羊毛帽子上的绒球在风中摇摆着。

"我想你会说,我们得进去看看。"她说道。她的手套使得枪的操作变得困难重重。

"只用知道它是噶斯特人造的这个事实就足够了。"史密斯回复道，"谁知道那些邪恶的蚂蚁人在里面策划着什么？女士们，待在这里。"史密斯说道。他看了看苏鲁克："想给壁炉上放点新东西吗？"

那外星人张开下颌，双手握紧了他的长矛："我们开始吧！"

"要我帮忙吗？"蕾哈娜问道。

苏鲁克摇了摇头："那儿可能有陷阱。还是让我们先去吧！"

史密斯低下身子，慢慢地往前跑着，手中的步枪随时准备射击。苏鲁克跟在他身边。狂风猛烈地拍打着他们，让他们的耳朵里面呼呼作响。史密斯左顾右盼地看了看他们周围的石柱，想知道这些会不会也是噶斯特人的杰作。那座建筑黑暗倾斜的一面在前面升了起来。

蕾哈娜看着他们消失在风中。"怎么样了？"她问道。

卡尔薇丝掏出一副望远镜："等一下。他们要……从后面进去了。"

苏鲁克走在前面。在那座建筑的后面，一个大大的球形虹膜闸敞开着，它的边缘因为长期不用而起皱结冰了。他停在一旁，等着史密斯追上来，朝里面点了点头。史密斯也点了点头，他们一起朝门口冲了过去。

那是一个大厅，天花板很高，光线昏暗，只有几盏荧光灯在屋顶亮着。地板上有脊状突起，墙壁上也一样。史密斯有点恶心，觉得他们是从一个东西的臀部爬进了它的胸腔。

墙上挂着些噶斯特人宣传海报的残迹：一号对着地球挥舞着他的爪子和拳头；一个禁卫队员望向未来，他带着一种傲慢的喜悦抬着头；一个咧着嘴笑的噶斯特人，在一个可能想被设定为放松的场景中，用一些体操棒做着一些令人困惑但又充满活力的事情。这些看起来全都毫无意义，就像空洞的威胁。

时间会带走我们所有人，史密斯想。即使是那些梦想着征服宇宙的噶斯特人也会变成虚无，只剩下灰尘和骨头。空间会吞噬我们所有人，把我们变成尘埃。墙上的那个洞看起来好像肛门。真恶心。

在房间的中央立着一个桶一般大小的低矮基座。上面是一个海星形状的控制面板，它可以容纳5个操作人员同时工作。操作人员躺在机器的基座周围，都死了。

它们是噶斯特人的科学家，白大褂上沾满了自己的血。史密斯示意苏鲁克过来，指了指。"枪伤。"他说道。

莫洛克人点了点头。"这里。"他说道。

管子从基座的底部一直延伸到墙上：这是一种有节的、固定在地上的粗管子。墙上有六个凹槽，大得可以让一个人站进去，就像岗哨亭一样。

"真是奇怪。"史密斯说道。他本来想说"外星人的脏东西"，但是墙上的凹槽让他有一种不舒服的熟悉感。

"看。"苏鲁克说道。

地上还有人类。十几个身穿迷彩盔甲的男男女女在远处靠着墙躺在阴影之中，仿佛他们是走过去送死的。史密斯不需要看他们制服上的条纹，就知道他们是外面那艘航天飞机的机组人员。

"他们都死了。"苏鲁克说道，"枪伤，他们自己开的枪。"

史密斯点了点头："你不如把其他人叫过来。这里发生的一切早已结束。这一次是我们在战斗中迟到了。我想他们一定是进来杀了噶斯特人,然后自杀了。这似乎是唯一说得通的事情的经过。"

"但他们为什么要自杀呢?"蕾哈娜站在后面不远的地方,看起来很紧张。大风在建筑的周围呼号着,仿佛在哀悼里面的亡人。

"哦,"史密斯看着那些尸体说道,"众所周知,外国人都很容易激动。"

"哦,得了吧!"卡尔薇丝站在门边说道,"你是说他们杀掉了对手,然后通过自杀来庆祝?大多数人这时候会喝几杯啤酒,而不是用枪指着自己的下巴。他们肯定是故意自杀的。也许他们对处于用甲虫的屁股做成的建筑里感到绝望。"

史密斯弯下腰,起来的时候手里拿了一张纸:"这个伙计拿着一张字条……我们瞧瞧。他还写了个标题《房子里的东西》,是霍华德·坡队长写的。我不知道这是否会有帮助。"

他稍作停顿,浏览了一下字迹,开始读了起来:

"在我生命中的最后时刻即将结束之际,我只能得出这样的结论:人类心灵中最仁慈的一面是,它无法将看到的恐怖与一场最黑暗的噩梦联系起来,因此它必须从这场噩梦退回到仁慈的遗忘中去。"

"听他的遗言,这个人一定是一个拼字游戏高手。"卡尔薇丝说道。

"我的故事开始于去年 5 月份。当时我和我的小队对风暴肆虐的迪德科特 5 号星发起了一场突袭。我们被告知,守军的数量很少。他们更注重保密,所以在数量上做了限制。我们很轻易地击败了噶斯特人，然后停下来庆祝成功。哦，多么讽刺！要是我当时知道我们将下到无边无际的恐怖和阴森森的地狱之中就好了！

"我刚才说到哪儿了？阴森森的地狱。对。在探索噶斯特人的基地时，我们察觉到了墙里的水箱，它们由一个桶形的控制面板监控着。我和我的人走近了，我想起了我曾经读过的那本包裹在黑夜之中的禁书……"

"你怎么看一本包裹在黑夜之中的书呢？"卡尔薇丝说道，"那会不会太暗了一点？"

史密斯耸了耸肩："可能是一个比喻。现在，专心点。他可能会说出什么东西来。这个人明显遇到了什么严重的困难。"

"话痨晚期吗？"

"嘘！听着。"

"我的人散开了，我走近了那些奇怪的、装满了液体的水箱，我用颤抖的手紧紧地握住我那上了膛的连射——"

史密斯把纸翻了过来。

"枪。那是一个值得戈雅或者最疯狂的立体派画家为之发狂的场面，因为在水箱里，在远离人类文明世界、远离了理性法慰藉的地方，我看到了把我送入恐怖的深渊和疯狂的黑夜当中的东西。里面是——一个男人！！！"

"好吧，是一个男孩。"

"什么？"卡尔薇丝说道，"真是胡言乱语。他没有说别的东西吗？"

史密斯皱起了眉头:"后面的文字就很难让人理解了。'无尾目的恶臭……咿呀……这不可能……吞噬一切的恐惧……铅笔变钝了……然后就完了。'"

卡尔薇丝哼了一声:"好吧!它至少可能是一只鱼怪或者其他什么的。我刚才差点为了一场空而尿裤子。"她看着那堆尸体,"好了,他们都死了。我现在可以走了吗?"

"多么可怕的故事。"蕾哈娜说道,"他们全都自杀了……这真是太糟糕了。"她战栗着继续说道。

"不过,我猜这是否表明军国主义最终会毁灭自我?"她稍微开心了一点。

史密斯环顾了一下房间。这是一个噶斯特科学家和那些过来与他们战斗的士兵们的陵墓。不管是什么导致了他们的死亡,疯狂或者某种有形的敌人,现在都不见了。史密斯曾经期待着一场战斗,后来又希望找到一个合理的解释,但最终什么都没有得到。

史密斯转向卡尔薇丝:"你收到的那个信号是他们从飞船上发的。你现在回去,我去修理发送器。我应该可以录一条新消息,这样我们就可以把瓮星的情况通报给帝国。"他叹了口气,"无论如何,这都值得一试,不过我怀疑它的发送范围是否足够大。你还是回去吧,卡尔薇丝。你越早开始修理飞船,我们就能越早上路。你可以开外面的那辆越野车——那种东西几乎坚不可摧——我们过会儿在飞船上见。"

"好的。"她说道,明显宽慰了许多,"太典型了,不是吗?我找到了12个人,但他们却以错误的方式僵硬着。"

"别废话了。快走。"

"好的,头儿。"

他回头看着蕾哈娜:"你想跟卡尔薇丝一起回去吗?我肯定那辆越野车里有足够的空间。"

她摇了摇头:"不用了。我觉得跟你在一起更安全。"

"真的?"

"真的。"她朝他走近了一步。

"好吧。"他说道,"哦,很好。我是说,这里没有什么活物了——不过即便发生了什么事,我也能保证你的安全。"

她朝他笑了笑,他也对她笑笑。几秒钟过去了。史密斯感觉体内产生了一种生理上的欲望,这让他望而却步。"哎呀,"他说道,"我猜那个发射器不会自己把自己修好吧,嗯?既然苏鲁克来自另一个星球,而你是个女孩,我想我最好还是快点过去吧!"

"我相信我能帮点忙。"蕾哈娜回复道,笑容少了一些,"并不是所有的女人都没用,伊桑巴德。"

"没错。那样的话,你来拿着手电筒吧!"

苏鲁克花了很长时间来细心检查那个空洞的房间。"根本就没有架打。"他闷闷不乐地说,"我们是战士,不是游客!"

"真是奇怪。"史密斯说道,"还很讨厌。我也很困扰,苏鲁克——这些人自杀了,那张字条——总之就是不对。这里有某种邪恶的东西在作祟。"

没花多久,通信发射器就被修好了。史密斯输入了一条新信息:"噶斯特人占领了瓮星,派无畏级战舰过去。"接着把它发到了太空。然后他从美国飞船上取了一些毯子，盖到了那些死去的士兵身上。这似乎是最好的办法了：虽然算不上是埋葬，但是这样总比让他们暴露在外面好。

汽车抵达约翰·皮姆号的时候，史密斯意识到有些不对劲儿。越野车驾驶座的灯亮着，卡尔薇丝仍然坐在里面。约翰·皮姆号上的灯也亮着——在史密斯接近的时候，一个人影在驾驶舱里一闪而过，他太矮了，不可能是任何应该在这里的人。

"有麻烦。"他说道，把车停在一座小丘后面——从飞船上看不到这里，"大家都待在这里。"他说完，下了车，拿着步枪，低下身子快速跑到越野车旁，风把他往前吹着。

他走到越野车的另一边，爬了上去。他敲了敲门，卡尔薇丝打开了，他爬进了驾驶室。史密斯"砰"的一声关上车门，暴风被关在了外面。

她坐在驾驶座上，有点茫然地看着他。"你好啊！"她说道。

"你好。"他回应道。驾驶室里又宽敞又暖和。"你为什么不在飞船上？"

她眨了眨眼睛："飞船？哦，那艘飞船啊，孩子们把我锁在外面了。"

"什么？什么孩子？"

"得到飞船的孩子。"

"什么？你到底在搞什么鬼？"

"有孩子出现了。他们想要飞船，现在飞船是他们的了。"

一种恐怖的感觉在史密斯的内心滋长。突然间，他踏入了一个不但危险,而且令人费解的世界。

"那么。"他说,费力地组织着语言,"咱们把话说清楚……一些孩子出现了,你就把我们的飞船卖给了他们。你疯了吗?"

卡尔薇丝举起她戴着手套的双手。"不,不。"她安抚着说道,"你弄错了。"

"感谢上帝!"

"我把飞船送给他们了。"

他不确定自己刚才是不是尖叫了一声:"你做了什么?你把我们的飞船送给别人了!你这个笨蛋!你这个愚蠢的女人!"

卡尔薇丝在座位上扭动着身子:"你知道,这有一个合理的解释。"

"我倒是很想听听!"

"当时这似乎是一个好主意。"她无力地说道,"真的。我别无选择。"

"别无选择?这算哪门子的理由?你把我们的飞船给了小孩!好了,到此为止了。"他宣布道,"我要去把它夺回来。"

"行不通的。"她说道,"他们把门从里面锁上了。"

"什么?你甚至都没先把我们的东西拿出来?我真希望他们不会驾驶飞船。你是不是被鬼上身了?"她开始说着些什么,但是他没再听。他脑子里的第一个念头是,把拼图的小块放到正确的位置上。突然之间,一切都说得通了。"鬼上身。"他麻木地说道,"鬼上身。卡尔薇丝,这就是那些美国人看到的。这就是他们自杀的原因。灵力。"

她痛苦地慢慢点了点头，他后悔刚才对她大喊大叫了。他靠在靠背上："所以，我们被锁在外面了。"

"是的。"

史密斯深吸了一口气，用手捋了捋头发。"好吧。"他冷冷地说道，"那他们就必须再让我们进去，对吧？待在这儿。"他打开车门，爬了下去，用力地关上身后的门。他大步走回自己的汽车，看着里面。

"什么对孩子起作用？"

"小红莓果酱！"苏鲁克说道。

"我觉得你可能误解了这个问题。蕾哈娜？"

"我——我猜我可以应付孩子。怎么了？"

"好吧。有一群小屁孩骗了卡尔薇丝，让她把飞船的钥匙给了他们。他们似乎在她身上使用了某种灵力。幸运的是，他们不知道如何驾驶飞船，但是《海恩斯手册》在飞船上，所以他们迟早会弄清楚的。我们得回飞船里。"

"头儿。"卡尔薇丝在他身后说道。他回过头。她穿的衣服太多了，这让她看起来像一个巨型婴儿，"我在想：你记得噶斯特人房间里的那些凹槽吗？我猜它们是培养箱，给模拟人用的。"

史密斯说道："你的意思是，这些小孩是机器人？你们出来的时候不应该是成体吗？"

她点了点头："应该是这样的，但是谁知道呢？只是……嗯，他们有超能力。我不记得把飞船给了他们。我记得他们来到了飞船舱门口，还记得我坐在了那辆越野车的驾驶室里，但是不记得中间发生了什么事。就好像我穿越了几个小时一样。我之前不知道会发生这样的事情。"她皱起了眉头,"在没有宿醉的情况下。"

蕾哈娜说道:"你是说,他们让你那么做的?用灵力?"她又对史密斯说:"我跟你一起去。或许我能跟他们对抗。"

史密斯想了想。"那好吧!"他说道,"但是要小心一点。"

她下了车,关上门。史密斯把步枪给了苏鲁克。他们一起冒着大风朝飞船走去。风暴已经小了一些,但还是把蕾哈娜的扎染布料长裙吹得飞了起来。史密斯的外套在他身后啪啪作响。

他们接近的时候,气闸舱打开了。门口站着一个大约九岁的男孩,穿着长袜、短裤和一件熨烫过的背心。他没有把台阶降下来。

"你,小子!"史密斯喊道。

"停在那儿。"男孩回答道,"这艘飞船现在属于我们了。你不可以进来。走开。"

"好吧!"史密斯说道。他转过身,停了下来,又转了回去,喊道:"不,不对!这艘飞船是我们的,你把它偷走了。马上从那里下来,然后滚蛋。"

"快走开,你这个混蛋。"男孩说道,"你以为你是谁,到这儿说这么多废话!你最好快跑,不然你会有麻烦。"

一个女孩站在了男孩旁边的台阶上。她穿着一条百褶裙,扎着辫子,除此之外,跟男孩看起来一模一样。"快走吧!"她喊道。

"我要进去。"史密斯说道,"我数到三,你如果不滚蛋的话,我就把你打得不省人事,你这个小屁孩!"

男孩和女孩互相看了看,他们的动作就像老式瑞士钟表报时一样同步。"我想我们应该给他点颜色看看。"女孩说道,"我觉得应该让他的女朋友来制止他。"

"我同意。"男孩说道,"这艘飞船很棒,而且它现在是我们的了。"

蕾哈娜轻轻地说:"我不喜欢这样,伊桑巴德。"

史密斯往前走了一步。女孩伸出一只手。蕾哈娜抓住自己的头,身子弓了起来,仿佛受到了攻击一样。"反抗他!"男孩给蕾哈娜下命令。

"蕾哈娜!"史密斯喊着。

蕾哈娜猛冲了出去,拦在了史密斯面前。

"反抗!"女孩喊道。

史密斯朝蕾哈娜走了一步。她闭上了眼睛。他横跨一步,想避开她:她快速地挪到一边,挡住了他的去路。"蕾哈娜!"他说,"蕾哈娜!"

"她现在属于我们了!"男孩喊道。

"就像你的飞船一样!"女孩说道。

"你们这些小混蛋!"卡尔薇丝骂道,"这个女人受到英国的保护!让她回来!"

"别做梦了,你这个老家伙!"男孩回应道。史密斯感觉有什么东西像探照灯一样照进了他的脑袋:一束意念的光,野蛮而又强大。杀了她,它说道,现在就杀了她,他鼓起勇气,直面那束光,想着,放马过来吧,小屁孩。

手套扯了扯他的袖子。他猛地转过身,看到了卡尔薇丝。"走吧，头儿。"她说道，"我们走。"

"该死，他们控制了蕾哈娜！"

卡尔薇丝看了蕾哈娜一眼，她还挡在他们前面。"她能消极地抵抗就不错了。"她说道，"不然的话她可能会——头儿……。"

卡尔薇丝跳到了史密斯的脖子上。她的速度快得惊人，她的手也出奇地强壮。她抓住他的喉咙，口吐白沫。"喂喂喂喂。"她胡言乱语着。

一块石头击中了她的后脑勺，她摔了下来。史密斯一把抓住她，把她甩到身后，然后跑回越野车旁。苏鲁克在那里等着，手里拿着一块更大的石头，以防她醒过来。

"好了。"史密斯说道，"我想我们知道那些美国人身上发生什么事了。"

苏鲁克点了点头："惨死。"

他们坐在越野车的驾驶室里。暖气开着。卡尔薇丝慢慢地揉着她的脑袋。"我不明白的是，他们为什么要用石头砸我。"她说道。

"谁知道呢？"苏鲁克说道。

"我的头好疼。"她俯下身子，继续在大腿上的笔记本上潦草地写着什么。

"他们一定是噶斯特人的某种实验品。"史密斯说道，"那就是这个地方的用途——研究。那些士兵肯定无意间发现了他们，于是噶斯特人的技术人员便把那些孩子放了出来。他们攻击了士兵，或者是士兵攻击了他们。"

"噶斯特人的孩子。"苏鲁克说道。

"没错。噶斯特人肯定是在那些水箱里对他们进行了改造。我猜，这样就说得通了。噶斯特人对蕾哈娜非常着迷。他们一直试图在这里制造出像她一样的东西——我想他们在某种程度上成功了。该死！在他们弄清楚如何驾驶飞船之前，我们必须把它夺回来！"他看了看卡尔薇丝。

"你呢？"史密斯说道，"有什么想法？"

卡尔薇丝在她的笔记本上写了半个多小时。她摇了摇头："我还在整理。"

"卡尔薇丝，你都已经整理了好久了。你肯定想出了什么办法。让我们看看。"

他从她手里拿过笔记本，看了看："这是什么东西？"

卡尔薇丝小心翼翼地说："计划。"

"哼嗯。"史密斯说，"这看起来可不像个计划，而更像是一幅小马的图画。"

"那只是涂鸦。看，我们在这儿，上面。"

"在骑着小马。"

"嗯，是的。"

史密斯的眼神严肃起来："卡尔薇丝，这样可不行。我让你想想该如何夺回飞船——被你拱手让人的飞船——你却花了半个小时的时间画了一幅小马的图画。女人，你到底在玩什么鬼把戏？"

"行吧！"她喊着，把笔记本抢了回去，"行吧！不画小马了！"然后她开始暴怒地把那几页撕了下来。"不画小马了！不——画了！"她把纸页扔到了仪表板上，它们又落在了她脚边。她突然大哭起来。

"都是我的错!"她哭着说道,"我不是故意的!他们让我把飞船给了他们,现在他们要把我们扔在这儿,没有人能解救瓮星了,帝国也得不到任何茶叶了,我们会输掉战争,噶斯特人会入侵地球,然后消灭人类,而且我很胖!"

这下轮到史密斯吃惊了:"不,卡尔薇丝!总是有希望的!"

"看看我!我像个气球一样!"

"我是说把飞船夺回来,还有拯救地球的事。"

"所以我还是胖啰?"

史密斯耐住性子说道:"不,你不胖。你是最了解这艘飞船的人,你能不能告诉我们还有没有别的办法进去?"他又压低了声音补充道:"在我扭断你胖乎乎的脖子之前。"

"我把货舱的门也锁上了。"卡尔薇丝说道。她大声地抽泣着:"你根本进不去,除非你爬上那个损坏的起落架,再打开底板……"她抬起头来,"嘿,是啊,你可以这么做。我是说,如果他们在守着其他通道的话……"

十分钟之后,苏鲁克蹲在一块看起来很不自然的岩石后面,准备挥舞他神圣的先祖之矛。他俯身问道:"你看到什么了?"

卡尔薇丝从边上退了回来,转头看着他。"没看到太多东西。蕾哈娜还坐在那里——她神志不清。我们得尽快把她弄回来。她的外套敞开了,里面穿得不够多。没有看到船长的踪影。"她拉开外套袖子和手套,看了看手表,"他还有五分钟。"

"我明白了。我不会选择这样打发时间的,小女人。"

"真的?你是说你不想被洗脑,然后让飞船被偷走?"

"不要取笑我。这不是战士的工作。鬼鬼祟祟地接近一群小孩?我应该战斗,直到我的手臂上沾满鲜血——而不是分散只有我体型十分之一的生物的注意力。"

"好吧,你有更好的计划吗?这些外星小孩可不是好欺负的,你知道的。他们有超能力,他们设法控制了我的大脑。"

"很明显,他们很强大。隔着头骨定位你的大脑的确不是件容易的事。坦率地说,我很惊讶他们没把它当成一份备用的早餐,并去其他地方看看。就我个人而言,我宁愿爬到船里,用刀杀死那些生物。"

卡尔薇丝惊呆了:"他们只是孩子啊,苏鲁克。"

那莫洛克人耸了耸肩:"那又怎样?在我小的时候,如果我被一把快刀杀死的话,我会很感激。现在的小孩都意识不到他们已经被孕育出来了。"

卡尔薇丝的无线电响了起来。"头儿?"

"我就位了。"史密斯说道。

"蕾哈娜失去知觉了,不过看起来还挺好。"

"我还是很紧张。不过,行了,我们行动吧!"

"好的。祝你好运。"

史密斯关上无线电,戴上帽子和护目镜,从掩体跑到了飞船尾部。大风在他的周围怒号着。蕾哈娜一动不动。他想把自己的外套裹在她身上,好让她暖和一些,但是这样做的话飞船上可以看到,而且还会让孩子们警觉起来。他转而跑进飞船的阴影之中,跑向起落架。

那么，是哪一个起落架来着？她说是左后方那个。他在手套里活动了一下手指，试着回忆爬杆的最佳方法。史密斯意识到，自从八岁之后，他就再没有爬过任何东西，他所能回想起来的也只有绳子的灼烧感和袜子的气味。他只能放手一搏了。

他到那个起落架下面的时候，飞船前面传来了喊声。史密斯朝风暴中望去，看到两个人影挥舞着手臂接近了。

"嗨，孩子们！"卡尔薇丝喊道，"我们这里有点东西要给你们！"

史密斯看着起落架，不知道那些因为损坏而松脱下来的电缆会帮他爬上去，还是会把他烧成灰烬。哦，好吧。他绷紧了肌肉，跳了起来，抓住了一根用来抬升起落架的支杆。

一阵金属的刮擦声之后，气闸舱的门开了。在史密斯上方，一个孩子喊道："我们说了让你们走开！"

"我们有食物，大脑怪。"苏鲁克说道。

"什么食物？"

史密斯咬紧牙关，把自己拉了起来。他坐在支杆上，为下一阶段的攀爬做着准备，听着风声。卡尔薇丝和苏鲁克在编造着他们的答案。

"啤酒？"苏鲁克满怀希望地说道。

"啤酒尝起来像尿和呕吐物一样。"那个孩子说道，"我们不想要你们的……"

"姜汁汽水！"卡尔薇丝喊道，"还有馅饼！"

"嗯……"那孩子说道，"有多少姜汁汽水？"

"当然有很多，都够一次超级野餐用了。"

"在那儿等着。"

史密斯听到门关上了。他直起身子，爬进了飞行时供起落架缩回的空腔里。风暴的声音变小了。这个洞又黑又难闻，是老鼠和搭便车的外星人喜欢的那种地方。他拿出折刀，打开螺丝起子，然后开始研究他头上的嵌板。

关于姜汁汽水的谈判又开始了。卡尔薇丝很清楚怎样根据孩子的条件跟他们交流——也许，他想，这是因为她自己也像一个孩子一样吧！

嵌板被拆下来了，他把它扔了下去。它撞击地面的声音被风声掩盖了。史密斯并不担心那些孩子会听到——他担心的是他们会感知到他。

他上面有一些电缆。他把头伸了进去，感觉就像一个被塞进意大利面的肉丸子一样。他的头皮顶到了内层板上，他又准备好了折刀，这一次用十字螺丝起子。

史密斯快速地工作着：即便是一个九岁的小孩也不可能没完没了地谈论派对食物——虽然卡尔薇丝或许可以。他取下一颗螺丝钉，然后是第二颗、第三颗，最后，第四颗也掉进他的掌心。他把螺丝钉放进口袋，并准备好他的秘密武器。

在那辆美国越野车里有一些用金属箔包装的野战口粮。史密斯摘下他的护目镜和皮帽子，展开两个空包装袋放在了头上，又把帽子戴在了包装袋上面。他闻起来好像烧烤酱，但是如果能阻止那两个孩子控制他的大脑，那么这只是一个很小的代价。

史密斯把金属板轻轻推了起来，从缝隙中往外看。他看到的是货舱。他左右扫了扫，然后听了听：没有人。他迅速地推开嵌板，爬了上去。他进到飞船里了。

他站了起来，把嵌板放回去。史密斯知道该如何静悄悄地移动。他弯着腿，穿过货舱，朝休息室走去。

他停了下来，仔细地听着周围的动静，他的呼吸都显得声很大。他小心翼翼地靠在门边。

休息室里空无一人。史密斯踩在地毯上，迅速地穿过房间。休息室通向一条走廊，走廊则直通驾驶舱。客舱散布在走廊两侧。

走廊里有声音，是小脚啪嗒啪嗒地踩在金属地板上发出来的。

"哇，好多姜汁汽水啊！"一个孩子说道，"想想我们可以用它们来吃一顿多大的野餐！"

"哼，"另一个孩子说道，"我一个字也不相信。他们想欺骗我们。那个该死的船长可能想要回他的飞船。另外，想想当我们统治地球的时候能喝到多少姜汁汽水吧！"

熊孩子，史密斯想。他们需要好好地教训一下。

"我感觉到了什么东西。"一个女孩说道。

"也许我们应该索要更多的姜汁汽水。"另外一个说。

"就在附近……"

史密斯感觉到一束意念像聚光灯一样照着他，这束意念撕裂着他的大脑。他闭上眼睛，试图把它挡住，这时他们发现了他。

一个孩子站在门口，指着他说："看，他在那儿！他进来了！"

"讨厌的家伙！让他滚开！"

"不，"另一个孩子说道，"让他去死。"

忽然间，那束光线不再是探照灯，而变成了一束燃烧的射线、一束激光，它插进了史密斯的大脑，切断了身体与心灵的连接……

"让他枪毙他自己！"

枪毙我自己？史密斯想，嗯，这是个好主意。为什么我之前就没有想到呢？

他低头一看，旁边是一群目不转睛的克隆人，他们双手叉腰，直视着他的灵魂。他的右手抬了起来，手中握着"开化者"。手枪在他面前升起，就像一条直起身子准备攻击的眼镜蛇。

"动手吧！枪毙你自己！"

史密斯把冷冰冰的枪管顶在了下巴下面。不，这样会弄得一团糟的。他皱起了眉头，试图回想出能让社会接受的打爆他脑袋的方法。一个绅士会怎么做呢？是从侧面，还是把枪管塞进嘴里？

从侧面。他用拇指打开保险。在他内心深处的某个地方，一个声音问道：我真的想这样做吗？

不是的。刹那间，史密斯意识到自杀不是个好主意。但是手枪无法移动。在他的帽子和临时拼凑的头盔之下，他感觉到有汗珠在头发之间流动。他能做的最多只是不开枪；要放下"开化者"就像移动一座大山一样难。这似乎是个很残酷的讽刺，因为他即将干掉他自己了。

他听到卡尔薇丝的声音从外面传了进来，仿佛隔着水一样："你们想不想要这些姜汁汽水啊？如果不想的话，我要把它们带走了。这可是昂贵的走私货物。"

"我们能和走私贩一起冒险！"一个男孩叫着，那束光也变弱了。史密斯看见一个孩子从他身边转了过去，摇了摇脑袋，径直跑进了对面的墙里。这让他清醒了很多。他们的控制力仍然很强，但他知道他必须做什么。他跌跌撞撞地穿过房间，走进了厨房。他颤抖的双手扔掉枪，打开最近的橱柜，找到那个罐子，猛地把盖子打开。

他们知道他这是在做什么，并且正试图压制他。他抓着自己的手腕，仿佛是要掐死一条蛇一样，咬着牙把拳头拽向自己的嘴巴。他竭尽全力——几乎都喘不过气了——往嘴里塞了半打茶包。他咬了下去，纯净的、未加过滤的茶叶冲进了他的消化系统中。他从柜台上抓起一个纸盒，大口大口地灌着牛奶。一股让头脑清醒的力量淹没了他的身体。他咆哮着，摆脱了他们的精神控制，就像把一个恶魔从他背上晃了下来一样。他拿起"开化者"，把枪口对准他们，喊道："举起手来！"

他们困惑地看着他。

史密斯把嘴里的那坨茶叶咽了下去。"举起手来。"他说道，"这样好多了。"

他们慢慢地把手举了起来。"你是个走私贩吗？"最近的那个孩子问道。

液体顺着史密斯的头皮流了下来。有那么一个可怕的瞬间，他真的以为是自己的大脑熔化了，但后来他意识到：是自己头上的锡箔纸并没有预想的那么干净。"来人！"他喊道，"把蕾哈娜带进来！"

苏鲁克和卡尔薇丝扶着她进了门。"天呐！"一个孩子认出了那个外星人之后叫了起来。"这是一个活生生的殖民定居地居民！"

史密斯咳嗽着。他的嘴里还有很多茶叶粒，茶包的残留物也实在难以下咽。"孩子们！"他大声说道，"我对你们非常失望。你们不仅偷走了我的太空飞船，还杀了十几个盟军士兵，而且在我要求你们归还的时候，你们也很不听话。这样可不好。"

孩子们尴尬地把脚挪来挪去。其中一个说道："对不起，先生。"

"这样好多了。"

蕾哈娜坐在沙发上，揉着她的脑袋。一个孩子盯着她，问道："你是我的妈妈吗？"

"我不这么认为。"她回答。

卡尔薇丝环顾了一下房间："他们还会再对我们使用超能力吗？"

史密斯摇了摇头："我对此表示怀疑。喝点茶吧！这似乎能挡住他们。"

他停顿了一下。他感到有些头疼，于是扫视了一下房间，以确保没有小孩在用他们的灵力玩花样。

他眨了眨眼睛，打消了这个疑问。"干得漂亮，船员们。"他说道，"是你们分散了他们的注意力才救了我。他们差点开着我们的飞船逃跑了。"

她耸了耸肩："好了，飞船可不会自己把自己修好。我最好还是出去把问题处理处理吧！别让任何人被苏鲁克吃了。"

史密斯朝厨房里看了看。苏鲁克被一群小小的身影包围了。

他看起来很困惑。"你真的会吃人吗？"一个孩子好奇地问道。

"不。"

"你很擅长跳舞吗？"

"我只会在烦人的小孩的头骨上跳舞。"

"天呐，我们能看看吗？你的裤子里是不是有一条大尾巴？史蒂夫·海拉克斯说所有绿色的生物都有大大的尾巴。"

苏鲁克靠了过去，抓着那个男孩的毛衣把他提了起来。"再说一遍。"他说道。

男孩咽了口唾沫，看着苏鲁克的嘴："你有大尾巴，你会光着身子跑来跑去，把别人的头砍下来……"

"谁告诉你的？"

"史蒂夫·海拉克斯。他是我们的一员，但是一年前噶斯特人过来把他带走了，从那以后我们就再也没有见过他。"

"马祖兰。"苏鲁克喊道，"快过来！"

"所以，海拉克斯是他们中的一员。"半个小时之后，蕾哈娜说道，"怪不得他能那样蛊惑人心。"

他们坐在休息室里喝着茶。卡尔薇丝在外面的某个地方，进行着她的修理工作。史密斯往前靠了靠，拿了一块饼干。

"没错。"他说道，"这些小孩肯定是噶斯特人设计出来的。他们得到了一个能够给他们办事的孩子，便人为地让他快速长大，然后把他送到瓮星——真是个邪恶的计划。"

蕾哈娜点了点头。"这……这真的很歹毒。"她说道。史密斯又感到了那种熟悉的、想要用胳膊搂住她的冲动。"……哇哦。"

"面对没有强大精神意志的人，那种打击将是毁灭性的。"史密斯说道，"他们联合起来的心智能量几乎把我控制住了。事实上，我很幸运，因为他们的注意力被分散了足够长的时间，让我吃到了生茶叶。"他从牙缝里剔出一小根茶梗，"当然，我猜噶斯特人没有预料到瓮星的居民会经常喝茶。我猜他们同样也没有料想到会有一艘自由联邦的飞船会打扰他们。"

苏鲁克说道："那么这些崽子们怎么办？他们会被消灭吗？"

"我们用信号发射器警告舰队指挥部，让他们把这个地方隔离起来。"史密斯朝橱柜点了点头，"我们可以给他们分一些食物，让他们渡过难关。也许，帝国的法典和定期喝茶的习惯可以帮助他们过上正常的生活。"

气闸舱的门开了，卡尔薇丝回到了飞船里，"砰"的一声关上了门。"你们好啊！"她一边说着，一边走进休息室，脱下了她的外套，"我把那些孩子送回了噶斯特人的建筑里。外面的事都处理完了。"

"损失大不大？"史密斯问道。

她摇了摇头："我有很多帮手。那些孩子，他们很能干呢！迪蒂在检查'约翰·皮姆'号上的洞时，小朱利安负责保护她，我则用一把数码螺丝刀帮助罗杰、迪克还有范妮。我们走了之后他们会怎么样？"

"很明显，我们会留给他们一些食物。"苏鲁克说道，"难怪人类会如此弱小。在我的世界里，儿童之间只能互相竞争，以确保强者生存。这对我从来没有任何害处。现在，如果你们不介意的话，我得去擦拭我收藏的头骨了。"

07
茶托女巫

　　回到太空还是非常好的。史密斯拿着啤酒瓶一边大口地喝着，一边穿过休息室走到了酒柜前。随着液压装置发出了一声"吱呀"，门打开了，他蹲下来看里面还剩了些什么。他盯着那些瓶子：来自印度帝国的金酒、烈得可以当消毒剂的海军朗姆酒、一瓶被苏鲁克用来除过虫子的龙舌兰，还有卡尔薇丝买的某种可以自动混合雪球的容器——啊，在这儿。最后面是飞船上的雪利酒。他把瓶子捞了出来，往一个葡萄酒杯里倒了标准量的两倍。

　　苏鲁克在货舱里，挥舞着他的长矛，他把这套招式称为"侵蚀性熊猫式"；蕾哈娜在自己的房间里冥想；卡尔薇丝在驾驶飞船，或者至少在驾驶舱里。门半开着，史密斯能够听到她跟着特别乐队的音乐唱着歌。他穿过走廊，走进了驾驶舱。

　　卡尔薇丝的脚搭在控制台上的那些不太重要的控制装置上，

她在读着一本彩色粉笔图画书,书的封面上画着一个新娘和一个长着乌贼头的怪物。

"你好啊!"史密斯说道,"这是什么书?"

"它叫《爱情手腕》。"她说着,把书翻了过去,看着封底读道:"苏菲觉得本就是她的意中人——然而,他是不是一个执意要毁灭地球的外星神明呢?"

"女孩子喜欢的东西,是吧?"史密斯说道,"我给你带了一杯酒。"他把杯子递给她。

"干杯,船长。"她笑着说道。卡尔薇丝喝了一大口雪利酒:"真不错。"

"我一个人喝的话就太不礼貌了。"史密斯说着,呷了一口啤酒,"飞船的情况怎么样?"

"嗯,我们还在飞船里,说明船上应该没有什么裂缝。飞行时间大概是三十六个标准小时。只要抵达目的地的时候他们不把我们吃掉,那我们就没什么事了。"

"很好。"史密斯检查了一下控制面板,扫过一排擦得光亮的仪表盘、一些不知道有什么具体用处的黄铜开关,又看了看主显示器上的地图,地图上有一条红色的虚线,显示着他们在星系中的路线。"其实吧,我感觉有些不舒服。"他对着显示器说道,"之前我不应该对你大吼大叫的。你知道,我们能把飞船夺回来,离不开你的贡献。"

卡尔薇丝耸了耸肩："也许从一开始我就不应该把它拱手让人。你知道，如果还有什么事情比和外星人战斗更糟糕的话，那就是跟孩子战斗了。这是奥斯卡·王尔德说的。"

"真的吗？"

"是的，"她打了个嗝，"这个倒是真的。"

门开了，蕾哈娜走了进来。因为她在飞船上几乎都不穿鞋子，所以她走动的时候都很安静。史密斯对此感到不安，因为他永远不知道她会在哪里出现：有一次他梦到自己在上厕所的时候把纸用光了，然后蕾哈娜从水箱里蹦了出来，递给他一卷新的纸。"大家好啊！"她说道。

蕾哈娜调整了一下固定她脏辫的发带，脱掉了厚重的外套，现在看起来跟以前差不多："现在，我想让大家一起做一件事。"

卡尔薇丝有些不高兴地看了史密斯一眼。

"哦？什么事？"史密斯问道。

"好了。"蕾哈娜说道。她的声音听起来很有耐心，还夹杂着一丝疲倦，好像一个小学老师试图平定教室里的骚乱："嗯，我早些时候了解到大家产生了一些……负面的情绪，释放了一些负能量，而负能量会导致什么呢？"

"放屁。"卡尔薇丝说道。

"是无力感。所以，你们两个，我想我们应该通过表达我们的真实感受来更新我们……我们作为一个整体的和谐一致，通过一种……"

"别说了。"卡尔薇丝嘟哝道。

"研讨会的方式。"

"哦。"

"那就来吧,我希望你们俩都能向对方敞开心扉,试着摆脱你们的羞耻感。我知道这很困难,尤其是作为不列颠人,但试着用——用语言来表达你们的真实情感,让你们的积极情绪流动起来。"

卡尔薇丝生气地看着史密斯。他勉强地说了一句"对不起"。

"没关系,船长。"卡尔薇丝说道。

然后是片刻停顿。"也许,再多说点?"蕾哈娜提议道。

"真的没关系,船长。"

史密斯点了点头:"我也是这么想的,卡尔薇丝。我们往前看吧!"

"哦,别这样,伙计们。"蕾哈娜说道,"恰当地和解可以让你们忘记你们曾经争吵过。"

"我们已经忘记了。"卡尔薇丝说道。

蕾哈娜转向史密斯:"好吧,伊桑巴德,你来起个头,拥抱一下。"

史密斯站了起来:"好啊!"

"抱波莉,不是抱我,伊桑巴德。"

"哦,好的。"他小心翼翼地靠近卡尔薇丝,仿佛是要跟一只豪猪跳舞一样。她像个锡制机器人似的伸出双臂。他们不屑地抱了抱。"哦。"蕾哈娜说着,抱住他们两个。

卡尔薇丝突然睁大眼睛,迅速抽身。史密斯坐了下来。蕾哈娜说:"现在我们又是朋友了!"说完便离开了房间。

卡尔薇丝艰难地咽了口唾沫。"我感觉受到了侵犯。"她说道。

"是啊！"史密斯仔细地斟酌着语言，"尽管我很喜欢蕾哈娜，但这些正能量的东西真的很让人泄气。"

"她搂着我们的时候，你可一点都没有泄气，是个人都能看得出来。"

接下来的几个小时里，史密斯和苏鲁克一起在货舱里练习搏击。要在他们那辆撞坏的汽车周围做这项运动并不容易，但这对史密斯来说却是个优势，因为苏鲁克的手要比他长。

莫洛克人用长矛挥向他的头部；史密斯侧身躲开，又向前逼近，他砍出一剑，被苏鲁克用手掌格挡开了。苏鲁克将长矛一转，将矛柄戳向史密斯的脑袋，船长屈身躲避，在地上向后翻滚了一圈，气喘吁吁地站起身来。

苏鲁克咧嘴一笑。"你用了'球形黑豹式'。"他说道，"你用剑的功夫有长进。"

史密斯喘着粗气说道："这让我想起了我们第一次见面的情景。"

"'球形黑豹式'？"

"你当时想用矛戳我。"

"啊，没错。欢乐的旧时光。"那外星人顿了一下，手中的武器依然随时准备出击，"我很高兴你打得很精彩，朋友，而且不管是用枪还是其他武器，你都有模有样的。"

"我得坐下来休息一下。"史密斯说道,"我真希望我之前没喝那么多啤酒。"

"我是认真的,马祖兰。我的家乡是一个荣誉之地,但荣誉是争取来的。在我的氏族面前,你要管好你的女眷们,以防有人想砍掉她们的脑袋。"

"她们不是我的女眷,苏鲁克。蕾哈娜似乎都从来没有把我当成一个男人看待,至于卡尔薇丝——好吧,我可能是一个太空船长,但是有些事情就连我也不敢去大胆尝试。"

"没错。但是这些柔弱的女性还是被锁在船上比较好。我的族人非常凶猛,而且全都武艺高强。比如说,我的父亲有一次在荒野中度过了八个月,寻找戈隆的隐秘大师们。即使我的父亲既聪明又敏捷,但他最终也没有找到他们。他们不是无缘无故被称为'隐秘大师'的。"

"感谢你的建议。"史密斯把剑收回系在腰上的剑鞘里,"在跟其他文化打交道的时候,谨慎一点总是好的。"他表示赞同,想起了有一次某个愚蠢的外国人让他喝不加牛奶的茶时,他把茶咳了出来。该死的贸易谈判,该死的日本大使,该死的剑术!

卡尔薇丝端着一个托盘出现在门口。"茶来了。"她说道,"我们的旅程很顺利。再过几个小时,就可以着陆了。我把我们在服务空间站买的葡萄酒放到你的包里了,还是给他们带个礼物为好。"

"很好。"史密斯说着,拿起一个杯子,"尽管我很怀疑他们知不知道葡萄酒是什么。"

"如果你想知道的话,我们现在是自动驾驶模式。"卡尔薇丝说道。

尽管在黑暗的太空中安然无恙,但是在遇到强光时,自动驾驶仪会倾向于启动着陆程序,这在着陆带附近很有用,不过在太阳附近就没那么大用处了。"你有没有把茶拿给蕾哈娜?"

"我问了,但她不想喝。"

史密斯皱起了眉头:"她有时候的确很奇怪。我真希望我能知道她在想些什么。"

"在想解放残疾的雌性同性恋鲸鱼?"卡尔薇丝说道。她抿了一口茶,在一个储物箱上坐了下来:"你知道你的问题在哪儿吗?你太友好了。这就是为什么基列那样的人会得到女人……如果他有身体的话。他的性格阴暗,女人觉得这很刺激,而你则显得太安全了。"

"安全?我杀过十多个人呢,卡尔薇丝。上帝知道还有多少外星人……有好几个是我赤手空拳杀死的,还有一个我只用了鼻子。不可否认的是,他的免疫系统异常地脆弱,于是我朝他打了个喷嚏,但是你明白我的意思吧?"

"我明白,但是你还是显得太安全了。"卡尔薇丝说道,"女人想要的是有挑战性的东西,是一个她们能影响、改变的人。对女人来说,危险和邪恶往往是性感的。"

苏鲁克说:"所以在女性眼中,邪恶的行径是好事?"

"嗯,这要看情况,但是有时候就是这样。"

"有意思。"苏鲁克拿起茶盘,在卡尔薇丝的头上拍了一下。她从储物箱上倒了下来。"这对你来说是好事吗?"他说道,"因为我觉得这感觉棒极了。"

"你这个混蛋!"卡尔薇丝一边骂着,一边揉着脑袋,"嗷!"

"苏鲁克,马上住手!"史密斯喊道,"在我的飞船上不能用茶盘打女人。如果你继续那么做的话,你就不会有离舰许可了。记住:没有离舰许可就意味着没有狂乱的暴力活动。"他摇着手指,不知道自己该如何执行这条命令。

"该死,趁你还没让我的脑袋开花,我还是赶紧走吧!"卡尔薇丝说道,"最好去检查一下我们的飞行路线。我可不想撞上一颗行星什么的。"

史密斯喝完了茶。"我觉得今天的剑就先练到这里吧!"他转向卡尔薇丝,"我马上就去驾驶舱。"他把杯子收了起来,"来吗,苏鲁克?"

那莫洛克人摇了摇头:"我要回自己的房间了。我想在着陆之前休息一下。"

史密斯顿了一下,说道:"那好吧。回见,老伙计。"

一辆小车开进了农场的车道,朝大谷仓和种植园商店开去,途中经过一块标牌,上面写着"布莱恩和淑拉欢迎你"。一个女人躲在灌木丛里,用一把步枪瞄着汽车。

车停下来,门开了,W一点一点地爬出来,像六角手风琴一样把自己长长的身体舒展开来。他慢慢地环顾四周,似乎对自己身处此地感到非常惊讶。他朝手帕里咳了咳。树篱中的女人在一个数据库里查看了他的资料。

农场商店的门开了，温斯科特少校吃着一片吐司面包，缓缓地走了出来。他的袖子卷了起来，肩膀上挎着一挺斯坦福连射枪。"你好啊！"他一边搓着胡子一边说道，"你怎么样？他们这里的果酱做得不错。"

他们握了握手。"还行吧。"W 说道，"突袭行动干得很漂亮。"

温斯科特笑了："是啊，我们的运气还挺好的。导弹防御网需要一个星期才能恢复工作。我的技术专家对自己的活儿很在行。我们失去了一个国民警卫队员，还有四个人受伤了，不过杀了四十多个邪教分子和十来个噶斯特人，不算太坏。我们砸坏了许多设备，直到来了一群禁卫军，我们不得不撤退。我们尽我们所能，把一本伪造的电报密码本丢给了买它的那个家伙，然后跑进了山里。总而言之，还是挺不错的。"

一只孤鸟在其中一个茶园里叽叽喳喳地叫着。作物正在发黄，变得病恹恹的。"该死的蚂蚁人给庄稼上喷了东西。"温斯科特解释道，"他们从城里开始，对种植园实行扫荡。这个农场是他们两天之前糟蹋的。对于没有烧毁的东西，他们会使用毒剂。我们在这里暂时是安全的，他们没有回来的必要。"

"真是卑鄙。"W 厌恶地说道。

"还有更糟的。"温斯科特说道，"昨天，我的一些同事发现了一个邪教分子。他背着一个辐射炸弹在茶地里鬼鬼祟祟的。我很庆幸他们在那个混蛋引爆炸弹之前就把他干掉了。毫无疑问，他们是想污染茶树。他们不能用直升机：太阳龙会让任何飞行的东西坠毁，所以他们想悄悄地行事。"

　　W 凝视着那片行将枯萎的茶园。"他们这不仅仅是要阻止茶叶的生产，而是要彻底毁灭瓮星。如果没有茶叶，就会出现饥荒。"他咳嗽着，看了看四周，"他们会为此付出代价的，温斯科特。"

　　温斯科特说道："我们抓到了一个俘虏。"

　　"真的？"他们转过身，朝谷仓走去。"我希望你们没有对他严刑拷打。"W 说道，"我们要像文明人士一样打仗。"

　　"哦，别担心。他招供很快，就跟把碗里的豆子倒出来一样。我们安装了录音设备，那个家伙告诉我们说他坦克里有更好的立体声音响。我们问他还有什么，他都跟我们说了。这个入侵者是个天生的吹牛大王。从这里进去。"

　　苏姗站在谷仓门口。她看到他们走了过来，便把门拉开了。

　　谷仓里有一辆坦克。它属于伊甸共和国，而且即使到了现在，仍然有两个 W 不认识的人在清洗坦克侧面的标语。炮筒和导弹架从他们头顶的阴影中伸了出来。

　　"这辆坦克很不错。"温斯科特说道。苏姗把门拉上，条形的霓虹灯亮了起来。"国民护卫队里有一些人可以驾驶它，他们还在训练其他人。不过在瓮星的另一边，已经有一些工厂在尝试着改进装备了。现在，听听这个。"他走到一张桌子前，上面放着一台小型立体声音响。"这是那辆坦克的主人。"他说着，鼓捣了一阵子，一个声音从扬声器里传了出来。

　　"我们有能够飞行的战斗服，上面满是装甲，还有射线枪，它们是超级射线枪，能够把任何东西烤焦，还有导弹，以及——一个装置，如果你用它来锁定某个混蛋或者绿皮肤的生物，它能在射穿他们之前告诉你它们的血型和眼睛的颜色，这非常酷炫，因为鲜血会溅得到处都是。你们这些人会彻底死亡，因为我们拥有有史以来最好的武器，最好的。"

另一个声音说道："把手放在桌子上，孩子。"

"而且上帝憎恶你们。"

温斯科特关掉了音响。"蠢货，"他说道，"都是些该死的蠢货，但是他们掌握很多技术。如果我们想要打败这些邪教分子，我们就得跟他们拥有同样的条件。现在的实际情况是，我们在用步枪对抗自动炮台，用吉普对抗坦克。"

W闷闷不乐地盯着那台录音机："而且即便我们有了那样的条件，还会有好几个师的禁卫军挡在我们面前。我们在火力上被严重压制了。"

温斯科特看着他："我希望你不会临阵退缩，老兄。如果你认为我们不应该开战，那战斗就不会开始。"

W摇了摇头："哦，不，我们要开战的。问题在于，在战斗的过程中我们会不会全军覆没。"

"哦，我明白了。"温斯科特突然开心起来，"嗯，那就没事了，对吧？"

侧面的小门突然打开了，一个穿着长袍的女人大步走了进来。她就像只鹰一样：身材高大，站得笔直，眼神锐利，鼻梁棱角分明。她张开双臂，喊道："当心啊，可怕的厄运就要降临了！"

"什么？你是什么人？你是怎么进来的？"温斯科特问道。他用手握住枪。

"我行走在田间地头，大地将我隐藏了起来，因为我是来帮助你解放它的。"

温斯科特没有把枪放下："你是在谷仓里出生的，是吧？"

"不，但这的确是个谷仓。"她关上了身后的门，"抱歉。那么现在——当心啊，死亡要降临在瓮星了！"

W叹了口气："你是什么人？"

"我是萨曼莎，茶托女巫，茶农的预言家！人们也叫我女先知奥瓦尔，我预见到未来有一些可怕的事情！"

两个人交换了一下眼神。"疯子，"温斯科特说道，"绝对是疯子。你是怎么预见未来的，女先知奥瓦尔？"

"我从茶叶粒里读到的。而且，我的名字是萨曼莎，谢谢。"

温斯科特用手指挠了挠他的耳朵。苏姗静静地抽出一把刀。"嗯，好极了。"他说道，"不过现在，我真得继续……"

"我知道你们要做什么，温斯科特！你们想要解放瓮星。我来自茶农的秘密会议。昨晚，大集体种植园的代表们秘密地会面了。茶农们已经投过票了，他们会支持你们的事业。因为在作物枯萎、茶农饿死的情况下没有公正可言。以采茶者和沏茶者之名，让我们加入你们吧！"

W思考了片刻："好吧，帝国不会因为提供帮助的人是个疯子就拒绝接受帮助。我觉得可以。你怎么想，温斯科特？"

"我才不是疯子！"温斯科特反驳道，"你好大胆，医生说我……哦，我怎么想她的事？哦，我明白了。嗯，她认识很多朋友，所以为什么要拒绝呢？"

W微微一笑："太好了。欢迎你的加入，奥瓦尔。"

驾驶舱里，卡尔薇丝看着迪德科特6号星在挡风玻璃中变得越来越大，好像霉菌一样在显示器上扩散。她打开传感器阵列，仪表板上的一个槽咔嗒咔嗒吐出一卷纸条。卡尔薇丝把纸撕了下来看了看。

"重力同地球相当，二十二小时一个昼夜循环，碳基硅酸盐，空气可直接呼吸，没有严重的原生疾病，辐射水平可承受，还有很多免税政策。我能理解苏鲁克的氏族为什么要搬到这里来了。"

"是啊！"史密斯站在她身后，看着那颗黄绿色的星球在他们面前转动，"我已经很久没有见到他的家人了。我第一次见他们是在帝国另一边的阿瓦隆主星上，当时我正在度假。"

"哦？是吗？他们挺友好的吧？"

史密斯想起了他第一次看到阿格煞德家族的情景，当时他们跨过护墙，怒吼着冲进了城堡。"非也，非也。"

"那么发生了什么事？"卡尔薇丝一边问着，一边在主控制台下面翻找着，"哦，看呐，这里还有些巧克力呢！"

史密斯在接受太空船长的培训之前就一直在帝国各地旅行。他那宏大的太空之旅包含的一部分，那就是去阿瓦隆主星看看那里的居民是如何生活的。

史密斯抵达目的地后不久,事情就出了问题。一切都开始于一个叫作"内脏清除者厄加"的莫洛克人,他当时在沿着悬崖漫步,悬崖下面是著名的风景区达尔加斯海滩。在路上,他遇到了一个英国游客家庭,他们向他询问去海滩怎么走最快。作为一个乐于助人而且逻辑缜密的人,厄加把他们推下了悬崖。

三天后,一艘无畏级战舰从轨道上对阿瓦隆主星进行了炮轰,于是莫洛克人宣布对人类大开杀戒。不列颠人撤回到他们在那个区域的营地,并准备抵抗外星部落,但是他们在兵力上处于极端的劣势。那些外星人在攻击城堡的过程中被击退了,但是帝国士兵也倒下了。随着伤亡人数不断增加,每一个身体健全的人都被征用了。

"在我知道发生了什么之前,我身上穿着一条皇家海军陆战队员的装甲裤。"史密斯解释道。

卡尔薇丝耸了耸肩。"在那种时候人们总是希望得到陪伴。别因为这个责怪自己。"

"不是,我穿上他裤子的时候,他就没裤子穿了。他早些时候被杀了。你没在认真听,对吧?"

"我当然在认真听了,你继续。"她从控制台下面站了起来,手里拿着半块巧克力。

"嗯,莫洛克人是很野蛮的敌人,他们凶狠而又坚决。尽管他们只用长矛和刀剑——他们不太喜欢远距离作战——他们爬墙的速度比我们快多了。最终,我们的弹药用完了,于是我们跟他们打起了白刃战。我就那样杀了他们三四个人,然后遇到了苏鲁克。他是个很糟糕的敌人。"

"我还以为他应该很冷酷呢!"

"对我来说很糟糕。"

"懂了。"

"不管怎样,我在竭力反抗,其他人则启动了基地的反应堆。我们还没来得及引爆自己,就被他们占领了——我想,这是最好的结果。那些莫洛克人说他们已经很久没有这么开心了,然后把我们放走了。"史密斯眨了眨眼睛,仿佛刚从梦中醒来一样。

"从那以后,你们就成了最好的朋友?"

他摇了摇头。"不,我们是不同族群的战士,成为敌人只是机缘巧合,但是在战场上却像朋友一样。后来我成了一名太空船长,苏鲁克的同族则迁到了这里,迪德科特6号星。三年之后,命运让我和苏鲁克在德本汉姆百货公司又一次相遇了,但那是另一个故事了。"史密斯耸了耸肩,走开了,"好了,带我们着陆吧,卡尔薇丝。"

"马上去。"她答道。

苏鲁克蹲在他房间里的凳子上,周围满是战利品。他需要节省体力,以跟家人会面。

那些骷髅用空洞的眼神盯着他。其中有噶斯特人、人类、尤尔人、克罗托亚人、普洛克图兰撕裂兽的卵——都是很有价值的敌人。但是苏鲁克曾经承诺过要带领一支强大的军队回到他的族人身边,而现在他身边这些人显然算不上。史密斯是一位勇敢的战士,但卡尔薇丝却是个胆小鬼。苏鲁克唯一一次见蕾哈娜拿起刀刃,是她用剪刀切豆腐的时候。他们不是他承诺要带回家的强者。

另外，他们也只有三个人。

当他的家人知道他食言，并且失败而归，事情很可能会变得严重起来。比如说，会有暴力行为，这倒没关系，但是也会有羞辱。毕竟，一个背弃诺言的战士能有什么用呢？

苏鲁克眯起眼睛看着甘·乌泰奇，他神圣的先祖之矛。如果他被逼得没有了退路，这把神圣的长矛将会屠杀自己的族人。那就很糟糕了，非常糟糕。

08
回家的浪子

着陆平台很宽敞，上面空空的，而且出奇的平整。一个瘦削的身影在一旁等待，他的轮廓在热气中摇曳着。外面的气温有一百零九华氏度。

"大部分建筑都在地下。"飞船着陆的时候苏鲁克说道，"这样能够保持空气湿润，而且当我们被卑鄙的尤尔人袭击时，建筑也更加容易防御。"

"尤尔人？"卡尔薇丝问道，"用活人献祭的尤尔人？"

苏鲁克握紧了他的长矛。他为这个场合特地打扮了一番，身上挂满了战利品和刀。"没错。他们声称我们亵渎了他们的神明。尤尔人既无耻又邪恶——对于战士来说，他们是很有价值的敌人。而像你这样的小妖精则没什么取胜的机会。"苏鲁克活动了一下他的下颌，"现在，走吧。我会为你说话的，以免有人发现你不堪一击。"

卡尔薇丝站了起来。"当然。"她甜甜地笑着说道。他们四个人走进气闸舱，卡尔薇丝转动转盘，把门拉开了。阳光和热气淹没了飞船。

"跟我来。"苏鲁克说着,走出舱门,然后不见了。下面传来一声轻轻的撞击声。

"让你刚才用茶盘敲我。"卡尔薇丝说完,按下开关,把台阶放了下去。

他们走进阳光之中,走进了莫洛克人的领地,鞋子在金属台阶上叮当作响。苏鲁克在台阶的最下面等待着,他满身尘土,看上去火气比之前更大了一些。

蕾哈娜戴着一顶松松垮垮的大帽子。她用手遮住眼睛,说道:"他要过来了。"

那个外星人踏着莫洛克人特有的步伐:轻盈、优雅,步子很大。当他走近的时候,史密斯看到他穿着一件衬衫和一条深色的裤子。他的胳膊上挂着一件夹克。那外星人的靴子只到他的脚踝,上面没有苏鲁克穿戴的装甲镀层。他看起来整洁得有些奇怪。

苏鲁克走上前去。"喳兹嘀!"他一边举起长矛致意,一边说道,"苏鲁克,阿格煞德牟莎咔,乌尔加素纱!"

"你好,苏鲁克。"那莫洛克人欢快地说道,"你们能顺道来访真是太好了。"

苏鲁克转了过来。"他说英语是为了对你们表示尊敬。"他小声说道,"这样对你们有帮助。"

"哦,我们一直都说英语。"那个莫洛克人说道,"这样能省很多麻烦。顺便说说一下,我是苏鲁克的父亲,阿格煞德。"

"九剑阿格煞德,他曾在阿萨克峡谷战役中斩获六十个敌人的首级。"苏鲁克解释道,"他是勇士之王,是我们祖先的荣耀。"

"哦,你再这么说的话,我会感到难堪的。"阿格煞德说道,"现在,苏鲁克,你不应该给我介绍一下你的朋友们吗?"

苏鲁克走到一边,一个个地指着他们:"这是伊桑巴德·史密斯,我把他称为马祖兰,他是一位云游四海的勇士,我很自豪地称他为朋友。这是蕾哈娜·米切尔,一位预言家,很受史密斯喜欢,他渴望与她繁殖后代。这是卡尔薇丝,一个无关紧要的人。不过,我们正是乘坐由她驾驶的钢铁巨兽来的,在人类的语言中,它被称作'太空飞船'。"

"谢菲尔德级别的,对吧?"阿格煞德问道。

"是的。"卡尔薇丝高兴地回答。

"我听说它很迅捷,但转弯的时候稳定性有点差。"阿格煞德说道。他张开又白又亮的獠牙,露出一个微笑:"嗯,很高兴认识你们大家。"

"父亲,我给你带了一件礼物。"苏鲁克说道,"这个头骨是我从一个禁卫军头上砍下来的,他是噶斯特帝国的精锐士兵。这个怪物不遵守战争的规则,他在差不多四天前袭击了我们,在光荣的战斗中,我用剑把他的头砍了下来。这件礼物能够证明我的英勇无畏,我用它来让我们的祖先感到荣耀。"

他鞠了个躬,把头骨递给了阿格煞德。"谢谢。"阿格煞德说道,"拿着。我也给你准备了一个礼物。"他递给苏鲁克一个塑料袋。

苏鲁克把袋子里的东西拿了出来。

"嘿,"蕾哈娜说道,"他给你买了一件套头毛衣。"

"收据在袋子里,以防万一。"阿格煞德说道。

"那么,这东西是你从谁那里弄来的?"苏鲁克问道。

"约翰·路易斯百货商店。"阿格煞德说道。

苏鲁克往毛衣里面看了看,找到标签,说道:"上面写着'普林格'。我从来没有跟那种东西战斗过。"

"这是打高尔夫的时候穿的。"阿格煞德解释道。

苏鲁克笑了起来:"啊,高尔夫。我已经很多年没有挥过球杆了,也许这次回来我可以再试试。"

"真的吗?"阿格煞德说道,"你知道现在高尔夫是一项非接触式的运动,对吧?"他转向人类,"好了,欢迎来到迪德科特6号星。我希望你们在这里过得愉快。车在那边。"

汽车很新,还散发出一股莫洛克人特有的气息。苏鲁克的房间里总是有一股淡淡的氨气味;所以现在,这股气息是肯定不会弄错的。史密斯坐在后排靠窗的位置,看着城镇在他们周围展开。

建筑位于地下,商铺都是用标牌做广告的;那里的房地产经纪人和咖啡馆多到让史密斯感到惊讶。或许莫洛克人已经变得更加精致了一些:这取决于你如何解读熟食店的标牌,上面写着"店里的肉很新鲜——为服务社区而自豪"。

低矮的圆顶从地面上凸了出来:它们是地下房子的空气过滤器。莫洛克人不是很爱社交,他们的房子往往会被加固,以保护他们免受袭击者的侵扰,这些袭击者不光来自太空,还来自那些会以任何借口发起打斗的邻居。帝国饮料公司曾对莫洛克人展开过一次非常成功的广告宣传活动,广告里,一个新房客想从楼上的邻居那里借一些糖,却因此引发了双方长达二十年的恶斗。

卡尔薇丝碰了碰史密斯。他靠了过去:"苏鲁克的爸爸看起来还不错啊,对吧?"

"是的,还不错。但还是小心为好,卡尔薇丝。"

汽车沿着公路驶下一个坡。在阴影笼罩下,他们开进了一个车库。阿格煞德把车停了下来,并把他们请下了车。他走到一扇门前,在键盘上输了一串数字。门开了,他们走进了暴怒的乌尔加家族的府邸。

白色的大厅宽阔而又空旷。四周的墙壁很平整,稀稀落落的家具是铬合金或者玻璃制成的。唯一的色彩来自几处柔和的灯光和远处墙上的一幅抽象画。他们有些惊诧,就在门口停了下来,环顾四周。这里的风格既稳重又随意,看似朴实无华,实则经过精心设计。

"我们现在在哪儿?"苏鲁克问道。

"之前的大厅。"阿格煞德回复道,"我们稍微装修了一下,由你的哥哥设计的。他一直都这么聪明。"

"但是——战利品……"苏鲁克说道。

"战利品?"阿格煞德皱起了眉头,"哦,之前那些啊?在阁楼上。它们不太符合你哥哥追求的那种风格。另外,把头骨摆得到处都是……这样有点病态,不是吗?"

"病态?父亲,那些都象征着我们的荣誉!"

"当然。它们还在这里呢,别担心。啊,莫尔加来了。"

另一个莫洛克人从一个侧门走进了房间,利落地关上了身后的门。他穿着一件黑色的高领套头毛衣、一条黑色的裤子,还戴着一副黑色的眼镜,他的头发被扎成了一条整齐的马尾辫。

"苏鲁克!"他喊道,"见到你真高兴,小家伙!"

"莫尔加,我向你致以敬意,兄弟。"

"嗯,当然。我也向你致敬!"

"这些是我的同伴。"苏鲁克指着其他人说道。

莫尔加点了点头:"伙伴,是吧?好,大家请坐吧,不要拘束。"说着,他扑通一下坐在了沙发上——是坐,而不是蹲。他打了个哈欠,说道:"你知道,那些刀光剑影太让人疲惫了。"

"没错,"苏鲁克回答道,"但是战斗本身就是奖赏。"

"战斗?"莫尔加张开下颌笑了起来。他的笑声要比苏鲁克轻一些:"哦,我说的不是字面意思,我说的是坐办公室。笔杆子的力量可比刀剑大多了,诸如此类的。"

"那取决于你把它插在哪里。"苏鲁克讥讽道。他以人类的方式坐了下来,这让他感到很不习惯。因为没有屁股!他做了个怪相。

"莫尔加已经在城里扬名立万了。"阿格煞德说道,"我为他感到骄傲。"

"他解决了宿仇吗?"苏鲁克满怀希望地问道。

"是在建筑界。"莫尔加回答道,"我和尤尔萨斯、布朗成立了一家公司,不过布朗几乎不参与经营。爸爸现在从事会计工作。"

"会计?"

"没错。"阿格煞德说道,"总会有一些账目需要平衡。还挺有意思的。那么,孩子,这些日子你都在做些什么呢?"

"我在追求荣耀!"苏鲁克说道,"我在猎杀银河系中最致命的猎物,并以杀戮者苏鲁克的名号带着我们部落的荣耀与他们战斗!"

"哦。"阿格煞德说道,他跟莫尔加交换了一下眼神,"如此说来,你没有去上法学院啊?"

苏鲁克盯着他们俩。史密斯、卡尔薇丝和蕾哈娜看着苏鲁克。每个人的表情都有些木然。

"我们本来希望你能成为一名医生或者律师。"阿格煞德解释道,"我们家里还没有出过医生呢!"

"但我是一个战士!"苏鲁克反驳道,"我干的就是战争这一行!"他停顿了一下,冷酷无情的双眼中流露出一种新的情绪,"这个大厅……那些战利品……你们……不再是战士了,对吧?"

"嗯,时代变了。"莫尔加说道,"现在,我能去给你的朋友们倒杯喝的吗?"

苏鲁克和莫尔加去准备酒水了,阿格煞德则寻找他在奈杰勒斯主星度假时的照片去了。卡尔薇丝看了史密斯一眼。"看来我们不会被大卸八块了。"她说道。

史密斯说:"这可有点让人担忧啊!"

"我觉得这太糟糕了。"蕾哈娜说道,"这些可怜的原住民被迫接受了西方的价值观。我们的文化帝国主义给他们带来了很多不一样的负担。他们的生活水平现在肯定跟我们差不多。这太糟糕了。"

卡尔薇丝一脸不悦："好了，强大的军队算是没了——我看他们不是身经百战，而是心惊胆战吧！除非我们打算用一个大规模的增值税骗局来摧毁噶斯特帝国，不然咱们还是走吧！"

在满是铬合金的厨房里，苏鲁克看着莫尔加从冰箱里取出东西。"那么我的那些老战友呢？"他问道，"他们都……像你一样成了建筑师吗？"

莫尔加摇了摇头："哦，当然不是。"

"感谢祖先。"

"有些人进了保险行业。"

"保险行业？那是什么东西啊？"苏鲁克低吼道，"肯定还有些人记得我们的光荣传统吧？黑刃汉拿、掠夺者玛嘉斯、恶人阿兹曼呢？"

"掠夺者、黑刃和恶人？都是律师了。"

"骨骼粉碎者奥加克呢？"

"你是说数字粉碎者奥加克吗？会计。他和爸爸在一起工作。"

"痛苦的化身阿兹兰纳什呢？"

"牙医。"

"我猜那还挺了不起的吧？的确是时过境迁了。我还记得这个房间之前刷满了凝固的血。"

莫尔加开始混合金酒和汤力水。苏鲁克看着他倒出金酒，然后是汤力水，不是三杯，而是六杯。

"你在干什么！"苏鲁克喊道。

莫尔加回头看着他，眨了眨眼睛："调酒啊，怎么了？"

"莫尔加！你不至于连这都不知道吧！"苏鲁克大步走过去，从他手里把酒瓶子夺了过来，"这是给人类喝的，不是给莫洛克人喝的！人类把这个带过来是为了让勇士堕落。你不会不知道的！"

莫尔加困惑地站在那儿看着苏鲁克，既惊讶又担心："苏鲁克，这东西不错。你应该尝试一下。"

"不！莫尔加，你把你的战利品都藏了起来，不再遵守勇士之道，还穿得像个人类，但是你不能喝他们的汽水！我不允许这种事情发生！"

他把汤力水瓶子狠狠地扔在地上。瓶子弹了一下。

苏鲁克捡起瓶子。"我说了，我不允许这种事情发生！"他喊着，又把瓶子扔向地板。

"这是个塑料瓶。"莫尔加说道。

苏鲁克生气地盯着瓶子看了一会儿，把瓶子捡了起来递给莫尔加。"碳酸饮料会毁了勇士的，"他说道，"记住这一点。"

"我不是勇士。"莫尔加说完，耸了耸肩，把酒端了进去。

"那么，你们来这儿有何贵干？"阿格煞德问道，"你们说服苏鲁克让他找一份正经工作了吗？"

史密斯摇了摇头："不是的，先生。我们来这里是为了向你们寻求帮助。"

莫尔加放下托盘，把酒杯一一递给大家。他们围坐在一张擦得光亮的长桌子旁。苏鲁克坐在人类和他的家人之间，他比平时更加愁眉苦脸。史密斯看着那外星人的下颌张开，摆出准备战斗的姿态，然后又收了回去。

阿格煞德抿了一口金汤力："当然了。我能帮什么忙呢？"

"我们需要一支军队。"史密斯说道。

莫尔加和阿格煞德互相看了一眼。

"噶斯特帝国霸占了迪德科特4号星，也就是瓮星。"史密斯说道，"他们为了削弱不列颠太空帝国的武装力量，切断了我们的茶叶供给。我们冲破了他们的封锁，听从苏鲁克的建议来到了这里。他说我们可以在这里集结一支军队来解放瓮星。"

"哦。"莫尔加说道，"……一支打仗的军队？"

"不是，一支跳交谊舞的军队。"苏鲁克说道，"笨蛋。"

阿格煞德举起一只手："孩子们，注意言行。史密斯船长，你的要求太高了。如果你需要的是一份季度报表，或者想弄清楚一些可疑的款项，我会乐意为你效劳，因为你是我儿子的朋友。但是这……我们的战争领主已经很多年没有聚在一起了。"

"先生，这很重要。"史密斯回答道，"瓮星人民很勇敢，也很顽强，但是他们太过分散，无法正面对抗噶斯特人。不过，如果有一支你们这样的军队帮忙，他们或许可以一战。"

"而且假如瓮星沦陷了，"苏鲁克补充道，"不列颠太空帝国将会失去茶叶供应。没有茶叶，他们的意志力就会下降，这将使他们受到严重削弱。如果不列颠太空帝国也陷落了，毫无疑问，噶斯特人下一步便会把矛头转向我们。跟我们一起反抗吧，父亲。这会很有趣的。"

"这太疯狂了!"莫尔加喊道,"我们是文明人,不是野蛮人。这对你来说是很好,东奔西跑地拯救银河系,但是我们中有些人是有责任在身的。如果我没有在周末之前把加斯兰格斯的避暑别墅整理好,你觉得会发生什么?麻烦事,就是这样!很抱歉我的嗓门有点大,但是真的。"

阿格煞德喝了一大口金汤力:"作为一家之主,我有责任平息你们的争论,就像同一本分类账簿上的条目一样。我理解你所说的事态的严重性,但盲目的暴力已经不再是我们解决问题的方式了。"

"船长,我不能向你做任何保证。不过如果你愿意的话,我可以召开长老会议。明天我们在审判石阵集合,那里是长老们碰面商讨战争要事的传统地点。如果在这样一个我们的祖先曾经站立的地方聚集,也许命运就会眷顾我们。"他那伤痕累累、写满沧桑的脸忽然笑逐颜开,"但是就此打住。谁想吃意式调味饭?"

夜里。大家都睡了。波莉·卡尔薇丝穿着睡衣和拖鞋,在黑暗的客厅中摸索前行。她的小腿撞到了一张现代风格的咖啡桌锋利的边缘,她绊了一跤,跳来跳去,咒骂着那股愚蠢的欲望,正是这种欲望让她把手电筒里的电池装到了她的马克9型工业脉动器上。卡尔薇丝往后退了一步,撞到了一扇门,倒进了厨房里。

她头顶的灯亮了起来,一股寒意瞬间传遍她的身体。苏鲁克站在冰箱旁边，门开着。"需要帮助吗？"他问道。

"哇！"她站起来，拍了拍裤子，"只是进来喝杯水。"

"当然。"那莫洛克人说道，"我们有自来水，因为我们是文明人了。"

他从餐具柜里拿出一个杯子，接了一杯水，然后递给她。她感激地喝了一大口："我估计是意式调味饭吃多了。"

"哦。"他从黑暗中走了出来，灯光照在他的獠牙上，让他脸上的皱纹格外醒目。

她从来没觉得苏鲁克是有威胁性的。在飞船上，她一直把他看作一道有趣的风景：奇怪、天真，而且危险，但是他们最终还是朋友。现在，面对着这个成天舞刀弄枪的怪物，她却只穿着一条宽松的睡裤和一件前面写着"小公主"的T恤，一丝不确定的感觉涌上心头。

"睡不着吗？"她问道。

"是啊。我做了一个奇怪的梦，这或许是一个预言。我梦见在我家房子外面有一片草地，上面有很多像你这样的小人。我站在家里发了一声信号，所有的小人都进来吃晚饭了。"

"你请我们吃晚饭？你真好。"

"大概就是这样。"苏鲁克舔了一下嘴唇，在冰箱里翻找着。"那么，"他说道，"你已经见过我的家人了。"

"是啊！"她说道，"他们似乎……挺好的。不过我猜这算不上一件好事，对吧？"

苏鲁克重重地摇了摇头："我很怀疑你是否明白我的感受。"

"我没有任何亲人。"她说着,又倒了一杯水。她的声音变得若有所思:"我想我最亲密的家人就是飞船上的自动驾驶仪和我的电动牙刷了吧:一个是电脑,我抱着另一个睡过觉。"她叹了口气。"你知道,苏鲁克,如果我提前知道你回家之后会是这个样子,那在咱们降落的时候我会给你把台阶放下来的。"

苏鲁克说:"如果我提前知道我的同胞对随意的暴力行为如此不尊重,那我也不会对你使用它的。"

卡尔薇丝想了一下。"这么说来,你还挺好的。"她说道。

苏鲁克继续在冰箱里寻找。"意大利香醋,山羊奶酪——弱爆了。甚至连人类的手指也是假的。吃点橄榄吧。"他说着,拿出一个塑料盒,"它们又绿又多油——难怪我哥哥会喜欢它们。"

苏鲁克把橄榄放了回去,关上了冰箱门。突然之间,房间里一片昏暗,他像周围的家具一样变成了另一个灰色的影子。"你应该去休息了。"他说道。

"是啊!"在黑暗中,她是一团温暖的红褐色虚影。常规的视觉无法看清,但是他那退化的夜间视觉却看到那团虚影慢慢靠近,并把手伸了出来。卡尔薇丝的小手抓住了他的手。

"很遗憾事情会变成这个样子。"她说着,紧紧地握了握他的手。

"去睡觉吧!"他回应道,没有像她一样握她的手。

她把手缩了回去,退向后面:"你不太喜欢肢体接触,对吧?"

"没错。"他看着那团虚影朝门口走去,"不过还是谢谢你。"

审判石阵像一群神情严肃的卫兵一样，耸立在史密斯周围。它们高达十米。那些经过雕刻的巨石代表着过去伟大的族长和他们取得的胜利。风和岁月已经把上面的符号和五官磨得干干净净。

他们走向石阵中心的时候，苏鲁克指着那些巨石说道："这个代表智者阿兹兰纳斯，他在远古的时候便行走在大地上。左边的这个是拉克洛万王，他掷出的长矛能够绕着世界飞一圈，刺穿六个敌人，再带着他们回到他手里，就像一串人渣肉串。"

蕾哈娜感叹道："多么神奇的文化啊！"

卡尔薇丝感受到那些古人的眼睛正注视着她，这让她颤抖不已。

"这个是泰斯拉克斯，带领我们反抗不列颠人的入侵。他们都是很伟大的人。从现在开始，只能使用高尚的语言，因为我们在接近伟大之桌。"

在石阵中央矗立着一块巨大的石头，上面是平的，下面却越来越细，好像一座倒过来的金字塔。在石头平坦的表面上雕刻着一幅画：一个简笔画风格的莫洛克人握着一支长矛，奔跑在一片满是骷髅的地上，他挥舞着一个被砍下的头颅，疯狂地笑着。图画的两边聚集着一些人物：一边的人是红色的，一边的人是蓝色的。这是传说中的情节。其他的巨石都很古老，但是这一块石头的古老程度超乎想象——而其神圣程度也同样如此。

苏鲁克举起他的长矛，让它的影子落在图画上。他向画面行了个礼，然后把矛柄插进地里，静静地站在那桌子的边缘，低着头，闭着眼睛，满怀崇敬。

"打扰一下！"一个声音叫道，"打扰一下，先生们！没错，就是你！你不认识字吗？"

苏鲁克抬起头来。一个戴着帽子的莫洛克人双手叉腰，穿过石阵朝他们走来。他大步走到他们跟前，上下打量了他们一番，然后说道："出去，去围栏外面。"

苏鲁克张开下颌："什么？"

"你听到我的话了，伙计。跟其他人一起去围栏外面。"

"可恶的家伙，你竟敢打断我跟古老魂灵的交流，叫我离开这个神圣的地方？"

那官员坚定地点了一下头："是的，先生。我的确这么说了。这里设了一道围栏，其目的很好：为了防止某些怪人进来，在石阵里做什么奇怪的事情。没错，先生，怪人。"

他慢慢地转过那张凶恶的脸，看着蕾哈娜。

"抱歉。"史密斯说道，"你是想暗示什么吗？你说的可是我船上的一位客人，而且我可以告诉你，她不是一个'怪人'。"

"那么，先生，我可不可以问一下她为什么在拥抱一块石头？"

"她不是在拥抱石头，而是在倾听。"

"完全正确，先生。这里是一个非常有考古意义的场所，不是为散发着香的气味的人开设的活动中心。去围栏外面，不然我就要命令你们离开了。"

史密斯看了苏鲁克一眼，他已经气得七窍生烟了。

"快走吧，我可不能把一整天都耗在你们这儿。"那官员说道。

"一群疯子。"他小声说道。

"抱歉。"莫尔加出现在他们旁边。史密斯没有看到他接近。他在别人毫无戒心的情况下悄悄接近的能力显然是家族遗传的。"这些人是跟我一起来的。我是建筑师莫尔加,很高兴见到你。"他伸出一只手,那官员握了握。莫尔加过了好一会儿才缩回他的手:"也许我们可以在这里商量点事儿。"

"没问题。"那官员说道。他瞥了蕾哈娜一眼:"但是别弄得一团糟,明白吗?"

"当然。"莫尔加说道,"大家跟我来这边吧!"

他们回到了伟大之桌旁。在他们往石头边走的时候,卡尔薇丝靠了过来,小声说道:"刚才那个家伙是我在这颗星球上见过的最凶恶的人了。"

史密斯尖酸地回应道:"我得说,我简直不敢相信这里的人已经堕落到了这种地步。不光是说阿格煞德的那些战争领主把自己变成了中产阶级,而且我确信我刚才看到一位国民托管组织的官员受贿了。这就好像……"他努力想找到一个能充分表达自己厌恶感的词,"法国一样。"

桌子的另一头出现了几个身影,他们从礼品商店那里迈着大步走了过来:那是一群年长的莫洛克人,他们的体型不亚于苏鲁克,但是非人的五官更加显眼,阿格煞德也在其中。在莫尔加和苏鲁克的陪同下,史密斯走向伟大之桌。他站在那儿,不知道是否应该自我介绍一下,然后再开始话题。

很明显,周围的环境让这些长老想起了过往的光辉岁月。"于是我砍下它的脑袋,拖着它的尸体走了十几千米,尽管它把我的手咬掉了。"一个只有一颗獠牙的长老说道。

"十几千米？"另一个问道，"十几千米？你真幸运。要是我的话，我会站起来，为了荣誉战斗上一整天，然后把两只胳膊都装在塑料袋里，摇摇晃晃地走上三十千米回家。"

"难得的享受啊！"一个只有一只眼睛的长老说道。阿格煞德大声地清了清他的嗓子。

"先生们！"他低吼道，"尊敬的商业伙伴们，社区的栋梁们，这位是不列颠太空帝国的伊桑巴德·史密斯船长。他来到这里是为了就一件对他的人民非常重要的事情向你们寻求帮助。跟他在一起的是我的儿子苏鲁克，他是一个古文物收藏家，也是史密斯船长的朋友，如果有需要的话他可以给船长做担保。先生们，下面有请史密斯船长。好了。"他轻轻地补充道，仿佛是在说：我已经履行了我的义务。

"先生们，我先把话说清楚。我来这里不是为了一场跟你们毫无关系的战争而寻求帮助。我来这里是为了协助你们打击我们共同的敌人。噶斯特一号打算征服整个银河系，为此，他已经组建了一支庞大的军队，大到远远超乎我们想象。即使我们团结一致共同对敌，我们也将面临一场艰苦的战斗——但是我们可以赢下这场战斗，它会给我们带来胜利，而不是必然的灭亡。"

史密斯把他们扫了一遍。

"噶斯特人肆无忌惮，他们唯一的目的就是征服宇宙，他们饶你们不死的唯一理由就是把你们全都变成奴隶。人类为你们提供了与他们正面交锋的机会，我的人民会成为你们的盟友，让你们有机会遏止他们的邪恶计划。相信我，先生们，一旦我们被打败了，噶斯特人就会把矛头转向你们。"

一个年老的、伤痕累累的莫洛克人紧紧地盯着史密斯："噶斯特人给我们提供了袖手旁观的理由。他们告诉我们，这是地球与赛林尼亚之间的战争，我们不需要担心。作为回报，他们承诺把一大批罐头食品的分销权给我们。不列颠太空帝国能给我们提供比这还好的东西吗？"

"自由。"史密斯说道，"还有尊严。"

"他们给了我一箱红酒。"另一位长老说道，"还有一些意大利香醋。"

"先生们，请听我说！"史密斯喊道，"现在不是关心罐头食品或者酒窖的时候。这是生死攸关的大事！当噶斯特突击队在你们的城市里横行霸道、肆意杀戮的时候，再好的葡萄酒对你们来说又有什么用呢？"

"我们可以用酒瓶子砸他们的脑袋。"那个长老说道，"那真的很疼，要是只用便宜货的话尤其如此。"

"那是相当疼。"一颗獠牙的长老说道。

"请你们试着理解一下。"史密斯看向别处，沮丧让他有些头疼，"我知道我们之间的历史可能算不上太好。我知道我们有时候意见相左……"

"哦，那都是陈年往事了。"独眼的长老说道。

"但是我们的帝国无法只靠自己的力量打败噶斯特人。如果有了你们的帮助，我们可以解放瓮星，让我们的军队保持强大，让所有我们的世界免受暴政的统治。但是如果没有你们的帮助，我们过于势单力薄。有些困难即使是不列颠人也克服不了。"

独眼的长老无能为力地摊开双手："两个遥远的外星种族。很抱歉，史密斯船长，但我实在看不出其中的关系。我们有生意要照顾，有工作要做。你知道，现在不是黑暗时代了。"

其他长老也低声赞同他的说法。

史密斯张开嘴，但是一声怒吼盖过了所有的声音。苏鲁克喉囊鼓胀，嘴巴大开，仰天长啸。他们惊得直往后缩，他却跳到了伟大之桌上，站在了那神圣的铭文上。

"真是耻辱！"他喊道，"真是耻辱，你们这些懦夫、傻瓜！你们将被征服，这片土地也将沦陷，到时候你们会哭着求祖先来救你们，但是他们会抛弃你们，就像你们抛弃了他们一样！当你们的房屋被火焰吞噬，当各个部落的人民像奴隶一样遭到驱赶，而不是像战士一样顽抗到底的时候，你们会想起这一天，你们会为自己说过的那些拐弯抹角的话而将自己骂上一千遍！这些人类，这些粉红色的小东西，都比你们更加尊贵！这个——"他用手指着卡尔薇丝，"这个发育不良的小丑比你们所有人加起来还要尊贵！"

他停了下来，气喘吁吁的。一阵尴尬的沉默之后，人们发现一个熟悉的身影站在伟大之桌旁边，抬头看着苏鲁克。

"行了，你，"那官员说道，"你够了。马上下来。"

"好了。"莫尔加说，"能够再次见到你，我还是挺高兴的。"

"嗯。"苏鲁克说道，"我想我也一样吧！除了祝福你，我还能做些什么呢？当然了，除了把你千刀万剐。但即便如此，似乎也还是太麻烦了,不值得。"

他们站在约翰·皮姆号前面的着陆平台上。天气很热,各部族的卫星锅似乎在薄雾中摇晃。

"拿着。"卡尔薇丝一边说,一边从包里拿出一瓶葡萄酒,"感谢你的款待。"

"谢谢。"莫尔加说道,他皱着眉头看了一下标签,"嗯,法国货?我想知道是哪个地区的?"

"当然是欧洲,笨蛋。"苏鲁克说道。

莫尔加看着他的弟弟叹了口气:"你瞧,我也感觉这件事的结果很糟糕……"

"也许噶斯特人军团能让你们重新振作起来。"苏鲁克冷冷地说道。

史密斯用胳膊肘推了推苏鲁克。

苏鲁克说道:"再见了,哥哥。再见了,父亲。感谢你们的套头毛衣。"

"感谢你的头骨,苏鲁克。"阿格煞德说道。他们互相鞠了躬:"再见了,大家。祝你好运,史密斯船长。我希望祖先们能够好好照顾你,苏鲁克,如果你考虑上法学院的话,我随时都可以给你寄一些招生手册。"

"星系毁灭"号飞进了迪德科特 5 号星的轨道。在舰桥里，462 看着等离子鱼雷螺旋着穿过桃红色的云层，进入风暴之中。一道光芒短暂地闪过，然后是第二道，过了一秒钟之后是第三道。直到这时，他才从窗口转过身来。

一个勤务兵站在他旁边："最高飞船指挥官！"

"奴才。"

"下面是关于行星表面的报告！所有的生命应该都被毁灭了。几乎可以肯定，威胁已经被清除了。"

462 的眼睛眯了起来。"'应该？'"

"哦……是肯定。"

462 把手放在背后，走到了座位上："那么，'助产士计划'完成了。很好。"他坐了下来，思考着。毫无疑问，瓮星上的那些伊甸小丑们肯定会把事情弄得一团糟。不过，这并不重要。茶叶对噶斯特帝国毫无用处，而且，一旦他回去了，他会下令把瓮星上噶斯特人能用到的所有东西洗劫一空，然后再摧毁那颗星球。

"长官！"另一个勤务兵喊道，"我们的中立盟友尤尔人发来一条信息。他们称有一艘很像'约翰·皮姆'号的人类飞船降落在了莫洛克人的世界迪德科特 6 号星上。我很高兴地通知你，我们还有足够的鱼雷可以……"

462 突然站了起来，扼住那个勤务兵的下巴。"安静！"他慢慢地坐回椅子上，仿佛泄了气一般。他的机械眼睛疼了一下。"不。攻击莫洛克人的世界会侵犯他们的领空。我们的敌人会把我们描绘成侵略者——这当然是完全错误的。不，还有别的办法。我想我们可以找一些能当一次性消耗品使用的人来替我们做这些事。"

他揉搓着他的手、爪子和触角，哈哈大笑起来。那个勤务兵不想被迁怒，所以也跟着他笑了起来。

卡尔薇丝从显示器上转过身来，说道："去瓮星的航线设定好了，头儿。"

"谢谢你，卡尔薇丝。"

约翰·皮姆号上的气氛有些压抑。蕾哈娜回到了她的房间里，驾驶舱里只剩下史密斯和卡尔薇丝。他们静静地坐着，沮丧之外还有一些尴尬，仿佛是在为一个他们几乎不认识的人守灵。

"我们回去之后，这对每个人来说都是个坏消息。"史密斯说着，呷了一口金汤力。由于缺乏盟友，他决定节约飞船上的茶叶用量，以防止紧急情况。虽然这个新规定才实行了半个小时，但他已经迫不及待地想要泡一壶了："该死的外星人。全靠不住，真是愚蠢！"

"说到这个话题，"卡尔薇丝说，"苏鲁克去哪儿了？"

"在他的房间里。很明显，在试他的新毛衣，这可能意味着他会把它撕成碎片。我会让他这么做的。"

"也许我应该去看看他怎么样了。毕竟他说过，我比他部落里的那些长老加起来还要尊贵。"

"他还说你是一个发育不良的小丑呢！别太得意忘形了。我去吧！"

史密斯捋了捋他的夹克，沿着走廊漫步。他感到空虚而又疲倦。苏鲁克的门关着；隔壁蕾哈娜房间的门则开着。他抬起手来，想敲苏鲁克的门，但是止住了，他不知道该做些什么。房间里似乎很安静。也许最好还是让这个外星人自己待着吧：跟史密斯一样，最不可能让他振作起来的事情就是让别人告诉他"敞开心扉""好好地哭一场"或者诸如此类的新时代垃圾话。到底什么才算作"好好地哭"？快乐地悲伤吗，还是愉悦地哀痛？

"嘿。"

他转过头，蕾哈娜正懒洋洋地靠在她房间的门框上，叉着胳膊看着他。"你好啊！"他小心翼翼地说道。

"要进来吗？"

"呃，那好吧！"他说道。

她优雅地走到一边，他走进了她的房间。这是一片陌生的领地，对他来说，这甚至比苏鲁克的武器架和头骨收藏还要陌生。这里给人的第一印象是一家纱丽工厂发生了爆炸：墙上、天花板上挂满了垂饰。一件像是做工很差的轮子一样的东西从床上悬了下来，上面拖着一些羽毛，仿佛有人用它打过鸟一样。架子上，一些小装饰品跟看起来很可疑的植物挤在一起。这一切都很有异国情调，因此他想到了土耳其软糖。

"我本来是想去看看苏鲁克。"他说道，"这件事对他的打击应该挺大的。也许他还是自己一个人待着最好。我没听到里面有砸东西的动静，所以他应该没什么事吧！"

"这对他来说一定很艰难。"她一边说一边坐在了那张由枕头、流苏、毯子、褥子和具有异国风情的草垫堆成的床上，"你知道，我真的……很同情那些可怜的原住民，帝国殖民主义剥夺了他们原有的生活方式。"

"我们没有剥夺他们的任何东西。"史密斯气愤地反驳道，"是他们自己抛弃了传统，转而去选择会计和意式调味饭。我告诉你，在他们是疯狂的野蛮人的时候，治理他们要容易得多。而现在，那里唯一疯狂的事情是他们车道上的铺路材料。"

"我知道。"她的声音更加柔和了，"这太让人伤心了。"

她往后靠了靠，史密斯突然想吻遍她的全身。哦，是大部分：有些地方应该洗洗了。也许应该在她洗完澡之后再好好吻吻。他肯定有感兴趣的东西，比如说让她用英国口音说话。是的，英国口音和某种内衣——大一点的内衣……他注意到自己的裤子上出现了一个令他尴尬的变化，于是转身走到了她的书架旁，看了看那些书的名字。他的眼睛扫过一大堆关于种植小扁豆的书和垮掉的一代的诗集，最后停在了某本名为《怒斥洗衣机》的嬉皮士的抨击书籍上。他现在的兴奋程度明显下降了许多。

他转过身，差点叫出声来：她像幽灵一样，穿过弥漫着香条青烟的房间，走到了他的身边。"我从来没有好好谢过你。"她说道。

史密斯使劲地咽了一下口水。不知道怎么回事，蕾哈娜把他吓了一跳，要知道噶斯特人的突击师团都没有吓到他。"谢什么？"他勉强地问道。

"谢谢你把我从那些孩子手中救了出来。"

"他们只是小孩而已。"他说着,往门口瞥了一眼,"这没什么大不了的。"

"他们是通灵者,伊桑巴德。他们有可能杀了我。"

"哦,好吧,也就一会儿的工夫而已,对吧?没什么好担心的。"见鬼,她挡在了他和他的出路之间。

"我欠你的。"

"哦,没有的事,没有的事。"

"我觉得……"

"哦,我的上帝啊,你听到那个声音了吗?肯定是卡尔薇丝,哈哈,她可能又捅了什么娄子了,我得过去看看……所以……所以,我最好还是过去看看吧,是吧?没错!"他自问自答,以防她不同意,说完,便冲到门口,猛拉门把手,蹿进了走廊里,"砰"的一声把门关上,然后气喘吁吁地靠在对面的墙上,总算是松了一口气。

见鬼,他想,谢天谢地,我逃了出来!她差点扑到我身上!该死的外国女人,主动得近乎伤风败俗……天呐,我要是在里面再多待上一会儿,她可能已经把我按在墙上……

"难受!"他愤恨地说着,走回驾驶舱,一路上,他咒骂着自己、那些莫洛克人、噶斯特人和其他所有东西。金汤力在召唤他。

莫尔加把禁卫军的头骨收进了一个塑料袋里。那天下午,他把它带到了家里的飞机库。他用遥控器打开机库的门,站在门口,看着家族的太空飞船。它虽然破旧，但却很结实、强大，船头焊接着许多尖刺和钢板。一些战利品仍然挂在前面，但是大部分都被莫尔加扔掉了。

他叹了口气，拿出禁卫军的头骨，把它插到了其中一根尖刺上。它从船头突出来，眼神空洞，咄咄逼人。他听到身后有动静，于是转过身来。

"爸爸？"

"你好啊！"阿格煞德说道。他手里提着一罐油漆。

莫尔加朝飞船点了点头："我刚过来，把苏鲁克给我们的头骨收起来。祖先在上，他还真的在度假的时候带了一些不值钱的旧东西。我想我应该把它插在这里……看起来挺合适的。"

阿格煞德咯咯笑了。"有点怀旧，是吧？"他走进飞机库，用空着的手拍了拍飞船，"啊，我们曾经笑话过这些陈旧的东西。当我回顾这一切的时候……"

"你拿的是什么东西？"

"这个？哦，就是些以前的红色油漆和一把刷子。我想我应该把它们存放在这里，以防我想把什么东西涂成红色……你知道，画些条纹什么的。"

他们一起在那里站了一会儿，看着飞船。

"我们被发现了！"卡尔薇丝喊道，"有人在跟我们连线！"

史密斯猛地醒了过来，把剩下的酒洒在了他的腿上："在哪儿?"

卡尔薇丝拉下一个控制面板,用手指敲打着键盘:"在左边。有四艘飞船。飞镖形状的。"

"是噶斯特人!"史密斯瞬间变得十分清醒,"他们一定是跟着我们来到这里的。把他们的声音转到扬声器上。"

卡尔薇丝伸出手,扬声器里传出一阵尖锐的声音:它刺耳、激动而又充满愤怒。

"好吧,不是噶斯特人。"史密斯说道,"但可能会更糟。"

"不列颠的渣滓们!你们进入了神圣的尤尔领空,外来的懦夫!你们今天死定了,不列颠人!哼哼!没错,把你们的心脏剖出来献给战争之神!吼!"

"我的上帝啊!"史密斯说道,"是尤尔的旅鼠人!"

"把你们慢慢杀死,外来者!"那尖锐的声音说道,"嘿吼嘿吼吼!"

"跟他们说我们没有恶意!"卡尔薇丝喊道,"让他们冷静一点儿啊!"

门猛地开了,苏鲁克冲了进来。他俯身越过卡尔薇丝,按下扬声器上的转换按钮,咆哮道:"尤尔渣滓!海盗!杀人犯!我要把你们全都宰了!"

"肮脏的莫洛克人!"那个尤尔人也叫了起来。卡尔薇丝感觉就跟夹在两个坏掉的扩音器之间一样糟糕。"莫洛克人现在也是懦夫了!吃完饭还有礼貌地聊天的人承受不住尤尔人的疯狂攻击!准备受死吧!吼吼!"

"我们会让你们血流成河,脏东西!"苏鲁克吼道,"今天你们会知道,还有一个莫洛克人没有变成懦夫!"他关掉了通信设备。"女人,掉转船头,准备战斗。"

"滚蛋!"

"旅鼠人会尝试撞击我们的。"史密斯说道,"你觉得我们的速度能超过他们吗?"

"起码我可以试试啊!"卡尔薇丝说道。她把飞船转了过来,史密斯在挡风玻璃的边缘看到了四束光,那是尤尔人镖形飞船的引擎。卡尔薇丝推动油门杆。突然之间,一阵冲击和刮擦的声音从飞船的尾部传来,地板也开始摇晃。

"全速前进。"史密斯说道。

"这已经是全速了。"约翰·皮姆号的速度很快,但是它的质量比镖形飞船要大。雷达上出现了几个闪光的点,慢慢地越来越近。史密斯知道,只要一艘尤尔飞船便可以将他们摧毁。从其他人的脸色看来,他们也都很清楚。"待在这儿。"他说着,一跃而起,冲进了走廊里。

他重重地敲着蕾哈娜的门:"蕾哈娜?"

她往外看了看,看到了他的脸,于是问道:"出什么事了?"

"我们受到了攻击。我需要你使用你的灵力。"

这一次他们没有讨论。"好的。"她说着,急忙跑回屋里,跳到了床上。她用指尖按住太阳穴,闭上眼睛,发出持续的嗡嗡声,仿佛一件调音的乐器一样。

史密斯又匆匆赶回驾驶舱:"情况怎么样?"

"不太好。"卡尔薇丝说。她戴着护目镜:这一向都是个不好的兆头。她在导航计算机上敲了敲。那些亮点与他们之间的距离近了三分之一。

"左转,"苏鲁克说道,"是这颗星球的垃圾带。"

"好的。"卡尔薇丝说道。飞船转了个弯。屏幕的边缘有金属在闪闪发光,那些都是破旧的、旋转不定的太空垃圾。它们会把我们的飞船撞成碎片的,史密斯想。然后又想:不过总比死在尤尔人的手里好。

"带我们进去吧!"他命令道。

金属的光芒越来越亮,让人担忧。史密斯现在可以看到一块块的碎片、破损的飞船和卫星上掉下来的部件。在它们旋转的时候,粗糙的边缘像锯片一样闪烁着光芒。"你得放慢速度才能在那里飞行。"他说道。

"尤尔人也会这么想。"卡尔薇丝说道,"他们离我们有多近?"

"很近了。照现在的速度,再过四十秒领头的船就会撞上我们了。"

她点了点头。她在护目镜下面咬着嘴唇。卡尔薇丝伸出手来,拉动制动器。"要开始了。"她说道。

约翰·皮姆号来到了垃圾带中。一块太阳能电池板碎片从他们左侧飞过,像一条鱼一样泛着光。约翰·皮姆号以亚光速全速冲了进去,他们立刻被许多残骸包围起来。卡尔薇丝打开无线电。扬声器里传出狂乱而又急促的声音。前面,一艘运兵飞船的残骸让约翰·皮姆号相形见绌。他们冲过那艘飞船空荡荡的船体,仿佛一只梭子鱼从鲸鱼的侧面掠过一样。

"受死吧,肮脏的外来者!"领头的飞船尖叫道,"尤尔万岁!"

史密斯从扫描仪上抬起头来:"卡尔薇丝,他们很接近了!碰撞即将到来,四、三——"

她推动加速器,然后马上制动,把机头往上拉。约翰·皮姆号的后面喷出火焰。那尤尔人看到之后,驾着飞船疾速前进,"皮姆"号却突然转向,飞向另一边了。旅鼠人的飞船越过他们,冲进碎片之中。它在残骸间飞了几秒——然后,一枚坑坑洼洼的火箭懒洋洋地撞到它的侧面,火箭的一片尾翼甩了下来,把那艘飞船撞坏了。

由于是真空环境,没有声音传到约翰·皮姆号上。但是没关系。"轰隆!"卡尔薇丝朝通信系统喊道,"怎么样,混蛋吗?哈哈!"

"我们要杀了你们,慢慢地杀了你们!"尤尔人在扬声器里叫道,"我们要把你们的毛全拔光,不列颠人!"

"还有三艘。"史密斯说道。

"他们能从那里看到我们吗?"

"看不到。"

卡尔薇丝关掉了无线电和引擎。房间里瞬间悄无声息。控制台上有几个按钮亮着光。除此之外,唯一的光线来自太空。

他们在周围破铜烂铁的掩饰下,漂浮在太空垃圾之中。尤尔人本来想把他们的飞船撞毁,不过现在,主动权掌握在他们手里。约翰·皮姆号在尽可能地"装死"。

一片寂静。史密斯能够听到卡尔薇丝急促而又沉重的呼吸声。

他靠了过去，小声问道。"喝点茶？"毕竟现在是紧急情况了。

她点了点头。他蹑手蹑脚地来到厨房，泡了些茶，又看了看蕾哈娜。她还在冥想。他没有冒险去打断她的注意力。

史密斯端着茶回到了驾驶舱后，苏鲁克把望远镜递给他。"看。"他低声说道。

那些破损的飞船让史密斯想到了死掉的鲨鱼、脚手架和摩天轮。在残骸之间，一艘镖形的飞船在小心翼翼地穿行，寻找着他们。船头的探照灯扫过周围破旧的金属。它看起来就像一枚有机翼的导弹一样。

史密斯看了看卡尔薇丝："有什么计划吗？"

卡尔薇丝看了看苏鲁克："你来代我发言吧！"

"我们必须快点离开。"苏鲁克说道，"我建议我们把这个吉祥物从气闸舱里扔出去以减轻飞船的重量。或者更好的是，让我吃掉吉祥物。"

卡尔薇丝一把抓住仓鼠笼："没门。杰拉德跟你一样都是船员，苏鲁克。它必须留下来。"

"杰拉德？"苏鲁克说着，对她露出一个特别的微笑。

卡尔薇丝打了个响指："等一下！这让我想到了一个主意。"

半个小时后，史密斯在货舱里完成了货物的捆绑工作。"你那儿怎么样了？"他抬起头问道。

"好了。"苏鲁克说道。他把他们那辆破车推到了货舱的最后面，紧挨着后门。那是货舱里唯一一没有被绑住的东西了。

史密斯环顾了一下货舱："那就行了。我们走吧！"

他们走进休息室,关上身后的门。苏鲁克转动转盘,直到气闸舱被封死。

卡尔薇丝在驾驶舱里看着扫描仪。

"有什么情况吗?"史密斯问道。

她抬起头:"没有。他们在兜圈子,想找到我们。差不多就是这样。"

"好的。"史密斯坐在了船长席上,"你多快能把货舱打开?"

"很快。"她说道,"有一个弹出危险生命体的紧急选项。这能在半秒之内把门炸开。"她又看了看扫描仪,"头儿,你要知道,即使这招真的管用,他们也会立刻跟上来的。"

"当然。不过这样应该能分散他们的注意力。准备启动飞船吧!"

她把手放在操纵杆上:"好的。"

"准备好爆破舱门了吗?"

"我天生就是干这个的,船长。"

"启动。"

卡尔薇丝打开开关,他们周围的灯亮了起来,地板开始颤动,机器开始嗡嗡作响。飞船又"活"了过来。史密斯打开无线电,喊:"我们离开这里吧!"他用手指戳了卡尔薇丝一下,她按下一个开关。

货舱的门被炸开了。舱内瞬间失压,汽车随着气流从飞船后面飞了出去。史密斯看了一眼后面的监视器。那辆破车在真空中旋转着,完成了它最后的旅程。

一盏灯不知道从哪里冒了出来，直冲向汽车。"尤尔万岁！"扬声器尖叫着，"去死吧，肮脏的外来……哦，等一……"

那盏灯撞到汽车上，爆炸了。"快走！"史密斯喊道。卡尔薇丝把油门杆往前一推，飞船咆哮起来。

约翰·皮姆号冲出了垃圾带。苏鲁克大笑起来："死了两个尤尔人！"

"还有两个在我们后面呢！"史密斯说道。扫描仪上出现了两个光点。"全速前进，卡尔薇丝！"

她的眼睛在护目镜下面睁得大大的："好！"

史密斯看了看扫描仪，又看了看监视器。那两个点正在接近——快速接近。扫描仪上的一个表盘快速转了起来。"距离撞击还有二十秒！"他喊道。

"坐稳了！"卡尔薇丝喊道。

史密斯站了起来："我去告诉蕾哈娜。"

"没有时间了！"她喊着，"你快系好安全带——那是什么鬼东西？"

她把飞船转向左边。约翰·皮姆号转弯的时候，史密斯被甩到了驾驶舱的另一侧。他跌跌撞撞地回到座位上："什么东西？"

"有一艘大飞船从行星边缘飞过来了！"卡尔薇丝说道。

后面的监视器里出现了一个庞然大物。第一眼看上去，史密斯还以为那是一台推土机，因为它的正面全都覆盖着金属装甲——一部分是推土机的铲刀刀片，一部分是撞锤。

刀片上闪过一道光芒，一艘尤尔飞船爆炸了。另一艘试图躲开，但是它太慢了。巨大的船头撞在了镖形飞船上,在它转动之后,又从它的侧面撞了上去,把它撞毁了。

"你好,苏鲁克!"无线电里传来声音,"你们好,苏鲁克的朋友!"

苏鲁克站了起来,紧紧地盯着扬声器:"父亲?"

"是我。"阿格煞德说道,"大家都还好吧?"

"你来了,就好多了。"史密斯说道,"飞船开得真棒,先生!"

"很高兴你决定走上光荣战斗的道路。"苏鲁继续说道。

"嗯。"阿格煞德说道,"我们从来没有真正喜欢过尤尔人,对吧?这些恶毒的混蛋——还有很多毛。"

史密斯说:"先生,我想再一次请你加入我们。瓮星,以及整个不列颠太空帝国,在对抗暴政的战斗中,都需要你这样久经沙场的战士。加入我们吧,你永远不必担心会缺少荣誉或者敌人。"

"嗯。"阿格煞德沉默了一下,"我下周二有高尔夫球课,不过我倒是可以把它推迟几天。没错,好的。算我一个。这可能会很有趣的。让我问问其他人是怎么想的。你们呢,要不要加入?"

扬声器里传来一片赞许的吼声。卡尔薇丝在她的座位上转过身来,瞪大眼睛,笑眯眯地看着史密斯。

"他们要跟我们并肩作战了!"苏鲁克喊道,"阿格煞德家族要参战了!"

"太好了。"伊桑巴德·史密斯说道,"这还真是个好消息。我想,现在该喝点茶了。"

第二部分

你可以看到，茶的制作在本质上是一种革命行为，因为它支持着普通民众为开拓银河系、为银河系生命建立一套公平的体系而斗争。与此同时，茶还将我们与过往联系在一起。想想那许多在你之前喝过茶的人，也许还是用的同一个壶，你就会对茶所带来的你同祖先之间的联系有所了解，就像由同一个引擎拉动的一列车厢一样。

处于茶的哲学核心位置的，是这种革命与传统、开创与继承之间的联系。也正是这种理念，让我们的敌人和被他们雇来吹牛拍马的人恐惧不已……

《为什么茶如此重要》
瓮星抵抗组织地下出版物
作者不详

01

返回瓮星

他们在进入瓮星的范围之前，与阿格煞德的飞船对接了。他们穿过气闸舱，在另一边跟莫尔加碰了面。"如果你们不喜欢这里的装饰风格，很抱歉。"莫尔加说道，"你们知道，这一切都太没有生气了。"

这个氏族的飞船其实是一艘运兵船。它几乎没有导弹和枪械，也没有被苏鲁克称作"娘娘腔的东西"，但是却有着能够撞开其他飞船、发起登船行动的精良装备。不过，最好的地方还是在于它载着六百多个莫洛克人和足够运输他们所有人的地面飞行器。

莫尔加带着他们穿过中央大厅，那是一个巨大的鼓形房间。墙上有许多壁龛，每一个壁龛现在都是战士的家。很明显，苏鲁克的到来让莫洛克人的社会陷入了某种文化危机：史密斯看到一个战士在对着一堵空荡荡的墙面发呆，不知道在头骨和一幅画着人们在沙滩上跳舞的画之间该做何选择。

驾驶舱里又黑又乱，到处都是战利品和长长的操纵杆，看上去像是一个城堡的地牢和信号箱的结合体。天花板上垂下一条链子,上面挂着一盏灯笼,阿格煞德正在灯笼下面吃着芝士三明治。

"我想让你们坐下,不过这里的刺有点多。"他说道,"顺便说一下,我要向你们的飞行员表示敬意。把汽车从飞船后面射出去那招真是神机妙算。"

"哦,好吧,那没什么。"卡尔薇丝回答道。

"你让我很惊讶,父亲。"苏鲁克说道。

"有时候我自己也对自己感到惊讶。我和你的哥哥碰巧谈起了过去的日子,就在那时,我们接到了来自航空指挥中心的残暴之手赞纳斯的电话,他用三瓶意大利香醋跟我打赌,说我们不能击退尤尔人……三瓶啊,还真不算少,尤其是假如你跟我一样喜欢沙拉的话。"

"尤尔人会打击报复吗?"史密斯问道。

阿格煞德摇了摇头:"我对此表示怀疑。实际上那片空间并不属于他们,也不属于任何人。如果事态恶化,我们还可以宣称是沃伊达尼的太空鲸鱼为了补充矿物质吃掉了他们的飞船。自从他们吃掉了日本舰队,并对外宣称是在做研究之后,就没有人敢惹他们了。"

"父亲,我们必须谈谈战争。"苏鲁克说道。

"是的,当然。莫尔加,其他人怎么说?"

莫尔加张开獠牙。他的腰上一边挂着一把牛排刀,腰带上还有一个苹果去核器:"他们很热心,爸爸。我跟他们说,要是被噶斯特帝国统治了,就不会有槌球游戏可玩了。这让他们下定了决心。"

"你们的飞船根本没有机会穿过瓮星的导弹阵列。"史密斯说道,"但也许我们可以在星球的另一端降落,那里在导弹的即时射程之外,然后在野外同其他人会合。这样或许行得通。"

"那我们就得做好下船登陆的准备。"阿格煞德说道,"我会让我们的朋友把他们的刀刃磨好。一个小时之后我们就可以行动了。"

在返回飞船的路上,苏鲁克笑了起来:"我的同胞们正在逐渐回想起过去的生活方式。"

"是啊!"蕾哈娜说道,"太棒了。"

"的确。很快,瓮星上的河流将会被鲜血染红,茶田上将会响起上千个头颅滚动的声音。啊哈哈!"

"我真为你感到高兴。"蕾哈娜说道,但史密斯注意到的却是,对于一个穿着人字拖的人来说,她返回飞船的速度还挺快的。

着陆是个难题。约翰·皮姆号先行出动,侦察了一下那片区域,而莫洛克人的飞船则在轨道上等待着。

他们降落在瓮星的另一边,那里的茶树密集而又茂盛,而且对新统治者的反对也最为强烈。要找到愿意帮忙的人并不困难:约翰·皮姆号刚一着陆,就有一个瘦削的农民从田里跑出来迎接他们。她叫嘉斯敏·波茨,是殖民定居地国民警卫队中的一名中尉。她一直在训练一群茶农,教他们如何战斗,她的丈夫在铁路部门工作。

不到一个小时,约翰·皮姆号就被装进了一辆巨大的运货车厢。

车厢里还装了一些农用机械做伪装，并且由铁路工人把守。温斯科特少校在另一边等着和他们见面。史密斯打开门的时候，少校走上前来跟他握了握手。

波茨中尉敬了个礼："我把史密斯船长带来了，长官。"

温斯科特用瓮星人的问候方式回了个礼：他左手叉腰，右手从侧面伸了出来。"干得漂亮，嘉斯敏。"他转向卫兵，"我们把这个卸了吧。请跟我来，史密斯。"

他们到了小火车站，这是把茶叶从大种植园运向太空港的众多火车站之一，在这之后，茶叶会出口到帝国。一座水塔耸立在火车站上方，仿佛一台火星人的行走器。在它旁边还有一座同样高大的茶塔。那天的天气很好，虽然对史密斯来说有点潮湿。晴朗的天空蔚蓝得让人吃惊；茶田在微风中荡漾。它们是亮绿色的，与小蜥蜴的颜色相同。它们似乎在散发着健康的光芒。

温斯科特注意到了史密斯的兴趣。"这里的茶叶长得不错，但是这种情况不会持续太久。该死的噶斯特人在给茶树下毒。"他说道，"当然了，有许多茶叶被藏了起来，不过我们也需要给未来做打算。如果给这些混蛋足够的时间，他们会毁掉整个星球的收成，但这还不算最糟糕的。"

"不算吗？"

"不算。"温斯科特严肃地说，"来吧，我们进去再细说。"

他们离开铁路线，朝一排大得足以把约翰·皮姆号藏起来的铁路库房走去。温斯科特在前面带路，其他人跟在后面，史密斯走在最后。史密斯拉了拉衣领，不知道自己出汗是因为太热了，还是因为蕾哈娜漂亮的背影。她穿的那条薄薄的裙子跟一条放大了的手帕似的。她每走一步，裙子下面苗条的腰肢就会扭一下，引诱他上去跟她跳一段简短而又亲密的康茄舞。

他生气地打消了这个念头。现在，他能跟她有任何进展的机会都微乎其微。在之前的飞行中，她大部分时间都躲在自己的房间里。不管他应该做什么不可猜测的事情，他都没有做过，他也知道无论那意味着什么，她都不会做出任何回应。史密斯怀疑她现在把自己看作一个可鄙的、一无是处的阉人，或者，用女人的话来说，一个朋友。他想知道如果他是另一种性别的话，会不会得到同样糟糕的待遇，但他知道自己永远也无法习惯脸上的胡子。

他们走进凉爽的库房中。里面有一些桌子、地图、无线电设备和街道地图。史密斯朝最近的桌子看了看，上面有连射枪、恩赛因激光步枪和一管像没有血色的香肠一样的炸药。

"我很期待给那些大蚂蚁点颜色看看。"他说道。

"太对了。"温斯科特说着，在一张挂在墙上的大地图前停了下来，"大家都来这边吧！"

他用手指着瓮星的地图："现在的情况是这样的。噶斯特人和他们的同伙把基地设在首都。他们还在偷偷摸摸地给茶树下毒，但是他们巡逻的次数越来越少了，就好像他们是在等待着什么一样。伊甸人仍然会过来，在这方面我们处理得很好，缴获了一些坦克和其他东西，但是我们不会冒险进入城市。"

"不会吗？"

"在人手不够的情况下，当然不会。那里是伊甸人存放所有武器的地方，也是禁卫军和他们的坦克安营扎寨的地方。"

"我明白了。"史密斯凝视着地图说道，"话说，我们也取得了一些成果。苏鲁克的族人们已经同意帮助我们了。"

"太好了！"温斯科特叫了起来。

史密斯把他们的冒险经历快速地给他讲了一遍。温斯科特在听故事的过程中，或面露怒容，或开怀大笑，或挠挠胡须，或捋平短裤，而且总是在恰当的时候。最后，史密斯称赞了他的船员一番，然后说："差不多就是这样了。"

"我的上帝啊！海拉克斯居然是噶斯特人创造出来的，嗯？不过对此我并没有感到特别惊讶。那些孩子一定很难战胜吧？我们现在得到了这位老兄殖民定居地居民朋友的帮助？"

"是的，有好几百个。"史密斯说道。

"这个消息真是太好了。我要告诉W。"温斯科特转向苏鲁克，"你的这些同胞——他们有什么作战计划吗？"

"我们从来不做那种东西。"苏鲁克说道，"我还以为每个人都知道这一点呢！"

"好吧，我们需要动用我们能找到的所有人手。我们要进城。"

"进城？"史密斯问道，"去痛打噶斯特人一顿？"

"然后等着被枪毙吗？"卡尔薇丝小声说道。

"的确，我们别无选择。"温斯科特的声音低沉而坚定，"两天前，我们突袭了一个噶斯特人使用的仓库。我们原以为他们是在那里打印宣传单，所以打算改变一些词语，给一号加一撮小胡子什么的。没想到的是，我们发现了这个。一堆又一堆。"

他伸手到旁边的桌子上,举起一块公告牌。

这显然是某种广告,上面画着一个噶斯特人,他露出可怕的笑容,举起一只竖着大拇指的手。图画周围都是些噶斯特人的形象,显得既丑陋,又华丽。

"我的上帝。"史密斯低声说道。

"呃?"卡尔薇丝插嘴道,"他们在说什么有趣的东西吗?"

史密斯一边用手指着上面的文字,一边翻译:"我爱人类——"

"有所好转啊!"卡尔薇丝说道。

"——做成的食物。新新人类:包含普通家庭装和儿童装。银河系新秩序下散养儿童的最佳选择。"

"我的天呐,这也太恐怖了!"

"的确。"史密斯回应道,"噶斯特人来到这颗星球是为了把这里的资源占为己有。现在他们发现茶叶对他们没有任何好处,于是就打算毒害这里的土地,吃掉这里的居民。你说得没错,温斯科特,我们是该用一枚大火箭把大蚂蚁的军政府炸飞。海拉克斯和那些伊甸人呢?他们知道噶斯特人的计划吗?"

温斯科特哼了一声:"即使知道,我估计他们也不会在乎。他们会觉得我们这些异教徒罪有应得。"

"不过,还是会有人叛变的。"

温斯科特的一个手下给他们端来了茶。"最好如此。"少校说道,"伊甸人可能都是些小丑,但是他们拥有大量的装备,这使得他们很难被打败。拿着手榴弹冲到一群禁卫军里是一回事,但是我告诉你,赤手空拳地奔向一辆坦克是另一回事。"他打了个冷战。史密斯意识到他是在讲述自己的亲身经历之后，也打了个冷战。"到目前为止，我们都还算聪明，运气也还算不错。但是对城市发起任何攻击都意味着与伊甸人的军队正面作战——而在目前看来，即使有你们的外星朋友帮忙，这也无异于自杀。"

史密斯环顾了一下房间，看了看地图、武器架和温斯科特手里的牌子。"嗯，肯定有什么东西能够派上用场。"他说道。

卡尔薇丝举起一只手："电磁脉冲炸弹怎么样？这能破坏掉伊甸人的坦克和作战服——甚至他们的大部分枪械。"

温斯科特摇了摇头："不行。要制造那样的效果，得需要一枚核弹头。那是我们能够指望的唯一一条可以被噶斯特人遵守的战争法则。我们不使用核武器消灭他们，他们也不会用核武器消灭我们。"

"我也是这么想的。"蕾哈娜说道。

"该死。"卡尔薇丝喝了一口茶，"好吧，那么爆炸磁通量压缩发生器呢？为了提高其频率特性，实现最佳目标耦合，我们可以让它在高质量的虚阴极振荡器里运行。"她看了看其他人的脸色，继续说道，"为什么你们都用那种眼神看着我？"

"因为你说的这些话。"苏鲁克说道。

"好吧！"史密斯说道，"假设这些都说得通，你又是怎么知道的？"

卡尔薇丝耸了耸肩。"哦，我只是碰巧读了很多书而已。说实话，我把一本杂志上'大型脉冲式虚阴极振荡器'的字读错了，于是看完了那篇文章。故事很垃圾，但是道具不错。"

温斯科特说道:"好吧,如果这个小丫头想尝试一下,我可以分出几个人来帮忙。"

"听起来不错。"卡尔薇丝说道,"都是好男人吧?"

史密斯转向地图。他若有所思地用手指沿着铁路游走。"与此同时,"他说道,"我们需要把阿格煞德的人带下来加入我们。"

"这个没问题。"温斯科特说道。

"好。我们需要保持这种压力,并且尽可能多地动员茶农。"

"我们的突击队员每天都在增加。"

史密斯用手指轻轻敲了敲地图的中心。"我想去城里侦察一下。"他说道,"也许我还能遇到W。然后,这个东西,"他指着那块牌子说道,"将被扔进历史的垃圾桶。大家都同意吗?"

苏鲁克举起一只手:"噶斯特人的这个邪恶的吃人计划吗?"

"没错。你想问什么?"

"会不会有超值套餐?"

基列敲了敲462的门。虽然没有得到回应,但他还是打开了门。没有人能躲避伟大的毁灭之神,因此,也没有人有权躲避他在人间的代言人——基列。

飞船一着陆,462就回到了他的寓所。在基列看来,噶斯特人似乎都很不近人情:禁卫军会公然蔑视他们神圣的盟友,甚至连工兵也不愿意帮忙维持治安。就好像现在的形势对他们来说无关紧要,就好像一旦伊甸人撤离了,他们就会接管这里,并且把往事一笔勾销。

也许他们真的会这样。毕竟，他们是天启的使者。随着天启的降临，银河系将迎来大清洗，而伊甸共和国将取得最终的胜利。到那个时候，怀疑论者、怪人和不列颠人都将被推下地狱化为灰烬，而基列和他那些穿着考究的朋友则会怀着一颗纯洁的心灵取代他们的位置，然后跟一些性感的天使走上堕落与淫乱的道路。

462的房间被彻底噶斯特人化了。墙上出现了很多肋条和孔洞，天花板上还有一条巨大的像脊椎骨一样的东西。基列有些紧张地进了门。一号在一张肖像画里怒视着他。远处的墙上挂着一幅画，画的是一只展翅飞翔的鸟，下面写着："不要让任何东西阻挡你的梦想，尤其是手无寸铁的平民。"

基列走进房间。一个壁挂屏幕上播放着宣传广告。音乐声响亮而又刺耳。噶斯特人排着队在做有氧健身操，一个个正抱着球举过头顶。他们没有穿风衣，也没有戴头盔，全身赤裸。

462坐在一把扶手椅上，背对着基列，专心致志地看着屏幕。基列接近的时候，注意到462似乎在抽搐。

"哦，我的上帝啊！"基列喊道，"你真恶心！"

462跳了起来，把他的外套裹在身上。"出去，出去！"他猛地转过身来，咆哮道，"你竟敢打断我，人类渣滓！你要是现在不走的话就会被立刻枪毙！"

"我不需要听从一个肮脏的虫子的命令！我看到了！刚才你在——你在自慰！"基列挺直了身体，"这是一种罪恶。我花了一整天的时间把那些笃信自由民主的疯子打到招供，回来之后却发现你在毒害自己的灵魂!"

462发出嘶嘶的声音,猛地冲上前去,基列往后一缩,躲开了那个大脑袋。那噶斯特人张着嘴,他能看到里面那一排排锋利的牙齿。基列的金属背撞在墙上,停了下来。462越靠越近,这是一个真正的、粗暴的威胁。

"哦。"他轻轻地说道,声音里充满了恶意的嘶嘶声,"你觉得你是在跟自己的一个下属打交道,可以通过威逼让其服从吗?你觉得这是弱小的人类的色情片吗?你觉得我会有地球人的生殖器那样效率低下的东西吗?没用的蠢货!这是我们的主人一号所向无敌的伟大意志不可阻挡的胜利,不是噶斯特人在群交!不要用你那弱小的人类标准评判我!"

基列有些不知所措,只能站在那儿。他知道他的机械身体应该有能力把462揍成重伤,但是对于其后结果却不太确定——如果你打了天启的天使会怎么样?

"说起罪恶。"462继续说道,"我不在的时候,你那些驱除瓮星'异端'的行动执行得怎么样了?据我所知,不是很顺利。我想知道,你会如何鼓励你的人?我利用的那些尤尔人让我失望了,要不是他们已经死了,我会亲自把他们枪毙。你呢?你的那些没能征服瓮星的奴才死了吗?"

他跟基列拉开距离,基列终于松了口气。462转过身,往前走了一步。"海拉克斯到目前为止还算有用,但是他的时间不多了。当正面战斗开始的时候,最重要的人将是你和我,而不是那个有名无实的傀儡,而那个时刻很快就会到来。"

瑞克·德莱基特一走进"黑茶壶",就知道后面的房间有问题。那是一家被他们称为"茶吧"的地方。音响里放着轻柔的舞曲,墙上写着一些特色茶的名字,由管家形状的饮茶机供应。几个老茶鬼坐在房间的阴暗处,泡着茶。空气中弥漫着浓浓的茶叶气。

在远处的墙边,有一个面色蜡黄的年轻人注意到了德莱基特,他举起一个瓷杯,带着嘲弄向他打了个招呼,朝一张空桌子点了点头。德莱基特坐了下来,因为不熟悉这个地方而感到不安。他习惯在闪烁的霓虹灯招牌下面抽烟。房间中央没有烟雾,这让他很不自在。

那个年轻人大摇大摆地走了过来,把他的手杖放在桌子上。他迅速地坐下,身体前倾,问道:"想喝点茶吗?"

"不。"德莱基特说道,"我只是过来听听音乐,孩子。"

年轻人笑了。"人们来黑茶壶的原因只有一个。我了解你这种人,你是想喝一壶带劲儿的。"

"如果我说是呢?"

那茶贩子笑了起来。自从大海拉克斯禁茶以来,暗地里卖茶的收入颇为可观。他打开夹克,拿出一个塑料袋。"那么,你想要点什么?我这里有伯爵茶、阿萨姆红茶,还有些大吉岭红茶……"

德莱基特看了看袋子。毫无疑问,里面掺了些肉豆蔻:"嗯。在我看来,这些都太清淡了。朋友,我想要的是死亡之茶。"

"死亡之茶?你疯了吧!"

"没错。"

茶贩子叹了口气。"你自己要的哦。见鬼,我要这种东西的唯一原因就是我想给别人下毒……你不会是想给别人下毒吧？"

"这样有悖于你的道德观念吗？"

年轻人皱起眉头，从兜里拿出一个密封袋："拿着。喝一杯这个，你永远都不会平静下来了。完全纯正、不打折扣的精神享受。"

德莱基特把左手放于系在大腿上的枪上。跟这样的人打交道，总是存在暴力的风险。这就是地下世界的麻烦所在：小混混们总是想着干掉私家侦探。肮脏的交易。

袋子里的茶叶大概能泡上一杯半。它看起来像砂砾一样——然后，当他把它拿起来放到灯光下面时，他注意到它泛着淡紫色的光泽。是它，没错了：瓮星的紫茶，死亡茶汤。普通人只要喝一口，大脑就会沸腾，甚至对那些习惯喝茶的人来说也同样如此。对一般人而言，这足以致命。

德莱基特把手伸进外套里，慢慢地掏出钱包。他抽出一沓钞票扔在桌子上。

年轻人数了数。"英镑。"他说道，"很好。"

德莱基特想到了海拉克斯印的钱，每张钞票上都有三个神皇帝的肖像，许多人认为这种货币毫无价值。

"茶叶归你了，伙计。"茶贩子说道，"祝你喝得痛快。"

德莱基特收起死亡之茶，把钱包和茶叶都塞进了外套里。他站起身走了出去。门外虽然已是黄昏，但仍然有些余热，斜阳照在他身上，他把手伸进口袋，紧紧地握着那包茶叶。"喝一杯这个，你永远都不会平静下来了。"他几乎是很开心地回到了车里。

与此同时，在距离首都五千米的"过滤山丘"，温斯科特正急匆匆地顺着岩石覆盖的山坡往上爬，他的靴子轻快而又灵活地踩在松散的土地上。苏鲁克信步跟在温斯科特身旁，但史密斯却落在了后面：一部分原因是他不像他们俩那样敏捷，还有一部分原因是他要照顾蕾哈娜。

"哎哟。"她叫着，又从凉鞋里拿出一块小石子，"真疼啊！"

史密斯想，要和大地女神盖亚亲密接触的话，显然还是在浓密的草坪和平坦的地面上更容易些。他有点恼火地等蕾哈娜把石子取出来，然后扶她站了起来。

"也许你应该在山脚下等着。"他体贴地建议道。两千米外有一个小小的营地，那是茶农为了夺回首都而建立的补给站。有十几个士兵在那里待命，随时准备向城里进发。

"不要！"她答道，她看起来很生气，这让他有些惊讶，"我靠自己也能应付得来。我不需要任何帮助，谢谢。"

这听起来可不像好事。"那好吧！"他说道，"但我觉得你还是穿步行靴比较好。"

她面露愠色。他不知道自己到底该如何应对。她以为他是什么？通灵者吗？他从来没有弄清楚她灵力的极限在哪儿，于是又自顾自地想：如果我应该表现得像个通灵者的话，你可不可以告诉我？

没有回答。他继续艰难地前行。

他们到达了山顶。温斯科特和苏鲁克趴在一棵枯树的阴影下，以隐藏他们的轮廓。史密斯和蕾哈娜也小心翼翼地爬了过去。

温斯科特穿得像个茶农一样，他的腰带上有一面种植园的旗帜,头上还戴着一个保暖罩。他朝城市的方向指了指。"敌人在那儿。"他说道,"看。"

史密斯把步枪上的瞄准镜拿了下来。

他把瞄准镜放到眼睛前面,刹那间,城市的细节映入眼帘:仓库和办公楼上的滴水兽雕像和铭牌、千家万户的烟囱,还有最大的——曾经的参议院的穹顶、圆柱和尖塔。

"那里是海拉克斯的宫殿。"温斯科特说道,"神王先知或者诸如此类的垃圾的王座。所有这些神皇帝什么的,完全是一派胡言。"

"这是一种压迫性的父权式构想,建立在男性主导的错误观念之上。"蕾哈娜说道,"这些高塔直指处于他那所谓'王国'核心的男权中心谬论。"

温斯科特看着她,好像她有精神病似的:"好吧。不过这并不是真正的问题。海拉克斯有他的圣战教团,虽然他们是一群疯子,但是他背后真正的力量在那里,城市的东边:伊甸人。"

基列的士兵们藏在一堆复杂的传感器设备和迷彩服下面,而且周围布满了防空炮。他们的基地看起来像一个非常大、非常豪华的游击队军营,只是旗帜更多一些,电视信号更好一些。一座史密斯以为是小型建筑的东西从基地边缘慢慢驶过。它侧面的一扇舱门打开了,三个笨重的身影走了出来。他们都包裹在机动作战服内,每一个都有两米多高,上面装满了武器,盔甲撑得鼓鼓的,好像泰迪熊一样。

他们周围的草地在微风的吹拂下起伏不定。一阵嘈杂而又刺耳的声音从城市里传了出来,传到了他们耳朵里。那是某种伊甸人的进行曲。

"想象一下往那些东西中间扔一颗电磁脉冲炸弹。"温斯科特小声说道。少校的眼睛里闪烁着兴奋的光芒。"你就可以一下子把那个地方整个儿端了。你们能够想象吗?真真正正让他们闭嘴。"他叹了口气,眼里的光芒消失了,"当然,我不知道该怎么做。你必须在不被发现的情况下带进去一枚电磁脉冲炸弹,而每一辆经过的车辆都会被检查……天知道该怎么做。"

现在,声音从宫殿里传了过来。屋顶的扬声器发出响亮而又扭曲的声音。史密斯想,天花板上的灰泥都该掉下来了。

"只有海拉克斯才是伟大的!向大海拉克斯致敬!只有海拉克斯才是伟大的!"

神王先知的声音似乎是很随意地传了出来:"把可恶的手从胳膊上砍下来,把讨厌的头从脖子上砍下来!那不愿意看清事实的眼睛——把它弄瞎,以使它重见光明!那不愿意赞美海拉克斯的嘴——给它装一套真理的义齿!我们中间潜藏着野兽,它散布着谎言,以反对大海拉克斯的人间天堂——任何否定人间天堂的人都将死亡!服从我才能存活!我希望你们能听到我的话,尤其是那些巴比伦的妓女!圣战!"

蕾哈娜说:"真是个蠢货。"

"当然,现在他听起来的确像个傻瓜。"史密斯说道,"但是假如他们能设法阻止人们喝茶,他的能力也许就会开始发挥作用。到那个时候,瓮星的人民就会像待宰的羔羊一样。"

苏鲁克一直在默默地研究着城市。"我希望我能在宫殿里。"那外星人说道，"挥舞着刀剑，打倒我的敌人，把某些人从某种情况中解放出来……"

"好吧，那你可有的忙了。"温斯科特说道，"看那边。"

史密斯把瞄准镜转向城市西边的太空港和工业区。那里看起来死气沉沉的。几个烟囱里飘着烟雾，但除此之外，那地方空无一人。仓库都上了锁，街道也空荡荡的——等一下，他放大了瞄准镜的倍数。

一队禁卫军转过街角，三个一排。阳光照在他们的头盔和皮质外套上。在队伍的最前面，有一面黑色的旗帜，上面是禁卫军团长着触角的骷髅头。队伍旁边是驯兽师，他们拉着"猎蚁"，那是噶斯特人用来看守堡垒的东西。

他们给史密斯的主要印象在于体型。他们比普通的噶斯特人更加高大，也更加强壮，就像是一把高效的钝器，专门为了杀戮和威慑而生。史密斯仔细地看着他们，感到一股烈火在他体内蔓延。他们本应该让人害怕，但史密斯现在感受到的却是对战斗的渴望。

禁卫军齐声喊了些什么东西。一个仓库的门打开了，队伍冲了进去。门猛地关上了。然后他们消失了。但是在门打开的一瞬间，史密斯瞥见了门里面的动静：成群的噶斯特人，以及成排的车辆和武器。

"他们将会是很难对付的敌人。"他说道，"不过战斗也会很精彩。"

温斯科特点了点头:"毫无疑问,你可以把那些躲在坦克里的龙虾们挨个干掉。"

"就是风险太大了。但还是挺可惜的。"

东边的城门外扬起一道尘土。防激光装甲上闪烁着阳光。车辆驶向郊外,驶向那些正在枯萎的茶园。

"巡逻队。"温斯科特说道,"是伊甸人。"

一条太阳龙在车队的上方盘旋,它被引擎的热量吸引了。队伍里传出枪响,它尖叫着转身飞走了,有曳光弹跟在它尾巴后面。开火的时候没有一点纪律性,史密斯想。伊甸人的热情和偏执让他们在武装起来的时候让人捉摸不透,而他们总是处于武装状态。

"我们最好开始行动吧!"温斯科特说道,"说不定他们一紧张,会往这里发射一枚导弹。"

他们静静地转过身,从山上又爬了下来。山坡很陡,走起来很不踏实,苏鲁克走到了前面,这样在蕾哈娜摔倒的时候他可以接住她。史密斯看着她费了好大劲儿下山,然后发现温斯科特在他身边。

"那个妞还挺有趣的。"温斯科特说道,"'男性主导''男权中心谬论'什么的……她床上功夫怎么样?"

"这我还真不清楚。"史密斯回答道。

02

各种各样的历险!

　　他们爬上吉普车,回到了火车站旁边的主营地。史密斯对这个地方的繁忙程度感到惊讶。男人和女人们不停地工作着:殖民定居地警卫队的正规军人和茶农侦察员从火车上卸下装备,讨论战术,翻看地图。

　　但这还不是全部。在附近的田野里停着阿格煞德的飞行器,它们半掩在茶树后面。这些机器虽然丑陋,但看起来很强大,像是气垫船、战斗机和坦克的结合体,外面覆盖着钢板和战利品。在一些飞行器的侧面有标语和图片。它们闪着油光,大部分都是红色的,油漆还没有被磨穿以致把暗淡的金属露出来。瘦削的身影在它们之间移动着:那是莫洛克人。他们刚来到这里,还不是很自在。比起矮胖、粉棕色的人类,他们更喜欢自己人的陪伴。

　　温斯科特停下吉普车,苏鲁克跳了下来,反正他本来也只有半个身子在车里。他环顾四周,毫不掩饰自己的兴趣。史密斯扶着蕾哈娜下了车——你应该去帮助一个开明的现代女性吗?不管答案是什么，他都知道自己是错的——然后他们朝仓库走去。"他们还在给茶树下毒。"温斯科特说道，"他们是在给我们施压，好让我们做出错误的举动。"他看了看周围，"我们还有六个这样的基地，它们与城市之间的距离相同。等时机来临，我们就想办法同时发动攻击。"

他们在一架飞行器旁看到了莫尔加和卡尔薇丝。卡尔薇丝挥了挥手，跑过去迎接他们："你们好啊！"

"你似乎很开心啊！"史密斯说道。

她点了点头。她穿着工作服，鼻尖上沾了一些尘土。"嗯，还是忙起来好啊，不是吗？"然后，她又用沙哑的声音大声问道，"你们猜猜谁来了？"

史密斯盯着那些战士，试图从众多的面容中间挑出一张来。突然，他看到了一个男人，他中等身材，英俊之余还有几分颓废，戴着一顶巴拿马草帽遮阳。"德莱基特。"他说道，仿佛这是一句脏话一样。

"耶！"卡尔薇丝笑着喊道。

蕾哈娜四下里看了看，问道："在哪儿？"

"别看，别看！"卡尔薇丝小声说道，"他会看到我穿工作服的。"

史密斯皱起了眉头。她的热情让他感到苦恼："在你有进一步的行动之前，卡尔薇丝，我应该指出上一次你们见面的时候他是受命来杀你的。他没有选择杀你真是个奇迹。"

她点了点头："你们看到了吗？他本来可以杀了我，但是他却没有这么做。对于一段恋情来说,这可是一个很好的开端。"

"好吧,你肯定是挺过了'格杀勿论'这一关。下一站,'天赐良缘'。说实话,卡尔薇丝,我对这件事情不是很满意。"

蕾哈娜靠了过来。"我们回头再说吧!"她说道。

莫尔加从飞行器旁边走了过来,他开心地笑着:"你们好啊。天气还挺暖和的,不是吗?"

"跟砍了头的脖子涌出的血一样热。"苏鲁克说道。

"没错,是个野餐的好天气。现在,波莉,你必须见见我的朋友奥兹罗斯·血斧。他是个十足的汽车发烧友。奥兹罗斯?"

一个莫洛克人放下手中的工作转了过来,掀开头上的电焊面罩。

"这位是奥兹罗斯·血斧,来自德莱克尔家族。"莫尔加说道,"这位是波莉,飞行员,也许是来自……波提乌斯家族?"

史密斯觉得不舒服,心烦意乱的。他的头有点疼。那么,就是这样了,他想。这就是要拼命解放瓮星的军队。他有种不舒服的感觉,仿佛刚刚想起来自己遗忘了某些事情。

"你还好吧?"蕾哈娜问道。

"我感觉很奇怪。有些担心,但是不知道为什么。"

"是压力。"蕾哈娜睿智地点了点头,她的脏辫晃了起来,"战争本就压力重重。被对手射中的话会让你失去自我平衡。你为什么不去休息一会儿呢,也许再来个按摩?"

"真的吗?"他说道,这个想法让他感到头晕目眩,"我是说,你要给我按摩吗?"

她耸了耸肩:"当然,你需要休息。"

"我需要坐下来。"史密斯说,他仍然在想着蕾哈娜和按摩。

"是的,你的确需要。"卡尔薇丝说道。

史密斯走进火车站的办公室。里面一个人都没有,所有的人都在外面。这里似乎出奇的安静,就像台风之眼一样。

他拉出一把椅子坐了下来,感觉有点不舒服,好像得了偏头痛似的。在外面,有一个像鹰一样的高个子女人正凝视着一个杯子,周围环绕着一小群茶农。她穿着长袍,似乎在发表着什么演说。他意识到:这一定是奥瓦尔了,瓮星的茶托女巫。史密斯不相信用茶可以预见未来,这听起来太像蕾哈娜的那些胡言乱语了。

可恶的蕾哈娜。他隐隐感觉到有些压抑。要是她没有给他做按摩就好了,最好压根就别让她碰他。最好还是无视这个可恶的女人,并且接受她永远也不会属于他的事实,然后把心思重新放在杀死噶斯特人上。还有一场仗要打呢!他越早忘记跟女孩子上床的事,就能越早鼓起打击噶斯特人的勇气。

外面,茶托女巫正在跟殖民定居地警卫队的一名士兵开着玩笑。史密斯看着他们把杯子碰在一起,心想:茶,没错,这正是我需要的。

他站了起来,朝走廊对面瞥了一眼,看到了一间小小的办公室厨房。他走了进去,接了一壶水,开始烧。史密斯找到了一个马克杯,还在一个小冰箱里发现了一盒牛奶。没有像样的勺子可用,于是他拿出了他的折刀——这也够用了。他打开橱柜,找到了一个上面标着"茶"的小罐子。里面是空的。"烦人。"他说道。

史密斯把罐子倒了过来,想看看里面还有没有残留的茶叶。

他晃了晃罐子，但什么东西都没有掉出来。就在这时，他发现罐子的底部粘着一个茶包。他把茶包扯了下来。显然，这是应急的，就用于现在这种情况。明智的家伙。

他把茶包放到杯子里，加入开水。他用刀子搅拌了一会儿，又在杯子的侧面压了压茶包——香味很诱人——然后把茶包扔进了水杯里。这时，他又按照英国茶叶协会的建议，往里面加了一些牛奶，再拌了拌。

味道还算不错。他尝不出这是哪一种茶：他略微想到了肯尼亚茶，虽然他对这浓烈的余味和淡紫的色调不是很熟悉。不过，这已经足够提神醒脑了。也许这是一种瓮星特有的茶吧！

热茶流进他的胃里，让他神清气爽。他感觉好些了：他的脑袋很快就清醒了。事实上，这东西让他敏锐了许多。不一会儿，他便可以回到外面，帮助那些人为痛打噶斯特人做准备了。

史密斯打开橱柜，想找点饼干吃。但里面什么也没有。我现在需要吃点午餐，他想。"我现在需要吃点午餐。"他为了确认又说了一遍。

他离开了厨房。走廊里还有另一扇门，似乎是通往洗手间的。他走到门口。门上有一个牌子，上面写着："来的时候是什么样子，走的时候就保持什么样子。"

真是荒唐。什么样的傻瓜会在想小便的时候来到洗手间，而且在离开的时候仍然想小便？他暗自嘲笑着这个愚蠢的主意，又喝了一口茶。他停止发笑，再试了一次。这一次，茶喝进了嘴里，而没有流在他衬衫的前襟上。"嗯，午餐。"他说道。

史密斯注意到没有茶再进到他的嘴里，于是看了看杯子。这杯子很深。事实上，这算得上他见过的最大的马克杯之一了。精巧的东西，这得益于先进的技术。他朝那个像水井一样的杯子深处看了看。"喂……"他喊道。这杯子深得足以让一个人掉进去，如果他不小心一点儿的话。史密斯可不会掉进去。我是不会中招的，他想。

"史密斯？"

这是他的名字。他转了过来，看到温斯科特少校站在门口。温斯科特少校留着胡子，他可真机灵。"你的胡子可真机灵，温斯科特。"史密斯说道。

"什么？"温斯科特问道，"你怎么啦，伙计？"

"我没怎么。"史密斯回答，"你瞧，我在吃午餐。"

"你生病了，史密斯。"温斯科特说道。

"废话！"史密斯走回办公室，心想他得再坐一会儿。在他的视野边缘，温斯科特变得非常不安。他刚才跑进了厨房，还发出惊骇的声音，大概是因为没有茶了。

"很抱歉。"史密斯说道，"我把最后一包茶喝了。"

温斯科特盯着史密斯。"史密斯。"他喊道，"史密斯，你能听到我说话吗？"

史密斯对这个荒谬的场景微微一笑。"我当然能听到。"他说。

"史密斯，你从哪儿找到那个茶包的？"

"在那个罐子底下粘着。怎么了？"

温斯科特叫了一声："见鬼！"然后朝门口跑去。

史密斯一想到自己要一个人待着就感到害怕:"等一下!"

温斯科特在门口转过身来:"史密斯?"

"我猜,你身上没有带午餐吧?"

但温斯科特又不见了。史密斯既困惑又失落。他看到一本杂志从一个小箱子里伸了出来,便把它抽了出来。那是《巨石日报周日版》的彩色增刊。封面上写着:"屠夫阿兹兰纳斯带我们参观了他美丽的城堡。顶级时装模特奥利维亚·玛欣-帕达对我们说了她的饮食秘诀。"他打开杂志。

里面的照片朝他冲了过来。他眨了眨眼睛,然后就倒了下去,一头栽进那些著名的女性逛街时或者知名演员抱着他们的孩子时所拍的照片里。当他倒在《巨石日报》的彩色增刊上时,花里胡哨的文字在他周围奔涌而过。"好多星星啊!"他喘着气说道,他最后听到的声音是他的脑袋撞击纸张和地板时发出来的闷响。

他在茶田里,在茶树间漫步着——飘荡着。茶树连绵不断,一直延伸到天边、天外,就像灿烂的天空下面铺了一块地毯。他深深地吸了一口那纯洁而又馥郁的空气,这似乎给他的肺带来了养分和洁净。

"你好!"

他转了过来,身后站着一个蓄着胡子、穿着破旧长袍的男人。那人戴着一顶尖尖的帽子,一只手里拿着一根长长的手杖,另一只手里拿着一个冰激凌。

"好了,年轻人。"那人说道,"我们是该谈谈了。"

"你好。"史密斯说道,"我是伊桑巴德·史密斯。"

"我是魔法师梅林!"那老人叫道,"我在这片大地上行走,为了将来而守护它。而你,伊桑巴德·史密斯,必须听命于我,因为现在随时都可能发生战斗,而能不能赢取决于你。所以你可以告诉我你想知道什么,我会尽力指引你的。"

"啊!"史密斯回复道,"这肯定是某种幻觉。我的脑子出问题了。我想你最好还是等我好些了再来,梅林。"

"不!"梅林喊道,"就是现在,我的孩子!现在不说,以后就再也没有机会了!"

"很好。"史密斯说道,"我们会赢得战争吗?"

"不会。"梅林说道,"起码以你们现在的力量是不会赢的。你能感觉到,你隐约知道,但是你却不会去思考。你喝着从土地里长出来的茶,但你却不知道事情的真相是什么样子。这不是两个人之间的争斗——如果有人要跟我们交战,那他也是在跟这片土地交战,懂吗?你要让大地与他为敌,这样,你就一定能打败那个混蛋。懂吗?"

"我想是吧!"史密斯喃喃地说道,"我能再问你一个问题吗,梅林?"

"有话直说。"

"我跟蕾哈娜之间到底会不会有什么进展?"

"进展?"梅林眯起眼睛,"你是说把球击到界外,得上四分或者六分?"

"我想的是一路跑回休息室。"

梅林傻笑起来:"戴好你的护具,拿好你的球板,孩子。"

"这是什么意思?"他问道,但是周围的一切开始渐渐消失。

天空是乏味的灰白色。在他头顶上有几架飞机,那是些太空战斗机,一动不动地停在空中。他眨了眨眼睛:哦,他正躺在约翰·皮姆号的床上,看着挂在天花板上的模型套装。

几个脑袋挤进了他的视野。有人在低头看着他。"你们好。"他说道。

人有些多。他感觉自己像是碗里的金鱼一样。

"我感觉不太舒服。"史密斯说道。

"不应该啊!"这是一个长相憔悴、留着细细的小胡子的长脸男人:W,那个间谍。"按理说,你应该已经死了。你喝了死亡之茶。"

"什么?"史密斯想要坐起来,却被一只手按回床上。那是蕾哈娜。史密斯感觉到手指上有压力,她正握着他的手。她坐在床边,看上去既有些担忧,又有几分奇怪的高兴,仿佛她知道如何让他感觉好一点,并期待着向大家展示。

"死亡之茶。"蕾哈娜说道,"死亡之茶是一种非常罕见、非常强大的精神药物,伊桑巴德。你正在经历意识的重新调整,这会让你对外部世界和自己的内在做出精神上的反应……"

"说简单点,就是你嗨过头了。"卡尔薇丝说道。

"卡尔薇丝?"史密斯又想起身,但是蕾哈娜轻柔而又坚定地把他按了下去,然后轻抚着他的额头。这倒让他挺享受的。

"别动,伊桑巴德。茶托女巫奥瓦尔说你能活着已经非常幸运了。死亡之茶实际上来自瓮星上的神圣茶树,它们经由太阳龙像雨一样降落在神圣的土地上。是不是很棒?"

史密斯思考了一下,说道:"你是说我喝了太阳龙的尿吗?"

蕾哈娜笑了起来:"哦,不是的,说像雨一样只是纯粹的比喻。它并不是一种真正的液体。"

"还好!"

"它是固体。"

史密斯呛了一下。W 插话道:"你摄入的东西足够杀死一个意志力差的人。事实上,我们本来打算把那包茶掺进海拉克斯的晚餐里。你还在呼吸这一事实,是对不列颠太空帝国普通民众意志坚强的证明——就是要解放瓮星的普通人。"

史密斯说:"好吧,谁能给我一杯什么都没加的茶吗?"

"嗯,好主意。"W 说着,僵硬地站了起来,迈着大步走出房间。

蕾哈娜靠了过去:"那是什么感觉?"

"那……我看到了各种各样有趣的东西。我做了一个关于梅林的梦,然后就有了这些奇怪的感觉——"

"什么样的感觉?"

他皱起了眉头,努力地回忆着那些感觉,但是现在它们都已经过去了,他没有办法用语言来形容:"很奇怪。我感觉自己仿佛在魔毯上,在克什米尔上空十几千米高的紫色雾霭中飘浮。我低头一看，下面是一望无际的田野，地里种着某种红色的小果子。下面还有一个牌子，上面写着'做自己的选择'。"

"'做自己的选择'。"蕾哈娜敬畏地重复了一遍。她对他微笑着，这让他感觉好多了。"太神奇了。"她做梦似的说道。

史密斯挺着身子以便让自己坐起来。谢天谢地，他还穿着衣服。他深吸了一口气，说道："蕾哈娜。"

"怎么了，伊桑巴德？"

"谢谢你照顾我。我是说，你能确保我平安无事真是太好了。我可能会对吗啡之类的东西上瘾了。"

"呃，是的。"蕾哈娜说着，又笑了起来，"也许我应该充当船上的医生。"

"好吧，在嗑药这方面，你肯定是最有经验的。"她看起来对这种说法不是很满意，于是他又赶快说道："你瞧，我一直在想一些事情，我觉得——"

"你们好！"苏鲁克走进房间里。他拿着一个冒着热气的马克杯。"茶来了，"他说着，把茶放在了床头柜上，"战士的热饮。"他往后退了退，站在房间中央，喝着自己杯子里的茶，低头看着史密斯。快走开，史密斯试图用意志驱赶他，不要打扰我和蕾哈娜。

蕾哈娜放开他的手，站了起来："好了，我还是让你们哥儿俩待一会儿吧！回见，伙计们。"

她走开了。史密斯看着她转身离去——这似乎是他经常对她做的事——然后恶狠狠地瞪了苏鲁克一眼。

"这茶还好吧？"

"茶很不错。非常感谢你，苏鲁克。"

苏鲁克点了点头，关上了门："那么，你现在也是先知了吗？"

"我不这么认为。"史密斯咬紧牙关，集中精力，"不，我什么都没有看见。"

"嗯，也许你现在也有灵力了。我知道的——你能说出我在想些什么吗？"

"是战争？还是把什么东西的头砍下来？"

"没错！两个都有！"

"我觉得只是侥幸猜中了而已。"

苏鲁克抿了一口茶，这个动作对一个有大颌的人来说非常困难。"我很高兴你没事了。"他体贴地说道，"当战斗来临的时候，我们会非常需要优秀的战士。"

"没错，是这样的。"

"城里的防守很严密。要是势均力敌的话，我不知道胜利会更青睐哪一边——但是就目前的情况而言，我觉得我们永远都不可能跟敌人势均力敌。我担心伊甸人在我们进入战斗范围之前就把我们射杀了。他们的枪炮很大，盔甲也很厚。"

"那么你是说，我们这是去赴死了？"

"几乎可以肯定。我个人并不介意——能挥舞着剑，站着死总是好事——但是我知道这可能会让你感到苦恼。特别是在你还没有跟飞船上的女性交配的时候。"

史密斯看向别处。他并不想生气和害怕，但他的确感受到了。"我们出去打仗还是好一些。"他说道，"我的意思是，该死的噶斯特人无论如何都想把我们消灭的。即便最后他们赢了,我们也能先给他们造成一些伤害。"

苏鲁克咯咯笑了:"说得好。我们要让成千上万个敌人死亡时的哀号,变成我们向祖先们宣示自我的号角!"

"嗯,我得起床了,在这里也做不了什么事。"

"不,马祖兰。睡吧,现在是晚上了。我会去帮助其他人的,你得省点力气为战争做准备。你会有这个需要的。"他说完,打开了门。

史密斯睡得不太舒服,但他没有做梦。没过多久,他又醒了。他在黑暗的船舱里躺了一会儿,感觉到恐惧在他的体内慢慢涌现。他打开灯,坐了起来。

时钟上显示现在已经是深夜十二点半了。他头脑清醒,但却感觉很虚弱。在床边坐了一会儿之后他站了起来,穿上靴子和夹克,打开门走了出去。

在走廊里,他听到指针在表盘里轻轻地嘀嗒作响,甚至连生命保障系统的嗡嗡声也没有之前那么大了。他沿着走廊走到尽头,打开气闸舱,走到了外面的黑夜之中。

他的靴子静静地踩在金属台阶上。约翰·皮姆号停在一片小树林的阴影之中,在这里,悬空的树枝可以遮盖飞船的形状。在他的右边,一架架莫洛克人的飞行器在黑暗中凸起,好像坟包一样。夜凉如水,空气中弥漫着茶和泥土的芳香。

一个声音在他背后低声问道:"谁在那儿?"

"伊桑巴德·史密斯。"他举起双手,说道。一个小个子男人出现在那里,一只手里拿着刀,另一只手里拿着一把装了消音器的斯坦福连射枪。那伙计在质问史密斯之前,已经悄悄地接近到了能够碰到他的距离。温斯科特的人把新兵训练得很好。"我就是出来透透气。"

哨兵也放松了下来。"的确是你。好吧!"那人往后退了退,隐没在茶田里。史密斯看着他消失,心想:如果我们的人都跟他一样,那么噶斯特人肯定得使出浑身解数才能打败我们。我们的确应该这样。

他走进树林里。有人在树木之间开辟了一条狭窄的小路,他沿小路走着,也不确定自己这是要去哪儿。很长一段时间以来,他第一次产生对和平与安定的渴望。他想远离武器和备战,忘记自己的职责和即将到来的战斗。

是的,和平与安定,那样就太好了。《帝国法典》上说,在乡间寻找和平是高尚也是正确的。身处郊外能够让公民们反思生活。太对了,史密斯想。梅林不是也说过类似的话吗?是的,他说过,胜利来源于让自己与大地融为一体。嗯,这真是个好……

他被树根绊倒了。史密斯的手在地上撑住,然后站了起来,说了一句"可恶",搓了搓隐隐作痛的双手以弄掉尘土,然后停了下来。

森林里有束光。那是一种像手电筒一样稳定的光。它看起来就像是在他前面燃烧的余烬,但毫无疑问,它来自小路更深处的某种东西。

他手无寸铁。哪怕是他的剑也在飞船上。史密斯暗骂自己是个笨蛋：要是有武器，他会很勇敢地过去探察一下的。回到飞船用不了五分钟。他可以先把自己武装起来，甚至叫醒其他人。但是五分钟之后，那束光还会再那儿吗？

他伸手从口袋里掏出他的折刀。史密斯把刀刃打开看了看，它已经完全钝了。他哭丧着脸走进黑暗中，弯着腰朝亮光走去。

树木逐渐稀疏起来。光是黄色的，不是噶斯特人的技术特有的蓝色磷光。它一动不动地等着他，随着他的靠近也越来越大。此时也没有树根会妨碍他的脚步了。

他急匆匆地靠过去，弯下腰以掩盖他的轮廓，从一棵树后面跑到另一棵树后面。亮光闪烁了一下，有什么东西从它上面越了过去。不一会儿，出现了一个生物的侧影——可能是一个人，也可能是一个收起爪子的噶斯特人。他太矮了，不会是莫洛克人——但是他也只看到了一瞬间。他紧紧地握着折刀，靠了过去。

前面肯定有一块空地，那就是亮光所在的地方。那个身影躲在视线之外，让人心里干着急。

空地的另一边，在高高的树林里，有什么东西在动。它看起来像是一面薄而紧绷的帘子，又像是中国的灯笼上用的纸。

那个身影走进了视野，史密斯惊讶地咬住了舌头。他的喘息声被树叶的沙沙声盖过了。那是蕾哈娜。

她正望着空地另一边的树林里的某个高大的东西，它有点像两根长长的杆子，中间挂着叠起来的床单。

就在他往那里仔细看的时候,那杆子动了起来,中间的床单展开成一扇翅膀。

史密斯一跃而起,跨过灌木丛,跳到了空地上。顷刻间,他把蕾哈娜推到一边,伸出刀子,挡在了她和太阳龙之间。蕾哈娜叫了起来,一个脑袋有棺材那么大的爬行动物则惊讶地闪到后面。史密斯朝它挥舞着折刀。

"退后!"他喊道,"放过她,不然我就把你剁成碎片!"

那太阳龙有些不安地低头看着他。史密斯发现自己在喘气,没有拿折刀的那条胳膊正绕在蕾哈娜的肩膀上。一阵尴尬的停顿。

"没关系。"他说道,"我会保护你的。待在后面,看在上帝的分上!"

蕾哈娜说道:"我没事,谢谢你,伊桑巴德。"

他放开她的肩膀,看着她。她穿着一件长裙,要不是那件松松垮垮的开襟羊毛衫的话,她看起来就会很像拉斐尔学派的画家。"没事。"她举起一个塑料袋,"看,面包屑。"

"哦。"史密斯说道。他回头看了看空地,发现还有更多这种生物。它们站在边缘,像鸟一样把长着角的脑袋倾向一边,就像一群蹒跚学步的婴儿一样看着他。它们张开背后的翅膀,月光在翅膀和背后的太阳能板上闪烁着。一条太阳龙打了个哈欠,静电在它的下巴周围噼啪作响。它们线条优美,体型巨大而又轻盈。

蕾哈娜从塑料袋里取出一块面包皮,扔给了最近的龙。它在空中接住,一口吞了下去。"它们真美,不是吗?"她说道。

"是的。"史密斯说道,"不过你得小心一点。它们就像老虎一样：美丽但又危险。它们肯定比老虎还要危险，就像……就像会飞的恐龙老虎一样。事实上，像龙一样。"

"它们不会吃我的。"蕾哈娜说道。她的语气听起来有绝对的把握。

他慢慢地意识到这是真的。他透过月光凝视着她："你……你没有控制它们吧？"

"更像是在跟它们交流，在它们自己的层面上。它们习惯了被人们惧怕。它们觉得我们很有意思。"

"我的上帝啊！"他说着，惊讶地看了看空地周围。

"伊桑巴德。"蕾哈娜说道，他回头看着她，"你刚才是想用一把折刀保护我不受龙的伤害吗？"

史密斯这才意识到他还握着刀。他低头看了看，这把刀的确寒碜得有些可笑，就好像他伸出了一根手指，打算戳进这些怪物的眼睛里一样。"嗯。"他说着，把折刀收了起来，觉得自己真是愚蠢透顶，"也不算吧。我的意思是，我会承认我的确很担心，但是在这种情况下，我觉得……"

"这是我见过的最勇敢的事情了。"她突然动了一下，他往后一缩，本能地认为她是想用头撞他。但是她的动作太快了，她用手抱住他的头，往前拉了拉，狠狠地吻在了他的嘴唇上。

史密斯吃了一惊，带着她跟跟跄跄地往后退了几步。他向后倒在了地上，她落在了他的身上，这撞伤了他的胸部。她吻他的时候他发出"嗯……呃……哦……"的声音。

她停了下来，拉开一点距离，但是并没有从他的胸膛上下来。

蕾哈娜趴在他身上,咧嘴笑着。史密斯不确定一个人在这种情况下应该做什么。

"嗯。"他故作轻松地说,"这还真令人愉快!想喝杯茶吗?"

蕾哈娜似乎没有听到。"哦,伊桑巴德。"她说着,摇了摇头,"我该拿你怎么办呢?"

"啊,好吧,我碰巧也不太清楚。也许我们应该聊聊天,牵牵手什么的……"

"不用你来回答,我要跟你在一起。"

"好吧!"

她又开始吻他。这一次,因为他没有试图反抗,所以感觉很好。他睁开眼睛,看着天上的月亮,还有一条困惑不已的太阳龙。

蕾哈娜跨坐在他身上,开始解他夹克上的扣子。他突然意识到她刚才说的话是认真的,没在开玩笑,于是感到一阵恐慌。他的心脏在剧烈地跳动,撞击着他的肋骨。野草刺痛了他的手和脖子。

"等一下,等一下!"

她停了下来。

"我的意思是,你不会想在这里做吧?"

蕾哈娜开始用一种令人不安的方式扭动着腰肢。他尽量不去在意。"当然了。"她说道,"我们在外面,与大自然融为一体……"

"但是它们能看到啊!"

"它们是龙,伊桑巴德。它们不会告诉任何人的。"

"我……我只是……"

"你还是个处男,对吧?"

"当然不是！你是怎么定义处男的？"

"哦，乖乖。"她突然从他身上翻了下来，然后站了起来。该死！他想尖叫。你真该死，史密斯！你为什么要这么说？

但让他感到意外的是，她微笑着伸出手，拉了他一把。他站起来的时候，她再一次走近，开始吻他。她的手在他的腰上游走，她抓住他的屁股，用力地捏了一下。她紧紧地贴在他身上，换了个姿势，一种涟漪似乎在沿着她的身体向上移动，这引起了他的注意。

"现在。"她把嘴唇凑到他的耳朵旁边，低声说道，"你跟我一起进去，别逃跑，好吧？你现在不会再从一个女孩子身边跑开了，对吧？"

"不会的。"他对着她的脏辫说道。她拉着他的手，领着他回去。

飞船上很安静。蕾哈娜把他带到了她的门口，她打开门。他感到头晕目眩。

"我是要睡在你的房间里吗？"他询问道，"因为如果是的话，我应该去拿一下我的睡衣——"

"伊桑巴德，你是个懦夫吗？"

"当然不是！"他生气地回答道。

"那就来吧！"蕾哈娜说道，"你会没事的。别想着你那该死的睡衣了。你连眼睛都不会眨一下的。"

在她的房间里，一切都变得美妙起来。突然之间，他来到了另一个世界，那里有窗帘、奇怪的气味、垫子和褥子，空气里弥漫着浓烈的香的气味。这种感觉就像巫术一样，他的头脑变得麻木，感官却敏锐起来。他们吻着，她用手解开了他夹克上的扣子，他则把自己的手放在她的露脐装上。她笑着往后退了退，脱掉了上衣。

在她给他解开衬衫的时候，他的脑子里有什么东西"啪"的一声断了，某种限制被打破了，他紧紧地把她抱住。"你真的太棒了。"他发现自己在一遍又一遍地说这句话。除此之外，他想不出别的话说。

蕾哈娜脱掉了她的裙子。她穿着内裤的样子看起来棒极了。他们继续吻着，他脱裤子和靴子的时候稍微有些困难。"哇，"蕾哈娜看着他的内裤说道，"波莉一直都是对的。"

她拿着他的手，教他应该做什么，然后他又吻了吻她。"你真美。"他说着，心里很清楚用这句话完全不足以形容她现在的样子。蕾哈娜笑了起来，她的手指在他的腹部游走，就在他三角短裤的松紧带上。

后面的部分比较尴尬，第一次总是有些棘手。但这是她，是蕾哈娜，是他之前确信自己永远都无法拥有的人。这对他来说才是最重要的。她似乎也很开心。一切都很美好，就像一场梦，但是在他们入睡之前，最好的时刻来了。她把头靠在他的肩膀上，又吻了吻他，然后说道："晚安，伊桑巴德。"

"晚安。"他说着，感到无比自豪。她是我的了，他突然意识到。好耶！他伸出胳膊将她搂住，试图穿过她的脏辫吻她的头，但没有成功。她睡着了。真美，他心想，然后他也睡着了。

他醒来之后发现这并不全是一场梦。她还在那儿，轻微地打着鼾，脸颊贴着床单，淌出一些口水。他低头看着她，咧嘴一笑。自从六岁之后，他就没有这么开心过。当时他的父母给他买了一本书，叫作《五十艘太空无畏级战舰上色与收藏》。它是用灰色蜡笔画的。

史密斯不想离开蕾哈娜。一种深深的、不合理的恐惧告诉他，如果他离开了她，那么在她醒来的时候会认为自己犯了一个可怕的错误，或者上帝、命运或秘密警察会想方设法把她带走。伊桑巴德·史密斯得不到女孩子，这是一条物理定律：当然了，你是无法打破物理定律的。他不再去理会这个想法。

史密斯起床的时候忍不住把她唤醒了。蕾哈娜睁开眼睛："嗯？"

"我去泡点茶。"他平静地说，"不会耽搁太久的。"

他穿上了昨天的衣服，打开门。"回见。"他说着，溜进了走廊里。

现在，他想，动作最好轻一点。苏鲁克会对这整件事情感到困惑，甚至还有些丢脸——作为无性生物，莫洛克人几乎没有跟其他人产生肢体接触的理由——至于卡尔薇丝，他无法想象她在知道了这个消息之后，不会做出任何让他难堪甚至想躲避的反应。他蹑手蹑脚地经过苏鲁克的房门，穿着袜子悄悄地走进休息室，来到了厨房。

光线很暗。他用手摸索着找到了水壶，接满水。他插上电，往壶里放了两包茶。多么神奇的一天啊！史密斯想。在过去的二十四小时里，他的生活发生了多么不可思议的变化！他在摄入了大剂量的致幻剂之后侥幸活了下来，在梦中看到了梅林，发现他理想中的女人可以跟龙交流,然后跟她做爱了。这就需要再来一包茶。"

他拉开冰箱的门。有一张纸叠在牛奶上。他把纸打开,上面写着。"干得漂亮,头儿。代我们向她问好。"

灯突然亮了起来。卡尔薇丝和苏鲁克站在门口。卡尔薇丝把一本杂志卷成喇叭的样子吹了起来。"致敬!"苏鲁克喊道。

"啊,你们好。"史密斯红着脸说道。

卡尔薇丝跑了过去,在他背上拍了拍,然后用力地抱着他,直到他的肋骨都有些疼了:"干得不错!你跟她上床了!耶……"

"嘘!"

"她是不是很奇怪?我敢打赌,她肯定对一切都很感兴趣。她会让你做各种奇奇怪怪的事情。一想到自己旁边睡的是那样一个女人,你会很高兴的,真的。但是我真的为你感到高兴。"

"我也向你致敬。"苏鲁克说道,"希望你的小蝌蚪游得快一点,这样就会有一个勇士军团从你的下身喷涌而出了。"

"呃,谢谢。"

"但是你要小心,马祖兰!温柔乡乃英雄冢。一直以来,我都很荣幸地称你为朋友。所以,我用我的荣誉担保,她最好能够配得上你,否则,苏鲁克的刀刃会夺去她的头骨!"

"嗯,你真是太好了。"

"我们还会是朋友,对吧?"

"当然是了。"

"好。你做得很好,虽然人类的繁育让我反感。你的坚韧得到了回报:有的时候,最长久的磨难能带来最丰厚的回报。这倒也提醒了我。"他转过身对卡尔薇丝继续说,"既然他们最终还是交配了,你欠我五英镑。"

她皱起眉头掏出钱包:"啊,真见鬼。"

"你们还为我跟蕾哈娜的事情上打赌了?"史密斯的声音越来越小,他感到有些害怕。

"嗯,是啊!"卡尔薇丝说道,"其实更像是抽奖。我还觉得我能轻松赚点小钱呢!"

史密斯叹了口气:"我猜你还想喝我的茶吧!"

他回到了蕾哈娜的房间。她翻了个身,睡意蒙眬地说:"他们知道了,对吧?"

休息室里传来一阵低沉的欢呼声。"恐怕是这样。"史密斯说道。

她微笑着,那是一个长长的、狡黠的微笑,他隔着被子都能感觉出来。"想给他们一点值得欢呼的东西吗?"

"哦,好呢!"他走了过去,把杯子放在床头柜上。史密斯穿着衣服上了床。他在被子下翻来覆去的。

"你在做什么?"蕾哈娜说道。

"把我的裤子脱掉。"

"你用不着一直遮遮掩掩的。我之前见过裸体的男人。"

"我恐怕有点累了。"

她叹了口气:"那只是法西斯媒体强加给你的负面身体意象。现在,来这里。"

他们又做了一次。看着蕾哈娜在上面起起伏伏，史密斯想，我倒是可以习惯这个。

十五分钟之后，他在床上坐起来，把被子拉到腋下。蕾哈娜躺在他旁边的床单上，一丝不挂。从史密斯的角度来看，这是一个相当好的位置。

她体型优美，皮肤被晒成了健康的小麦色，像一个舞者。她的胸部不大，肚脐在她那平坦的小腹上只是一个小巧的凹陷。她曾经提到过肚皮舞，这是史密斯很乐意看到的。很幸运的是，她的腿毛和腋毛都被剃光了。不过他回想起来，她"下面"似乎有点毛茸茸的。这时她又趴在了床上，肩胛骨之间的一个小文身露了出来。那原本可能是一个中国汉字，但是从他那里看起来好像一幅简笔画。她的腿在膝盖处弯曲，又在脚踝处交叉，把她灰色的脚掌展露给他。他注意到，从她的脚看来，她的床尾有点脏。

"我感觉我们刚才结合得真紧密。"蕾哈娜说道。

"那当然了。"史密斯说道，"我的意思是，毕竟，我，哦，不知道你怎么样才能比刚才结合得更紧密。如果你是一个空间站的话，我们现在已经交换过宇航员了。"

"我是说情感上，"蕾哈娜说道，"精神上。我觉得这是一个……"她用手做了一个权衡的手势，这在史密斯看来是麻烦的征兆，"不知道怎么回事，我觉得刚才那不仅仅是阴暗的男性对神圣的女性的例行性侵犯。"

史密斯思考了一下。"你的胸部棒极了，蕾哈娜。"他说道。

03
准备战斗

是个战斗的好天气。一阵微风吹拂着苏鲁克的皮肤,茶的香味钻进了他的鼻孔。

人类正在把他们的坦克集合起来。制造坦克的任务被外包给了不同的车间,许多车间改进了设计标准,给坦克配备了排障装置、有凹槽的排烟设施,并在装甲上增添了额外的花纹装饰。这些坦克成排地停在茶叶仓库里,仿佛是在为一场特别激烈的牵引机车表演做准备。

不远处,两个穿着黑色长袍的人在跟一群士兵讲话。苏鲁克意识到他们是牧师。他还认出这些士兵是深空行动小组的成员,温斯科特的人。

他走了过去。温斯科特挥了挥手。他看起来比平时稍微整洁一些,但离理想状态还差得很远,就好像他会睡在公园的长椅上,而不再是睡在椅子下面一样。温斯科特挠了挠他那满是胡茬的下巴,给了苏鲁克一个生硬但却友好的微笑。"杀戮者先生,"他说道,

"你都准备好了吗?"

"当然。你们呢?"

"我们也准备好了。"苏姗说道。她的身上挎着一把射线枪,那是一件相当笨重的武器,看上去好像用其他东西临时拼凑而成的,其中包括一支霰弹枪和一个洒水壶。一个巨大的电源组从枪的上面突了出来。它虽然丑陋,但却致命。

"那么,朋友们,希望你们的祖先今天能够指引你们的刀刃。但是在开战之前,我必须告诉你们一件事。伊桑巴德·史密斯昨天晚上对先知蕾哈娜做了一件野蛮的事,所以你们都欠我五英镑。"

他们懊恼地拿出钱包。苏鲁克耐心地收起一把皱皱巴巴的钞票,塞进了他后面的口袋里。"谢谢你们。"苏鲁克说完,转身离开了。

那位年老的牧师费力地爬上了山丘。"早上好。"他经过苏鲁克的时候说道。

那外星人亲切地用低沉的声音回应道:"早上好,萨满。"

"请叫我麦克雷迪神父!需要我为你赐福吗?"

"不用了。"他说道,心里想到了打赌的事,"我已经很幸运了。哦,牧师——伊桑巴德·史密斯的好事办成了。你欠我五英镑。"

一个小时以后,史密斯小心翼翼地走出了约翰·皮姆号。在跟蕾哈娜度过一夜之后,他感觉有些不舒服,脚步也不太稳,就好像他喝了些烈酒,正等着它起作用。他想一个人待着。他觉得他现在最需要做的事情,就是拉着她的手,给大家介绍说她是他的女朋友。他把她留在飞船上让她继续睡觉。他觉得最好还是不去打扰她:

她睡得正香。可惜的是，她鼾声如雷。然而，你不可能万事如意。只要他们俩的关系没有公开，他就能够平和而安静地确保一切顺利。

当他走到台阶底部的时候，温斯科特在他背上拍了一下："听说你跟那个疯丫头来了一次啊。干得漂亮，老兄。"

"你好，温斯科特。"史密斯冷冷地说道。

少校的眼睛闪闪发光。"我想我们差不多要跟噶斯特人开战了。"他说道，"很快，我们就会向城里进发，狠狠地教训教训那帮蚂蚁人。"

"今天？"

"很有可能。十一点钟有个会议，我会跟 W 一起去，还有一些来自茶农和莫洛克人的船长。欢迎你也加入。"他走开了，又站住，回过头来，"哦，还有，史密斯，我会让医生为你做个检查，以防有什么擦伤。我自己也认识一些外国女人，如果你明白我的意思……就像我经常对我的人说的：避免鲁莽的纠缠，就算必须缠绕，也要避免鲁莽。"

他睿智地用手指在鼻子上点了点，然后走开了。史密斯做了个怪相，感觉自己像一个泄了气的气球。很明显，他那美妙的罗曼史现在跟肥皂剧一样公开了，而且他恶毒地怀疑这跟那个小个子机器人飞行员有关。现在，要是其他人都能让他一个人待着就好了……

"嘿，头儿。"卡尔薇丝拉了拉他的胳膊。

他回过头来。"你好。"他谨慎地说道，"一切都还好吧？"

"不好。"

"在为战争发愁？"

"是啊，说来也巧，头儿，这太疯狂了！"她低声说道，"我们这是去送死啊！"

"胡说八道。"他回应道。她语气中的紧迫性让他感到不安。他一直都知道她不是个战士，但是听她这样说话还是感觉不对劲。

"我刚才跟苏姗聊了聊。你知道他们最初是在哪儿找到温斯科特的吗？"

"我听说是在他家的后院。"

"是一家疯人院！他的确是特种部队的，真他妈的特殊。我们现在寡不敌众，火力不足，我们的指挥官还是一个疯狂的裸体主义者！"

在二十码远的地方，温斯科特从与一名坦克驾驶员的谈话中转过身来，朝他们挥了挥手。他们也尴尬地朝他挥了挥手。

"看到了吗？"史密斯说道，"完全正常。他穿着裤子呢，还有其他东西。"

温斯科特从口袋里拿出一个水果咬了一口。

"他在吃青柠呢！"卡尔薇丝说道。

"也许他喜欢青柠。"

"所以呢？我喜欢獾，但我不会把獾塞到嘴里。"

"嗯。"史密斯说道，"我不认为这能支持你的论点。"他叹了口气，转向她，"听着，卡尔薇丝。温斯科特是不是疯子都不要紧。他是个不错的家伙，而且很擅长他的工作。至少我们知道，只要是他在掌舵，拯救瓮星的迫切需求将仍然保持驱动力。就现在来说，在自由的车上，理智可以坐在后座上。"

"我想自由的车上也没有刹车吧？"卡尔薇丝突然抬起头来，"那是什么？"

天空中有一些斑点——V字形的东西，就像小孩画的海鸥一样。史密斯把他步枪上的瞄准镜放在眼睛前面。"太阳龙。"他说道，"正在飞过来。"

"哦，见鬼。"卡尔薇丝说道。

"待在这儿。"史密斯说完，朝它们跑了过去。森林和铁路建筑把那些生物挡住了。在他跑近的时候，混乱正开始在人群中蔓延：人们互相呼喊着，有些人在准备武器，另一些人在试图阻止他们。坦克手之间爆发出一场激烈的争吵。史密斯闪身躲进两个车库之间的阴影之中，刹那间，他来到了一条黑暗的走廊里，向外望去，是一片充满阳光和龙的田野。它们有的坐在草地上，有的在田野边缘的树上休憩，有的在头顶上懒洋洋地打转。它们的翅膀伸在空中，像是未竣工的拱门一样；它们长长的脖子在微风中摇晃，好像连接大地和天空的绳索。

几个大胆的士兵敬畏地行走在龙群之间。他们试探性地伸出手，摸了摸鳞片，听到静电的噼啪声。奥瓦尔站在两个巨大的生物中间，她震惊的目光在太阳龙和她手中的空杯子之间移动，仿佛它们是从杯子里跳出来的一样。苏鲁克站在人群边缘，吃着一块饼干。他看起来有些感兴趣。

蕾哈娜从田野中间走了过来。一条太阳龙站在她身后，当史密斯往那边看去的时候，这只巨兽张开翅膀，发出沉重的飒飒声，仿佛远处的雷鸣。让大地与它们为敌，他想，嗯，很好。

"这是你做的，对吧？"他问道。

"是瓮星做的。"蕾哈娜回应道，"这颗星球已经对压榨它的人开战了！大自然已经站了起来，要收复自己的土地了。"

"是真的！"茶托女巫奥瓦尔伸出她的胳膊喊道，"就像叶子说的那样，它成真了！颤抖吧，入侵者，因为反抗的时刻即将来临！"

史密斯微笑着说："那我们就开始反抗吧！"

噶斯特人天生就不是个人主义者。他们像白蚁一样生活了两百个世代，紧紧地挤在一起，每一个个体都是他们族群这个蒸汽压路机上的一个齿轮。他们那短暂而野蛮的生命是在战场和运输飞船上和他们的战友一起成群结队地度过的。他们个人主动性上的不足，在集体的暴行中得到了弥补。他们是银河系中操练最好的部队，这一点无人能及。这是很幸运的，462想。很快，弱小的人类将采取行动以夺回他们的世界。他们会顽强地作战。只有精锐部队才能把他们赶走并消灭。

当他走进宿舍的时候，七十名禁卫队员像触电一样跳了起来，并将爪子刺向空中："敬礼！"

"可以了。"462说道，于是他们又开始工作：卸下武器并给它们充能，擦亮它们的触角，把牙齿剔得干干净净，以准备吞食人类。

462微笑着。伊甸人可能是傻瓜——更准确地说，是彻头彻尾的傻瓜——但这是一群战斗机器,是为了对付地球人而专门扶持起来的。起初,噶斯特人低估了不列颠太空帝国的战斗意志。这看起来就像开着一辆生物坦克碾过帝国的民主花坛。在人类领袖瞎忙活、嘀咕着"坚持住"的时候,他们倾巢而出,嘲弄地球之子。这一切原本应该很顺利,但恰恰相反,他们的攻击舰遭到了疯狂的抵抗,这些脸上有很多疙瘩、长着四肢、屁股瘦小的小浑球们用禁卫军式的凶猛进行了反击。

他们胆敢叫我们"大蚂蚁",他想着,嘴里发出嗞嗞的声音。

一个特别高大的禁卫队员走了过来行了个军礼:"伟大的指挥官!"

他抬起头看着他:"你是?"

"盔甲大师。"

462注视着他:"之前的那个盔甲大师怎么了?"

"38259B吗?他的行为表现出一些高尚的迹象。"那禁卫队员说道。"于是我们把他枪毙了。他的号码也被抹除了。"

"所以之前的盔甲大师从来就不存在?"

"什么从来就不存在?"

"很好。"

"一切都还好吧,462?你看起来……有些心不在焉的。"

462仅存的那只眼睛本来就很小,现在又若有所思地眯了起来。他很清楚这件事情意味着什么。独立思考是很危险的。在噶斯特帝国,所有的东西都是公共的。将自己隔离在审查之外的噶斯特人会不可避免地被怀疑叛国。他很清楚,在无人监督的情况下散步是不明智的；而在无人监督的情况下排便，则可能是致命的。"我只是在思考我们根除人类的任务。你要说什么？"

"我们一会儿要观看一部有启发性的电影，伟大的领袖，它清楚地展示了我们征服银河系的命运！你要加入我们吗？"

"是用甲虫代表了各种有知觉的生命形式，他们互相竞争着统治宇宙的那部吗？"

"是的，我的指挥官！"

"我知道它的结局。我不会给你们透露剧情的，但是我们被证明天生就很优越，而且能杀死其他一切东西。跟我来。"

他们穿过宿舍。在房间的尽头，盔甲大师打开门，他们走进一条有脊状突起的黑暗通道里，这条通道一直延伸到地下。

那禁卫队员跟在462后面，与他仅有一步之遥。一想到要杀人，他就开始流口水："指挥官，我们很快就会消灭人类吗？"

"非常快。"

"好的。"盔甲大师的下巴上有些疤痕。他的眼睛在残破的脸上显得非常小，就像熔化的蜡幕后面的烛火一样。"死亡风暴军团听候您的吩咐。"

"人类的意志会很顽强的。"

"我们也一样，462。没有一个活着的人类可以打败我们——莫洛克人也一样。"

"非常好。听着，我要你先去找一个人。他叫伊桑巴德·史密斯，是个无足轻重的船长。就是他打瞎了我的眼睛。"462按下墙上凸出来的一个黏糊糊的开关，一扇括约肌门在他们面前打开，"你要是看到了他，就把他灭了。"

"遵命。"盔甲大师吼道。他们穿过那扇门，走进一部电梯，开始下降。背景音乐里响起了进行曲，两个噶斯特人也跟着唱了起来。

> 我们的旗帜在风中飘荡，
> 春日的喜悦在各处徜徉，
> 我们行军穿过快乐的土地，
> 同时把上面的一切烧光。
>
> 树叶在我们前面转绿，
> 小鸟在我们头顶歌唱，
> 羊羔和小狗在我们周围跳舞，
> 然后我们会给它们送葬。
>
> 我们像朋友一样一起前行，
> 我们心爱的旗帜高高飘扬，
> 我们如朋友一般快乐地歌唱，
> 死吧，地球人，死吧！

"那个人总是坏我的好事。"电梯停下来的时候462说道。他们走出电梯，来到了另一条走廊里。"那么现在，"他说道，"让我们看看我们的盟友怎么样了……"

走廊的另一端有一个气闸舱。天花板上风扇旋转着，空气中弥漫着一股强烈的消毒剂的味道。气闸舱的中间设置了一个舷窗。舷窗后面有什么东西在动。透过玻璃看，它仿佛是某种深海生物，就好像它应该在水中而不是在纯净的空气中活动。

462在舷窗上敲了敲。触手猛烈地翻腾着，一只巨大而没有生气的眼睛重重地撞在了玻璃上。

"早上好。"462说道。

墙上的扬声器噼啪作响。"退后。"那怪兽说道，"让你的那些肮脏的细菌离我远一点！"

"你还好吗？"

"如果你让你那满是细菌的脑袋离我远一点，那我会好一些。"

盔甲大师咆哮起来："要我把这头无礼的猪的内脏掏出来吗？"

"没有必要。它自有它的用处。如果人类被证明是特别顽固的话，你就要把你嗜血的本性保持住。"他对着舷窗说道，然后笑了笑。

他们聚集在当地的主要客运站，这里的大厅足够容纳一支军队。大厅就像一个巨大的温室一样，屋顶是玻璃做的。尽管这里站了上千个士兵，但似乎还是很通风。在士兵上面，巨大的钢铁拱顶四处蔓延，就像树木伸展在乡间的道路上一样。

那些火车在人群中间仿佛是黑色的盒子。人们为了获得更好的视野，爬到了火车上面，紧紧地抓着装饰性的部件。人群当中升起了崭新的旗帜,上面画着纹章兽、剑、骑士、茶壶和劳作的人民。在大厅中央有一列火车在等待着,它被军队里的工程师用警戒线隔开了。这列火车将满载炸药直接开往城门。

史密斯走进来之后,一时有些不知所措。他的周围全是人。他们穿着迷彩服,像野草一样又绿又多,聚成模糊的一团,好像地板上的一层厚厚的雾霭。他踮起脚尖,想找出一张熟悉的面孔。

"嘿,头儿!"

史密斯抬起头。卡尔薇丝坐在一个奇怪的、像涡轮机一样的装置上,周围有一小群工程师,里面既有人类,也有莫洛克人。她坐的机器看上去既古老,又毫无意义,就像从蒸汽轮船上拆下来的碎片被随意地重新连接在了一起。她不知道从哪里捡来一块护胸甲,这对她来说显得太大了。她晃着腿,看上去没有一点威胁性。

"你下面坐的是什么东西?"他喊道。

"一台超大的虚阴极振荡器。"她答道。士兵们来来回回绕过史密斯,不停地咕哝着"借光,伙计",仿佛溪水流过岩石一样。

"我不得不用了'约翰·皮姆'号上的一些零件,尤其是,呃……马达。"她说完,很高兴自己想起了这个术语,"我跟你说,这东西只要一发动就能够关闭几百米内所有的电脑,一千米之内的计算器除了显示'8888888'之外,什么也做不了——前提是这东西还能工作。不过,你还是不能真的去做炸弹实验,对吧?"

"巴恩斯·沃利斯就做过。"

"你是说你可以做炸弹实验?啊,见鬼。"她耸了耸肩,"我猜现在也有点晚了。嘿,你觉得我的防弹衣怎么样?它对我的身材有惊人的改变效果。穿上它之后,我的'炮台'比无畏级战舰上的还要大。"

"很好。"

她转过身,好让他能从侧面看过去。她把全副武装的胸部往前挺了挺,说道:"就像你经常说的,头儿,抬头挺胸!"她用手掌拍了拍虚阴极振荡器,"有了这东西,你就会赢得战争。"

史密斯正想着她是不是喝醉了。一只手落在他的肩膀上,他转过身去看,是苏姗,来自深空行动小组的高个子工程师。

"你好吗?"她说道,"我们头儿想跟你谈谈,伙计。"

"温斯科特吗?他在哪儿?"

"跟我来。"

她大步走开了,史密斯向卡尔薇丝挥了挥手。"现在,可别做什么蠢事!"他喊完,跟着苏姗穿过人群,"我们要去哪儿?"

"去前面。其他人都在等你。你不在场,他们是不会开始演讲的。"

前面的人给他们让开路。直到现在,史密斯才意识到士兵们大致都面向同一个方向,看着大厅的另一端,就好像在等待音乐会开场一样。

"演讲?"他对着苏姗的后脑勺说道,"我希望这跟我没什么关系!"

"当然有关系。"她回应道,"你把莫洛克人带到了这里,还打败了尤尔的自杀式海盗——人们会仰望你的。"

"这仅仅是因为我恰好站在舞台上而已。"

"胡说。你给了这些人们一种希望,树立了一个榜样。"

"真的?我是一个值得效仿的榜样?"

"嗯,比起效仿,更像是研究吧,不过都差不多啦!来吧!"

史密斯跟着她,恐惧和骄傲在他体内此起彼伏。他们往前走着,她从大腿口袋里掏出一个小金属盒:"拿着。这是从一个死了的噶斯特人身上缴获的。我想它们能装到你的'开化者'里。"

她把盒子递给他。盒子出奇的重。"贫化铀左轮手枪子弹。"他读道,"警告:辐射危害。这是什么意思?"

"哦,没什么。只是,不要把它们放在你的裤子口袋里。你总不会想变得男不男女不女吧?我们开始吧!"

一个胖子往旁边闪了两步,一小段台阶出现在他们面前。苏姗爬了上去,史密斯跟在后面。突然之间他像一个穿过了一层云的登山运动员一样,独自站在那里。他转过身,看到了上千张面孔,他们也都在看着他。

他们盯着他,他也盯着他们,好像一只被上千个车灯直射的兔子一样。看到这些人勇敢而充满希望的面孔,他意识到自己已经不再是恐惧了:他已经吓得不能动弹了。

僵局。史密斯像深海里的潜水员一样,慢慢地挪向舞台中央的麦克风。它似乎在千里之外,与他之间隔了一片沙漠。他举起一只手,抓住话筒架,仿佛是要把它掐死一样。

麦克风从架子上掉了下来,发出尖厉刺耳的叫声,重重地落在了地上。史密斯弯下腰把它捡了起来。"你们好!"他对着麦克风说道。

"很好，伙计！"一个欢快的声音在观众中间喊道。有人笑了起来。

"你们好。"他说道，"虽然我不太习惯发表公开演讲，但是瓮星的公民们，今天，我们要把我们的星球从……"有人在他背后戳了戳，"从——温斯科特少校？"

"还没到你说话的时候呢！"温斯科特低声说道，"我先来。"

"我把顺序弄错了。"史密斯说道，"非常抱歉，请大家原谅。"他走到舞台的后面，坐了下来。"上帝啊，有时候我真是个愚蠢的废物。"他自言自语道，"我真同情那些被我领导的人。"

"麦克风还在你手里呢！"温斯科特说道。

史密斯把麦克风递给他，看了看舞台上的那排人。他看到了温斯科特、W、阿格煞德、奥瓦尔，出人意料的是，蕾哈娜也在。阿格煞德和蕾哈娜朝他挥了挥手。还有其他一些部门的官员、刚诞生两周的瓮星人民军队的队长。他们穿戴整洁，体型健壮。

他在想苏鲁克在哪里。他没有蹲在头顶的铁架子上，史密斯本以为他会从那里鸟瞰整个过程。那外星人可能去了某个清静的地方冥想，为战斗做准备，跟他祖先的灵魂安静地交流。一条太阳龙在大厅外面翻着跟头，它俯冲下来，又飞了上去。有那么一会儿，史密斯觉得自己能听到从它背后传来的狂笑。这当然是不可能的——他眯起眼睛，有些摸不着头脑，不过这时它已经飞走了。

温斯科特的演讲简短而实用。第一阶段的攻击目标是夺取导弹防御网，由温斯科特本人领导的精英小组执行，同时会有一些太阳龙辅助。然后，导弹阵列将立即发射，以摧毁任何在外太空或太空港里待命的噶斯特飞船。最后，将会发起对城市的大规模进攻。

有三个攻击集团将会成立，它们会以不列颠太空帝国的神圣动物命名。"狮群"将会骑着太阳龙接近伊甸人营地附近的城墙，在发动突袭之前先使用电磁脉冲武器削弱伊甸人的装甲。这个分队将由史密斯船长率领。温斯科特解释说，相对于拿着麦克风讲话，史密斯船长在突击方面会更擅长一些。

第二支队伍，"独角兽"，将由移动迅速的轻型装甲单位组成：这主要是莫洛克人的飞行器，但也有吉普车和茶农制造的坦克。它们将快速接近城墙，在噶斯特人的悬浮坦克开出来保卫城市的时候，对其进行快速而猛烈的攻击。它们还包括一列装满炸药的火车，用来攻破城门，他解释说，"独角兽"将会遭到激烈的反抗。

最后一支队伍，"大蟾蜍"，将是粉碎敌人的铁砧。它由步兵和重型装甲组成。一旦"独角兽"把火车开到了指定位置，炸开了城门。"大蟾蜍"将会进入城市并展开激烈的巷战，以将海拉克斯和他的圣战教团驱逐出去。据估计，噶斯特人会在城内留下驻军。这些也需要摧毁。

"任何人都不会轻易地取得胜利。"温斯科特慨陈词道，"这些都是危险而又顽强的敌人，其中有许多是专门为了这项任务而培养出来的。你们可以把这想象成一场生死搏斗。你们中的许多人可能不会活着回来。但从好的方面说，你们不会死两次。"

"所以，我们只能在这个舞台上祝你们好运，并向你们献上崇高的致敬。"他喊着，同时把他的斯坦福连射枪高高举起。

大厅里爆发出雷鸣般的欢呼声。

"现在,有请史密斯船长发言。史密斯,该你了。"

史密斯站起来看了看士兵们。他们的脸向他仰了起来,其中包括人类和莫洛克人,他们中的男人、女人、无性的人全都做好了直面有史以来帝国最凶残的敌人的准备。他们的眼神中的决心与怒火既清楚又炽热,同时充满了希望与愤怒、理想主义与对战斗的渴望。

他意识到自己不知道该说什么。他还能对这样的人说些什么呢?有什么是他们不知道的呢?他的公开演讲经验仅限于开办过一个乡村游园会,那时他被误认为是一位杰出的园艺学家。他回忆起了当时的问答环节。当他想起就一个有关戴着橡胶手套移植幼苗的问题自己的回答时,忍不住笑了一下。

蕾哈娜吸引了他的目光,她急切地朝观众点了点头。

他朝他瞥了一眼。"我该对他们说点什么?"他低声说道。

"你心里想到什么就说什么。"蕾哈娜说道。

史密斯思考了一下。"后面的人能听到我说话吗?"他问道。

有人欢呼着竖起了大拇指。

"很高兴你们这么多人今天能来到这里。虽然我不习惯发表公开演讲,但我有一些话想说。"

"你们知道,在和平时期,没有什么比谦恭的性格更适合一个人了。"他说道,"但是在战争时期……"史密斯停了下来,突然意识到自己并没有想象中那么了解莎士比亚。战争时期怎么了?硬着头皮接着说吧,他告诉自己。如果你很自信的话,就永远不会有人在意。"但是在战争时期,就让他怒不可遏吧!"

"噶斯特人想要我们的东西。但是他们不能拿走任何东西!这里的一切都属于不列颠太空帝国——是我们先发现它的!

"这不仅仅是为了瓮星而战,这是为了文明本身而战。我们要对噶斯特帝国宣布:如果你们不开化自己,那我们就要把你们这些蚂蚁人一个个开化,直到最后一个!

"有很多字句都对我们意义重大,比如正义与自由。这些字句当中,有一句在今天特别突出:'滚蛋吧,蚂蚁人!'"

温斯科特举起一只手,被 W 拉了下来。

"那么现在,正如莎士比亚会说,我们必须模仿老虎的动作,从黎明战斗到黄昏,由于不再有对手而把剑收入鞘中。因为今天,我们要把战争带给噶斯特人,并且狠狠地踢他们的大红屁股。如果有人问是谁给你们的权利,你们可以说是莎士比亚告诉你们的!没错!向前冲啊,公民们!大海拉克斯再也不能舒舒服服地坐在王位上了,因为我们今天要把他赶下来!事不宜迟,现在我宣布:我们的军队,出发!"

他从舞台上走下来时,有人在他的背上拍了拍。"我去年在守护神庙那里见过你。"一个女人说道,"没想到你还从事政治工作。"

他们在外面会合。在他们周围,人们爬上机器与车辆,各种引擎发出期待的嗡嗡声,让空气也随之震颤起来。卡尔薇丝看着一群工程师把脉冲武器系在了她要骑的龙背上。要开始了,她想着,就好像一块砖头掉进了她肚子里一样。我们要上战场了。

蕾哈娜跟一个深色头发的矮个子男人巡视着那些巨兽,他似乎是个马夫,他们检查着龙背上的鞍,把它们往下拍了拍。他们检查完了'约翰·皮姆'号的船员将要乘坐的太阳龙之后,又转向温斯科特和他的人将会用来攻击导弹防御网的那条。

"把那把枪递给我,好吗?"史密斯问卡尔薇丝。

她把自己的斯坦福连射枪递给他。史密斯顺着枪管看了看,又检查了一些装置,确保它能正常工作。他把枪又递了回去:"拿着。"

他们站在龙中间,看不到即将出发的军队。就好像他们是这里仅有的人,被噪声包围,处在暴风之眼中。史密斯说:"看起来,今天会很忙的。目前的结果还挺好的。"

"我希望我也会没事。"卡尔薇丝说道,"我好害怕。要是受到惊吓的话,丢下负载的可就不只是这条龙了。"

"你会没事的。"史密斯说道,"我们需要你跟我们在一起,你是我们飞船上的工程师。"

"那只是因为我买了《海恩斯手册》。"

"那你也是我们飞船上的工程师。"

她点了点头。"好吧!"卡尔薇丝拉下她的护目镜,"我们出发吧。嘿,看呐!"

他们的右边有翅膀在拍打。一条太阳龙腾空而起,翅膀拍打着天空,直到它能正常飞行,接着是第二条、第三条。静电在它们的下巴上噼啪作响。

"是温斯科特的人。"史密斯说道,"需要我推你一把吗?"

"谢谢。"

卡尔薇丝一只脚踩在史密斯的手上,他把她推到了鞍上。她把手伸到后面的脉冲引擎那里，把启动绳缠绕在手上。

"你跟着我们就行。"史密斯说。但他清楚地知道她全程都会把眼睛闭得紧紧的。

两个瘦瘦高高的身影出现在太阳龙中间，他们的脚步像舞者一样轻盈：是苏鲁克和莫尔加。史密斯看着他们，觉得在他们奇怪的脸上有一种相似之处，而这不仅仅是因为他们是外星人。

"你们好。"他打了个招呼。

"你好。"苏鲁克回应道。他正在用勺子从一个小盒子里吃东西，"啊，今天是个战斗的好日子。"

"对你来说，哪天不是战斗的好日子？"卡尔薇丝问道，"还有，你怎么会有酸奶？"

"这不是酸奶，这是凡士林。"

史密斯看了看那两个外星人："要加入我们吗，苏鲁克？"

苏鲁克摇了摇头。他带着他所有的刀，他祖先的神圣之矛——甘·乌泰奇也绑在他的背上："不，马祖兰，不用了。我过来是想祝你们狩猎愉快。如果一会儿我见不到你们的话，我们就在勇士的殿堂里碰面吧！"

"谢谢。"他瞥了莫尔加一眼，"那么，你们俩是要跟阿格煞德一起去了？"

莫尔加点了点头。他身上有一根粗带子，背后有一个袋子。十来根高尔夫球杆从里面伸了出来。"我们三个会齐头并进，"他解释道，"就像以前一样。家庭出游。"

卡尔薇丝从鞍上往下看："祝你好运，苏鲁克。愿你能遇到很多敌人,而且他们都跟你一样傻。"

"那我就祝愿你能有千千万万个摆脱懦弱的机会。还有,小心那些龙的背脊。我猜它们骑起来会很不舒服的。"

"谢谢。"卡尔薇丝叹了口气,"你知道我希望什么吗?我希望我们能不战而胜。我根本不想和任何人战斗。我是说,看看我这个样子。我天生就不适合打打杀杀——要我说,我是松松垮垮才对。我希望我们大家都能平安无事,让我回家的时候不会带着任何血腥的东西。"

苏鲁克摇了摇他的大脑袋,有些疑惑。"你知道,"他说着,又用勺子舀了一坨凡士林放到了嘴里,"我一直就感觉你有些奇怪。"

04
三军会师

城墙内一片寂静。海拉克斯的爪牙开着装甲车在街上巡逻，用喇叭喊着开始宵禁。烟囱里没有烟，包装工厂里也没有人。

圣战教团的人没有离开过他们的车辆。大海拉克斯的手下最近养成了失踪的习惯：一些人死了，一些人叛逃了，还有一些人就是凭空消失了。他们在就损失问题向海拉克斯汇报的时候撒了些谎，海拉克斯在告诉基列的时候又撒了些谎，而基列在给噶斯特人汇报的时候再撒了些谎。噶斯特人不信任任何人，尤其是一群可有可无的人类。

决战的时候就要到了，每个人都知道。

对大多数市民来说，这将是一个摆脱神皇帝的机会。海拉克斯现在是千夫所指。他的宫殿周围装满了铁丝网，屋顶上每天都有新的断肢被展示出来，它们是从那些敢于违抗伊甸法律的勇士身上砍下来的。在他最新的规定中，殴打妻子变成了强制性的行为——这不对，就连基列也能分辨出个人爱好和法律义务之间的区别。

"那个人疯了。"他说着,从小窗口转过身来,"我的意思是,他是神圣的,没错,但他也是个疯子。他虽然虔诚,但很疯狂。他对我们没什么用了。"他摇着头总结道,"谁会预料到这一点呢?"

"他帮助我们破坏了这颗星球的稳定。"462 回复道,"另外,说不定他的人还能给我们挡几发子弹呢!"

他们坐在一个噶斯特人的地堡中。这是一个平滑的生物结构,形似放大的龟壳,是被外星人带过来的。它本来有一个专门的名字,但是当地人把它叫作"恐怖乌龟"。它里面好像一只巨大的装甲鞋。

一号在黑暗的墙上瞪着他们,挥舞着他的四条胳膊摆出各种各样的姿势。在基列看来,这让他很不舒服。在伊甸共和国,类似"乡下人"乐队的形象是被禁止的——除了其中的交通警察,他是一个受人尊敬的权威人物。

不过,死亡风暴军团的实力还是相当强的。无论大海拉克斯的人有多么垃圾,这里的残忍和高效都可以跟他自己的人马相匹配。在敌人进攻的时候,他的空骑兵将和噶斯特人并肩作战。神王先知从来都只是一个傀儡,但禁卫军团却是……好吧,很凶恶的傀儡。

视频通信设备突然响起嘹亮的曲调。随着一声生物机械的吧唧声,屏幕亮了起来。

一个工兵出现在屏幕上,他的后面是天空。"力量源自服从!"他喊着,用所有的胳膊敬了个礼。

"力量源自服从!"462 回应道,"立刻汇报。"

"星球指挥官 462!我们捕捉到了太阳龙的视觉信号,它们正在接近导弹防御网!"

462耸了耸肩,身上的皮衣唰唰作响:"所以呢?"

"通常情况下,我们不会把弹药浪费在动物身上。但是这些——它们在编队飞行。"

"我明白了。开枪吧,以防万一。"

"是,伟大的指挥官!伊甸渣滓,准备——"

那工兵尖叫了一声,飞出了屏幕的边缘,就像是弹弓发射的一样。扬声器发出一阵嘈杂的声音——吼声、枪声、电火花的噼啪声——之后屏幕便没了信号。

462盯着屏幕看了一会儿。"那个工兵……"他说道,"他……飞到屏幕外面了。"

"他是被弹飞的!"基列喘着粗气说道。

"他当然是被弹飞的!"462猛地转过身,用他瘦弱的拳头重重地打在一个控制面板上。汽笛尖啸起来。"让你的手下做好战斗准备,基列!我们的敌人已经占领了导弹发射井!"

"但是——他们会向城市发射导弹的!"

462竖起他的触角,把头盔戴在了头上:"胡说八道!他们太懦弱了,不敢向自己的城市发射导弹。如果他们想打败我们的话,他们就得靠近我们,然后——然后他们就会被我的禁卫军和你的空骑兵彻底消灭!让你的人做好准备!"

二十秒之后,四枚导弹从防御网发射,击中了太空港。三艘噶斯特人的运兵船被炸成了碎片,另外两艘和一艘伊甸人的飞船失去了气闸舱。损坏的飞船周围挂满了电线和金属支架,就像一场疯狂的派对结束之后的彩旗一样。

修复飞船并返回轨道需要花好几天的时间。天空大开,但是双方都被困在了这颗行星上。

"独角兽"分队迅速穿过茶田,上百辆越野车和飞行器冒出滚滚浓烟。在他们家悬浮艇的甲板上,莫尔加装了一支气动鱼叉,苏鲁克则拉开了启动电磁设备的弹簧。他们的飞行器开始震动起来,由阿格煞德驾驶着。

"他们在那儿!"莫尔加的咆哮声盖过了引擎,"打开导流板,爸爸!"

苏鲁克转过头去看。一面黑色的旗帜在城墙上升了起来,上面是噶斯特人长着触角的骷髅头。他点了点头,又看了看固定在飞行器前面的战利品,它们就在撞锤上面。"这些头骨怎么都是塑料的!"他说道。

莫尔加看起来不太开心:"对不起,苏鲁克,我们只有这些了。它们还是我去万圣节商店买的。"

"那我们家的隐形装置呢?"

"这个我倒是带了。"莫尔加说着,开心了一些,"我几分钟之前试着运行了一下。然后我分神了,就把它放下了……"他看了看周围,"应该在……哦,要不要听张唱片?这艘飞行器上的音响设备相当好。"

有那么一会儿,苏鲁克想嘲弄他一番。最后还是决定算了。

至少莫尔加是在努力讨好他。"都有些什么音乐?"他问道。

"我们过去最喜欢的全都有。"莫尔加回答道,他急切地表现着热情。他背后的马尾辫被风吹了起来,好像旗子一样。"我们有死亡汽油弹、基督徒死亡、酸性死亡、死亡割草机、死亡乐队,以及苏珊·薇格。"

苏鲁克检查了一下锚钩:"苏珊·薇格……我又想了一下,那可能有些压抑,还是放国歌吧!"

"《黑桃A》?乐意效劳!"

盔甲大师在城墙上看到一大片烟尘冲向城门。他系好头盔上的带子,从城墙上爬了下来,咆哮着发号施令。许多生物坦克在城门旁边待命。盔甲大师爬上了他自己的战车,戴上一副护目镜。巨大的发动机将城门打开。"进攻!"盔甲大师吼着,死亡风暴军团像黑色的潮水一样涌向门外的平原。

卡尔薇丝首先看到了他们:一团黑色的东西从城市的一侧泄了出来,就像一个被戳破的桶里漏出来的油一样。"有敌人!"她指着那边喊道。

史密斯隔着围巾对着麦克风大喊:"调整航向!"

蕾哈娜在第三条龙上,她看起来很平静。她的脏辫在身后摆动着。"我们飞低一点。"她说着,那些太阳龙便下降了一些高度。

史密斯朝他身后瞥了一眼。当"独角兽"分队冲向城门时,他能看到队伍后面锥形的扬尘。禁卫军已经开始转向他们,并加快了前进速度。史密斯想,现在只有一条路了:向前冲。

那是一个长长的、干净的大厅。屋顶是开放式的。七十套战斗服靠在墙上,好像巨人的盔甲一般。人们奔跑着、呼喊着,音乐声和鼓舞人心的演说声震耳欲聋。装填弹药的声音和大炮的旋转声此起彼伏。伊甸人要打仗了。

基列读着伊甸人的宗教之书,大步走过大厅,他机械身体里的扩音器开到了最大:"……他转身面对着那些否认者,给他们撕开一个新的,然后对他们说:'问多高的人有福了,因为他这一跳将是圣洁的!'"

空骑兵们发出一阵尖叫和欢呼。一个地勤人员跑到基列的身边:"长官!第一小队准备出发,长官!"

"很好。"基列把书放了下来,"关掉音乐。"

有人按下开关。忽然间,一切都安静了下来,只有引擎发出嗡嗡的声音。士兵们看起来有些不舒服。

基列把一条金属腿搭在长凳上,一只手放在膝盖上。他看起来就像一个为针织服装做模特的机器人。"听着,兄弟们。"他说道。

"我来告诉你们一些关于我们生活方式的事情。"房间后面有人抱怨起来,一个声音喃喃地说:"哦,见鬼,又来这套。"他没有理会他们。

"现在听好了。今天,我们要跟不列颠人作战。他们是格拉斯哥人的后裔——英国人中的一支。英国人就像昆虫一样——该死的昆虫,在他们喝茶或者买东西的时候,他们是排队的——努力让整个银河系都跟着他们那渎神的曲调前进。

"这颗异教徒的星球现在是我们的了,而且,只要再占领二十六颗星球,你们所服的兵役就能让你们获得选举现任统治者的部分投票权了。因为如果你不战斗,你就没有投票权。唔,是部分投票权。

"你们明白,男人需要战斗以变得圣洁。战争会让男孩成长为男人,就像它让我成长为一个男人一样。它会把软弱的男孩变成配得上古罗马的英勇战士。有人说我是个战争贩子。我说不!我是罗马人!我想要男孩!你们这些男孩!

"而且我也如愿得到了。你们是新伊甸共和国的战士。你们是世界上最优秀——别急着欢呼,我还没说完呢——最守纪律的战士。你们活着就是为了防止有人走上叛教的道路。你们就是斯巴达的勇士!我号召你们跟我一起堵住这条路!"

基列眨了眨眼睛,抑制住泪水:"向前冲,以大毁灭之神的名义屠杀这些瓮星人。当你们在战场上,子弹在周围嗡嗡作响,你们心中充满荣耀的时候,要永远记住:是约翰尼·基列把你们派过去的!杀了那些娘娘腔!我爱我的士兵!"

士兵们匆忙穿上防弹衣,武器充能的声音像蜜蜂的嗡嗡声一样在基列周围响起,他那像雕塑般紧绷的脸勉强露出了笑容。他的士兵们叫喊着,用金属腿跺着地板。"出发!"他喊道,"前后跟紧点!"

"出发!"一个队长朝着无线电喊道,"你们这群混蛋,赶紧上前线去!"

士兵们穿着战斗服咔嗒咔嗒穿过房间。他们欢呼着,叫喊着。十来个笨重的空骑兵在准备着他们的喷射器。

基列放声大哭,退到了大厅的另一头。真是世界上最好的士兵,他心想,世界上最好的士兵!喷射器的轰鸣声像海啸一般响彻整个大厅。没有不必要的枪声,也没有多余的碰撞,十来个全副武装的空骑兵冲上了天空。

一些斑点从城市中飞了出来,仿佛受到挤压的水果喷溅出来的果核,又仿佛爆炸的手榴弹迸射出来的碎片。卡尔薇丝注视着它们,想弄明白它们是什么东西。某种杀伤性武器被发射得太早了?一个斑点后面闪着亮光,另一个也一样,这让她意识到它们是喷射器。那些斑点逐渐成形,出现了四肢。它们看起来像是拼图碎片,现在又像是孩童的剪影。她这时才意识到它们是穿着盔甲的人,正在快速向他们逼近。

"有麻烦!"她对着无线电大喊。

"是伊甸人。"史密斯说道,他的声音利落而又冷静,"蕾哈娜,我们需要空中掩护。"

"好的。"她说完,便开始哼唱起来。

史密斯把步枪放在他前面的鞍上。龙的翅膀扇动得响亮而又稳定,就像一颗巨大的心脏在跳动。他举起步枪,瞄准一个距离较近的斑点,随着空骑兵的移动上下调节枪管。史密斯屏住了呼吸。往上一点,预判他的位置……

枪托重重地撞在他的肩膀上,子弹击中了飞行的空骑兵。那人在跳跃的过程中折了个向,一头栽向大地。城墙外的尘土中燃起一股火苗,标志着他的死亡。

"无敌战甲,嗯?"史密斯说道。

刚说完,一枚导弹画出一条弧线,击中了最近的龙。它像一个掉在地上的馅饼一样爆炸了。史密斯看在眼里,愤怒不已,因为龙是很美丽的生物,而他也知道那些邪教分子会像打猎的猿猴一样开心地号叫。空骑兵发射着炮火,白光从他们身边闪过。

在无线电上,卡尔薇丝说:"我们快到了吗?"

史密斯说:"很快。"

"他们……"一个空骑兵跳到了她前面。卡尔薇丝尖叫起来。伪装起来的盔甲和旋转的枪管占据了她的整个视野。她的龙张开嘴,一道白色的静电流从太阳龙的头上射到了空骑兵湿漉漉的作战服上,他因为短路而掉了下去。两枚导弹转向左边,击中了侧翼的一条龙。空骑兵向前跳跃,落在地上,又跳了起来,仿佛掉在有弹性的钢丝上一样。卡尔薇丝用一只手紧紧地握着那根触发电磁脉冲炸弹的细链子。

"我现在能拉链子了吗,头儿?"

史密斯看了看左边的蕾哈娜。她身上有出一种奇特的庄重,他想。她看起来就像布狄卡一样:笔直地坐在座位上,头发在身后飘动着,并不是特别干净……

一颗子弹从他脑袋旁边飞过。弹壳撞在龙鳞上,闪闪发光。在下面,"独角兽"分队已经快到城墙下面了。禁卫军从城里蜂拥而出。卡尔薇丝畏缩着。"就是现在!"他喊道,"发射,卡尔薇丝!"

她曾经拉过许多链子,但没有一次像现在这样令人舒心。

"独角兽"分队从侧翼冲了过来,从死亡风暴军团的侧面扎了进去——这是从莫洛克人的角度说的。坦克装甲被撞得变形了,金属碰撞在一起，发出刺耳的声音。枪炮和鱼叉发射着，车辆炸开。两支军队猛烈地撕扯在一起。

莫尔加用飞行器的主炮瞄准并发射，当鱼叉击穿了一辆噶斯特人的悬浮坦克时，他欢呼起来。金属链绷紧了，飞行器和悬浮坦克互相拉扯着。莫尔加按下控制装置，引擎把他们拉得更近了。他跳过甲板，拍了拍苏鲁克的肩膀："我想，该登机作战了！"

苏鲁克跳到栏杆上，双腿发力，然后轻轻地落在了敌人的战车上。他的哥哥跳上金属链，顺着链子跑了下来，肩膀上竖着一根高尔夫球杆。一个舱口打开了，一名禁卫军坦克指挥官把头探了出来。莫尔加挥动他的杆子，三号木杆与钢盔撞在一起——"砰"——坦克指挥官的头飞到了下面的茶田里。"让开！"莫尔加喊道。

苏鲁克跳到他哥哥旁边，举起一个燃烧瓶。"点火。"他说道。

莫尔加用烹饪焦糖布丁的火炬点燃了布条。苏鲁克把瓶子扔进了坦克，"砰"的一声关上了舱口，两个人迅速跑回飞行器。烟雾从坦克舱口倾泻而出。莫尔加拉下一根操纵杆，电磁场消失了，飞行器脱离了那辆遭殃的悬浮坦克。战斗在他们周围如火如荼。那噶斯特人的坦克栽到地上，冒出滚滚浓烟。他们加速飞走了。苏鲁克转向莫尔加，咯咯地笑了。

莫尔加深信不疑地说："我们要是打高尔夫球的话，你也是这种下场！"

看着他的士兵穿好装甲,基列笑了起来。不知道怎么回事,叛军居然能设法驱使太阳龙加入战斗。它们可是绝好的捕猎对象,尤其是用链枪。

"声音加强系统已上线。"他的金属身体告诉他。宽敞的房间里响起了他严厉的声音。

"起飞吧,我的兄弟们,起飞吧!"基列喊道,"等我说完,就像天启的天使一样起飞吧!穿上你们的特制战甲,跳到他们中间,让他们见识一下……"

那些人飞走了。

"见鬼!"基列说道。

外面有什么东西坠毁了。电脑上的灯像垂死的眼睛一样闪着闪着就灭了。在他周围,在突如其来的阴暗中,他听到成百上千个引擎停止运转的呜呜声。基列站在那里,被吓得一动不动,就像一段极富艺术性的无声的华彩乐章。

空骑兵们站在他周围,他们的战斗服已动弹不得。在那些面板后面,一双双惊恐万分的眼睛在左顾右盼,一张张嘴巴张得大大的,好像玻璃后面的金鱼一样呆滞。

基列想往后退一步,却发现自己做不到。是什么东西缠在了他腿上吗?他想低头看看,却发现他还是做不到。当他想起来自己的身体也是由金属制成时,恐惧像波浪向他袭来。他跟他的士兵们一样无助。

空骑兵们开始一个接一个地倒了下来。基列看着他们倒下:先是慢慢地摇晃,最后不可避免地摔倒,就像机械的保龄球瓶子。

他胸腔里的应急系统开始工作。他还能呼吸,但是他机械身体中的那些不太重要的零件正在停止工作。敌人很快就会来到这里。恐惧刺痛着他。

"膀胱控制系统已下线。"他的金属身体说道。

空骑兵从天上掉了下来。上一秒他们还在空中战斗,下一秒就像中毒的鸟儿一样掉了下来。在卡尔薇丝看来,他们仿佛被赶出了天堂。

他们的战甲很结实。有一些在接触地面的时候爆炸了,但大部分只是像雕塑一样躺在那里。脉冲武器奏效了:几百米内的所有电脑都瘫痪了。

史密斯指着城墙喊道:"着陆!"蕾哈娜点了点头,太阳龙群向城墙俯冲下去。在他们接近的时候,城市开始在视野中扩大,各种细节也逐渐显露出来。卡尔薇丝可以看到噶斯特人和伊甸人的堡垒、大海拉克斯的宫殿,以及从这些地方涌出来的人群。他们的战斗远未结束,事实上,真正的战斗即将开始。

462 在他城里的堡垒中看到一列火车从地平线上冲了过来,于是咆哮着下令摧毁它。他知道人类想要进入城市,并且预料到他们会试图撞开城门。

盔甲大师对着生物通信设备喊着。几辆坦克从战斗中脱离出来,开始用炮轰击火车。火车爆发出熊熊烈火,摧毁了两辆坦克;火车的残骸撞在了城门上,城门晃了晃,但是没有被炸开。"大蟾蜍"分队和"独角兽"分队被困在了平原上。

死亡风暴军团往后撤了撤,重新集结起来。莫洛克人的飞行器和不列颠太空帝国的坦克都进行了艰苦的战斗,地面上散落着双方的破损载具。但是死亡风暴军团已经习惯了顽强的敌人。禁卫军转了过来,准备冲向"大蟾蜍"。这将是悬浮坦克与民用车辆的对抗,生物钢铁与血肉之躯的对抗。茶农将会被消灭。

史密斯跳到了城墙上。蕾哈娜从龙背上滑了下来,落在他身边。他们又一起帮卡尔薇丝挣脱了她的脚镫。在他们身后,温暖的空气中充满了噪声:金属的碰撞声、枪炮的轰鸣声,以及裂解炮持续不断的发射声。"现在怎么办?"卡尔薇丝说道。

"我们得把城门打开。"史密斯回应道,"如果其他人进不了城的话,我们就完蛋了。"

"有钥匙吗?"卡尔薇丝说道。

史密斯顺着墙指了指。那城门有二十米高,而且几乎同样宽。加固的大门紧锁着。门前有许多路障,那是一堆堆被神皇帝定为违禁品的东西。每隔几秒钟,就会有一个脑袋从路障后面伸出来,像一只疯狂的猫鼬一样东张西望。

"现在怎么办?"卡尔薇丝问道。西边有什么东西发生了大爆炸,她缩了一下。

"我们必须拿下城门的控制装置。我敢打赌,它会在那个路障后面。"

卡尔薇丝说。"也许你可以把他们引开?如果他们都去追你了,我就能把门打开。"

"好计划。但是什么东西才能让他们有足够的理由离开自己的岗位呢?"

"一群焚烧女巫、憎恨异教徒的疯子?"她皱起了眉头。"我先跟蕾哈娜说几句话,然后我们再考虑。"

蕾哈娜像老西部片中的枪手一样,走到了街道中央。海拉克斯的手下正在道路前方三十码远的地方加固路障,他们把电视机堆了起来,就好像在用砖头建造堡垒一样。

"打扰一下?"蕾哈娜说道。

他们没有理她。他们教派的一个主要教义就是要厌恶女人,而且忽视一个女人要比用棍棒殴打她省事一些。

"打扰一下!"

一个睁大眼睛的年轻人用胳膊肘轻轻地碰了碰他的指挥官。那是一个白发苍苍的老疯子,他成天戴着两块告示牌,像三明治一样被夹在中间,上面用粉笔写着圣战教团当日的法令。他们俩说了几句话。"三明治"朝他的同事挥了挥手,又指了指蕾哈娜。路障动了起来,四十个狂热分子一个接一个地转过头来看着她。

"谢谢。"她喊道,"现在,我想跟你们大家讨论一些问题。"

史密斯在城墙上居高临下,举起步枪。这就是卡尔薇丝的计划?用蕾哈娜来吸引他们的注意力?他回头得跟她说几句狠话。史密斯在感情这方面虽然是新手,但是,纵容自己的飞行员用自己的女朋友当诱饵去吸引邪教分子的注意力似乎也有些过分。

蕾哈娜大声地清了清嗓子。"我反对你们法西斯主义的神权政治!"她喊道,"通过空洞的宣传来征服我的姐妹们是对妇女历史的侵犯,而所谓'神皇帝'的错误词源只不过是在支持一个以男权为中心的阴谋论!"

一个男人来到了"三明治"旁边,他背着一个袋子,扛着一个火箭发射器。他用订书钉把一张海拉克斯的巨大照片钉在了他的头皮上。"订书钉"看了蕾哈娜一会儿,他耸了耸肩,用手指敲了敲他的太阳穴。"疯子。"他说道。

史密斯暗自骂了一句。没用啊,圣战教团的人没有上钩。我就不该让蕾哈娜接近他们。现在她有危险了。该死,时间不多了……

卡尔薇丝把蕾哈娜推到一边。"还是让专家来吧。"她说道,"嘿,蠢货们!"她对海拉克斯的人喊道,"没错,就是你,头上戴着东西的那个!你是个废物,你的神皇帝成天就会拍蚂蚁人的马屁,你们让我感到厌恶!哦,如果这还不能让你生气的话,那么听听这个:言论自由和民主万岁!"她喊完,脱下自己的护胸甲,把T恤拉到脖子下面,跳了一小段舞。

史密斯一开始知道这是一场硬仗,但他从来没有预料到自己会以这样的方式被打败。一时间,所有人都目瞪口呆,谁也没有动。接着,一个声音尖叫起来:"看啊!魔鬼的隆起!"然后,所有的邪教分子从路障附近一起冲了出来。卡尔薇丝没怎么注意到——她正忙着扭动自己的腰肢,以更加充分地展示自己的"异端邪说"。蕾哈娜抓住了她的胳膊。"我们走!"她喊道,卡尔薇丝回到了现实之中,发现一群疯子正要冲过来杀她。

她们跑着。在混乱中,子弹呼啸而过。当卡尔薇丝和蕾哈娜经过城门的时候,史密斯瞄准了那个头上钉着照片的人。给她找掩护,卡尔薇丝,他想着。令他意外的是,那机器人似乎明白过来了。她和蕾哈娜互相拉着对方,跑到了一条小路上。

史密斯用十字瞄准线对准火箭发射器。好戏开始咯,他满意地想着，扣动扳机。

　　子弹击中了发射器，把它炸开了。爆炸引爆了"订书针"腰上的备用火箭，而正如史密斯所希望的那样，这又引爆了系在其他几名邪教分子身上的浓缩炸药。那一大群人在离城门十几米远的地方爆炸了。枪支、破布和邪教分子的残碎的肢体落在城门前面。

　　史密斯急忙从城墙上下来，在墙根发现了正在等他的卡尔薇丝和蕾哈娜。

　　"干得漂亮。"他说道，"你们两个都很勇敢。"

　　卡尔薇丝耸了耸肩"太经典了，不是吗？"她又戴上自己的护胸甲，"不过，这也证明了：如果你想把门打开，那还是用门把手吧！"

　　462正在研究城市的全息投影，整理作战报告。外面的一切似乎都很顺利：人类的攻击很凶猛，但是死亡风暴军团还能坚守阵地，阻止入侵者进入城门。在城里，海拉克斯已经下令杀死任何妨碍正事的人。462预计，这项命令可以阻止城里的居民轻举妄动，直到他们赢下战争。火车已经被摧毁了，没有它，攻击者就可以在野外被消灭。他笑着，喝了一口用仆从榨的汁。

　　门开了，一群伊甸士兵跑了进来，他们穿着盔甲，戴着防毒面罩，显得很笨重。最后一个人推着购物车，里面站着基列船长。

　　"这是什么情况？"462质问道，"马上从购物车里出来！"

　　"坏消息。"基列说道，"他们关掉了我们的系统。空骑兵出局了！"

　　"什么？出去了？出城吗？"

04 三军会师

"出局了！无法战斗了！他们在城墙上用了电磁脉冲炸弹。我们——我们只能停下来了！"

"我明白了。"462做了三次缓慢的深呼吸。他直起身来，基列的卫兵往后退了一步，面面相觑。462逼近了，他那张伤痕累累的脸上露出了可怕的笑容。

基列左顾右盼："听着……"

"不，你听着！"462伸出手，基列缩了一下，那噶斯特人坚硬的手指捏住了他的耳朵。"看看这个！"462转过身，拉着基列大步穿过房间，来到了对面墙边的一排显示器旁。购物车迂回前进，基列哀号着。

462用手指指着屏幕："你所谓的精锐部队已经失败了！告诉我，基列，你还有什么话想说？"

"我的耳朵真的很疼。"基列弱弱地说。

"安静！"462看着屏幕，"这是怎么回事？城门开了！"他靠在通信器上叫道，"他们进城了！快撤回城里来！"

他咆哮着转身离开基列，心想：好啊，你们想近距离战斗，那我们就近距离战斗。短兵相接，看谁更胜一筹。他环视了一下："你，工兵！把宣传设备里的电池取出来，接在这个蠢货身上。"

工兵执行了他的任务。基列发现自己又可以动了。

"派出你剩余的兵力。"462说道，"我们现在要充分动员起来。快去！"

"是，长官！"基列喊道，为自己可以重新动弹松了口气。他又快又狠地敬了个礼，结果他的金属手臂把他打得昏了过去。

温斯科特到达战场的时候，噶斯特人开始收缩兵力了。"大蟾蜍"分队畅通无阻地来到了城门口，跟"独角兽"分队会合。在城门里，人类和莫洛克人从众多载具上爬下来，他们握手，然后分散开来。士兵们冲进大楼，砸坏家具以表明自己的坚定立场，从一家跑到另一家。

"你们好。"少校走近史密斯和他的船员，对他们说道。温斯科特满身灰尘，兴高采烈，眼睛里闪着一丝狂躁的光芒："蚂蚁们躲起来了，是吧？"

"坦克撤回去了。"史密斯解释道，"似乎是去了西边。它们还会回来的。顺便说一句，攻占导弹防御网的任务完成得真漂亮！"

"谢谢。我们打得它们措手不及，吓得它们裤子都掉了。这很讽刺。"温斯科特补充道，"因为我经常会在抓捕敌人的时候脱掉裤子，这样能促进空气流动。"他注意到史密斯的表情，又接着说，"减少风的阻力什么的。打开城门的任务完成得很棒，史密斯。坚持下去，伙计。"他说着，转向蕾哈娜。"他是个好人。仅此而已——名副其实的正义煎蛋卷。记住这一点，小姐。"他用手指着蕾哈娜的胸口接着说，"没有多少女孩会跟一个煎蛋卷出门。"

史密斯伸手指着一边说道："看，温斯科特，是苏鲁克！"

苏鲁克、莫尔加和阿格煞德迈着大步从士兵中间穿过。他们走近之后，阿格煞德向他们深深地鞠了一躬。"勇士史密斯和温斯科特。"他说道，"美丽的姑娘蕾哈娜，还算美丽的姑娘卡尔薇丝。

我向你们致敬。"

"欢迎回来!"温斯科特说道,"好了,各位,我们第一阶段和第二阶段的进攻似乎还进行得挺顺利。现在,我们需要完成第三阶段的进攻,之后我们就可以躺下休息了。但是我要警告你们,这个过程会很艰难。"

"我想那句话应该是'人终有一死'。"苏鲁克说着,露出一个可怕的笑容。

"我们出发吧!"史密斯说道,"要跟我一起吗,卡尔薇丝?"

她意识到自己没有办法逃脱,于是点了点头。生命的游泳池再一次被命运这失禁的婴孩玷污了。

苏姗在吉普车上喊道:"大家都准备好了吗?"士兵们装上武器,车辆隆隆作响,尘土飞扬,靴子踩在地上,一阵震慑人心、意志坚定的低吼传遍他们每一个人。这将是这场战役的精神食粮。

史密斯看着蕾哈娜。"我觉得你应该待在这里。"他说道。

"我能应付过来。"她回答道。

"我不是那个意思。你应该留下来跟太阳龙交流。我们仍然需要它们。"他拍了拍她的肩膀,"你有着不可思议的力量,蕾哈娜,就像摩根勒菲或者玛丽·波平斯一样[①]。另外,我不能让你参加战斗。我不想把你置于尴尬的境地,或者让你违背你的原则。"

"只要别在公共场合秀恩爱就行。"卡尔薇丝喃喃地说。史

[①] "摩根勒菲"是亚瑟王传奇中的女巫;"玛丽·波平斯"是儿童文学中虚构的人物。

密斯没有理会她。她显然是为即将到来的生死决战闷闷不乐。

蕾哈娜笑了:"有礼了,伊桑巴德。祝你平安。"

他把步枪架在肩膀上:"我会的。跟我来,卡尔薇丝!向胜利前进!"

05
前进！

  从那一刻起，卡尔薇丝对战争的记忆变得模糊不清了。他们冲到街上，在房屋之间躲闪，一大群人匆匆走过。她从一个掩体跑到另一个掩体，不停地回头看后面的情况，不停地蹲下身子。在某个时候，有人给了她一把等离子枪，然后就消失了，所以她把枪像行李一样拖在身后。她能够闻到尘土和燃烧的气味，空气中充满了枪声、爆炸声、子弹的噼啪声和机器的吱呀声。

  有几件事情特别引人注目：街上疾速驶来一辆车，向他们传达了一个来自 W 的消息——城市北边的人民已经起义了；苏鲁克和莫尔加看到一个伊甸枪手站在三楼的窗户前，便跟其他人分开了，他们蹑手蹑脚地溜了进去，想把那个人从窗子里扔出来；她的视野边缘有一个士兵被某种噶斯特人的重型武器击中之后，变成了红色的烟雾。卡尔薇丝惊讶地眨着眼睛，差点被几发裂解炮的炮弹击中，史密斯不得不把她拖在身后。

他们钻进了一条狭窄的街道,突然间,一切都安静得像星期天下午一样。卡尔薇丝有些期待能看到机器人管家从房子里走出来,并开始擦洗前面的台阶。远处不知道发生了什么事,传来巨大的响声。可能是建筑施工?

"坐吧!"史密斯对她说,"你看起来需要休息。"

"好的,头儿。"她麻木地说道。

"我马上就回来。"他说着,在她的袖子上拍了拍,然后慢跑着返回战场。

卡尔薇丝坐在门廊上,试图恢复几分镇定。她摘下她那尺寸过大的头盔,隐约想吐在里面,然后想:考虑到自己的运气,以后还会需要它的。如果在战斗中死亡还不够糟糕的话,那么戴着一顶满是呕吐物的头盔在战斗中死亡则可能更加糟糕。

温斯科特从对面的房子里出现了,他胳膊下面夹着一盒饼干,手里拿着一本卷起来的杂志。"你好啊,小姑娘。"他说道。

"你好。"卡尔薇丝觉得自己仿佛是这样回答的。

温斯科特伸出那盒饼干:"想喝点浓茶吗?"

卡尔薇丝说道:"还有更烈的东西吗?"

"呃,奶油饼干?"温斯科特晃了晃盒子。她挥了挥手,拒绝了,这让她自己都感觉惊讶。

温斯科特低头看着她,带着令人意外的同情:"第一次战斗,是吧?没体会到什么乐趣?"

她点了点头。

"好吧,这倒可以理解。"他耸了耸肩,"战争不是什么好事。

我刚才用一本《汽车》杂志杀了一个噶斯特人!"他伸出杂志,继续说道,"弹药打光了。凡事都有第一次嘛!话虽如此,我曾经用一期《实用旅行车手册》让一个人失去了知觉。我让他读那本书,从头读到尾!哈哈!"

温斯科特钻进了房子里,考虑了一下之后,又出来靠在了门框上:"哦,你能不能借给我一些弹药?"

"拿吧!"她说道,"你最好连那把该死的枪也一起带走。"

"你真是个好人。"温斯科特说着,接过她的斯坦福连射枪,"好了,我不能一直待在这里。祝你好运!"

他冲进了房子里,胳膊下面还夹着那盒饼干,把那本杂志留给了她。它的封面上是一辆行驶在乡间的汽车,那地方离她有数百万千米远。她站了起来,拾起那把等离子枪。那枪让她想起了装法国圆号的盒子。

小巷里突然有了动静。她的手颤抖着伸向左轮手枪,这时她看到那是史密斯。"卡尔薇丝!快把等离子枪拿过来!"

她弯下腰,试图打开箱子上的钩锁。史密斯跑过来帮她的忙,结果两个人绕着等离子枪拉扯起来。枪随着箱子在街上来回滚动,他们疯狂地在上面摸索着。他们手忙脚乱的,仿佛在试图按住一个愤怒的侏儒。一个钩锁打开了,他们高兴地松了口气,拿到了里面的武器。

盒盖里面印着:"雷顿-胁差公司——等离子武器、步兵装备、反坦克装备。"史密斯把枪扛在肩上。卡尔薇丝从盒子里拿出了说明书。

史密斯转过身来看着她。"怎么操作？"他问道。

卡尔薇丝这才意识到他们两个人都不知道该如何操作这个东西。在轻武器开火的声音之外，又出现了一种新的声音：那是悬浮坦克的轰鸣声。"'请装载炮弹 A，'"她读道，"'将等离子炮弹 A 与主管道 D 连接，按照图 6 给 C 和 B 重新布线。把撞针安到地上。'什么意思？"

史密斯思考了一下。"把撞针按到底！"他喊道。

卡尔薇丝找到了等离子炮弹——盒子里一共有三个——把它激活。史密斯弯下腰，好让她把炮弹塞进管道里。"进不去啊！"她喊道。炮弹令人担忧地冒起烟来。

史密斯把炮弹转了个方向："再试试。"

炮弹卡进了合适的位置。"把其他炮弹也拿过来，卡尔薇丝。"他说道。

小巷通向一条宽阔的道路。一辆噶斯特人的悬浮坦克滑了过来，像一条恶毒的眼镜蛇一样闪着油光。

它的形状像一个巨大的蒸汽熨斗，只是把手柄换成了炮塔。坦克下面的空气晃动着，在它接近的时候，发出一阵低沉的嗡嗡声，这让卡尔薇丝咬紧了牙关。

大家都去哪儿了？路上空无一人，其他人肯定是跑到前面去了。卡尔薇丝左顾右盼，越来越绝望。坦克正在转向，画在前面的骷髅头开始朝她微笑起来，转眼之间，炮塔要对准他们了——

"开火！"她喊道，"快开火！"

史密斯按动了发射键。等离子炮弹笔直地从坦克一侧插了进去，将其撕裂。卡尔薇丝感觉到一股力量像巨大的鞋子踢在了她的背后一样袭来，转眼之间，她脸朝下趴在了几米开外的泥土中。热浪在空气中嘶嘶作响。坦克装甲的碎片从地上凸出来，好像畸形、反常的植物一般。

坦克变成了一堆残骸。粉红色的液体从一个洞里流了出来，那里似乎是它的引擎。

史密斯趴在地上。卡尔薇丝跑到他身边，摸了摸他的脉搏，看到鲜血从他头皮上的一道伤口里流了出来。他昏迷不醒，但是还活着。

刚才的爆炸把史密斯的夹克烧黑了，他口袋里的东西也散落一地。他的步枪和"开化者"手枪躺在离他不远的地方。卡尔薇丝忍不住抱怨："真见鬼。"这时，从后面传来一声金属的吱吱声，她转过身，看到那破损的坦克上的一个舱门打开了。

一个丑陋的东西戴着护目镜从里面爬了出来。她想都没想，从身侧拔出左轮手枪，把六发子弹全都射向那东西。她感到很恶心，忍不住发出了用拖鞋跟打蜘蛛时会发出的声音。那噶斯特人从舱口掉了出来，扑通一声倒在地上。他发出咔嗒咔嗒的声音，翻了个身，然后死了。

"哈！"卡尔薇丝说道，突然感觉非常自豪，"哈！现在没那么厉害了吧？哈哈！"她走到那噶斯特人跟前，用靴子踢了踢他，这个时候，一个长长的影子落在她身上。

卡尔薇丝转了过来。"哦,该死。"她说道。

那是她所见过的体型最大的噶斯特人。那东西绝对超过了两米。徽章在它的翻领上闪闪发光,那飘动的外套让她想起了德古拉的斗篷。他从主炮塔里爬了出来,把残骸推到一边。那张伤痕累累的脸露出扭曲的笑容。"伊桑巴德·史密斯。"他低声说道。

史密斯没有动。

那怪物从坦克残骸里走了出来,低头看着史密斯。"你消灭了我的坦克,史密斯船长。"他说道,"现在我要消灭你。"

卡尔薇丝挡在了前面,她举起手枪,扣动扳机。咔嗒。

盔甲大师转向她。"你这个小矮人。"他尖声说道,"让开。"

卡尔薇丝站在那里,又害怕又愤怒,浑身发抖。她无法移动,但是也无法反击。盔甲大师又向前迈了一步。他闻起来就像一个死在皮沙发后面的东西。

"你没听见吗,小家伙?"那怪兽指着史密斯笑了起来,"就好像现在有人能阻止我一样。"

卡尔薇丝的头盔滑到了一边,她不太确定他在说什么。她解开了那个令人讨厌的头盔,把它丢在了路上。

但是看啊!她自己染的金发也垂了下来,她孤零零地站在噶斯特人面前,怒不可遏。

"你听好了,"她喊道,"伊桑巴德·史密斯可不是一个人!不对——不是一个普通人!我是个女孩。"她接着说道,"呃……"

那禁卫队员猛击了她一下。她飞出去,倒在了路面上。

"啊！"他露出牙齿，说道。卡尔薇丝抓起史密斯的折刀，随便打开一个刀刃，插在了那怪物的背上。

那禁卫队员尖叫起来。他伸手去抓那个插在他脊椎骨里的、原本是用来清洁马蹄的工具。卡尔薇丝在他的腹器上又踢了一脚。

盔甲大师猛地转身。卡尔薇丝飞快地跑开了。她的手里握着一根弯曲的棒子，不知道是悬浮坦克上的什么零件。那噶斯特人跟跟跄跄地走到一边，卡尔薇丝抓住他皮外套的一角，用棒子痛打他的屁股，就像一个墨西哥小孩在打糖果彩罐一样。

盔甲大师跌跌撞撞地横穿过马路，尖叫着，挣扎着。他用尽全力抖了抖身体，把外套抖掉了，卡尔薇丝也跟着一起掉了下来。她摔倒在地上，翻身站了起来。抬头一看，他正站在她身边，手里拿着一支手枪。

"够了！"他咆哮着，朝她开了枪。

卡尔薇丝向后倒了下去。盔甲大师心满意足地收起枪。它朝她迈了一步，对她做了个鬼脸，然后开始揉他那颤抖的腹器。"啊，真是有点疼啊！"

随着一声雷鸣，阳光从背后穿透了它的身体。又是一声雷鸣，他的半个脑袋不见了。他颤抖着倒在一边。

卡尔薇丝差不多刚好能够看到。一个男人站在她旁边，他在防弹衣外面穿着一件风衣，手里拿着一把巨大的手枪。是瑞克·德莱基特。

太典型了，卡尔薇丝想。在我终于遇到一个不错的男人的时候，我却受到了严重的枪伤。事情不一直都是这个样子吗？

"妹妹，"德莱基特说道，"你受伤了。"他单膝跪地，扭转身子喊道："嗨，医生！坚持一下，小姐。救护车一来，你就会没事了。"

卡尔薇丝很是怀疑。

史密斯被噶斯特人的扬声器吵醒了。"……绝望！我们将无情地镇压一切反对势力！你没有逃脱的希望！你唯一幸存下来的希望就是彻底投……"

那声音变成了一阵叽里咕噜的尖叫，然后就消失了。史密斯坐了起来。他身后是一辆外星坦克的残骸，还在冒着热气。它的驾驶员躺在一旁。在他右边有一个巨大的禁卫队员的尸体，旁边是他的皮外套。他认出那是一个军官，然后站了起来。

一个熟悉的身影站在附近：苏姗，来自深空行动小组的射线枪手。她朝他点了点头，走了过来。"你的伤口很严重，伙计。看起来不是特别深。不过最好还是处理一下。"

"发生了什么事？"

苏姗耸了耸肩："嗯，你的莫洛克朋友们跑去跟蚂蚁们作战了；你从一个愚蠢的距离上射穿了一辆坦克，它把你撞到了；在一个噶斯特人头子准备朝你开枪的时候，你的飞行员把他打得屁股开花，救了你的命；敌人正在撤退。哦……差不多就是这个样子。"

"救了我的命？"他咕哝道，"打噶斯特人头子？我昏迷了多久？"

她挠了挠头:"五分钟。"

"卡尔薇丝在哪儿?"

"你的飞行员吗?她受伤了。放松点,伙计——她跟医生在一起呢!她会没事的。"

"好吧!"史密斯弯腰捡起了他的步枪,"好了,我还是给自己找点事做吧!"他龇牙咧嘴地沿着街道慢慢走着,转过街角,朝噶斯特人的防线走去。

在史密斯拐过街角的时候,一件皮外套拍打着消失在路的尽头,然后是一个晃动的车尾。禁卫军在撤退。周围躺着几具尸体:有噶斯特人,有人类,有"猎蚁",还有一个噶斯特人半挂在楼上的窗户外面。

沿街有一些广告牌,上面是海拉克斯的政治宣传,兴高采烈的茶农们正在把它们拉下来。在其中一个广告牌上,海拉克斯透过他的胡子露出微笑,竖着大拇指,上面写着:"打你的老婆吧——她可能是个异端分子。"战士们虽然算不上在跳舞,但是也差不多。

一个人影跌跌撞撞地走出一间办公室,来到了史密斯的右边。他猛地转身,举枪一看,原来是苏鲁克。这位勇士严重受伤,身上沾满了灰泥。他的臂弯里躺着另一个莫洛克人,史密斯一眼就认了出来:只有莫尔加才会穿这么难看的高尔夫套头毛衣。

"真见鬼。"苏姗站在史密斯的一旁说道,"这是你的同伴,对吧?他正抱着他的一个保镖呢!"

"他不是保镖。"苏鲁克怒吼道,"他是我的哥哥。"他弯下腰,把莫尔加放在地上。史密斯看到那建筑师的胸口有四五个洞。莫尔加流了很多血。真是可怕，史密斯想。在这种情况下，能称得上是好事的，就是莫尔加的那件难看的毛衣被毁了。

"我要死了。"莫尔加说道。

"不会的，哥哥。"苏鲁克回应道。他抬头看了一眼。有那么一会儿，他看上去几乎有些歉意。"基列的那些蠢货伏击了我们。我躲开了他们的射击，但是莫尔加的动作没那么快。在我把那些懦夫全部杀光之前，他们朝他开了好几枪。"

"原谅我。"莫尔加虚弱地说道，"是我变弱了，苏鲁克。我已经吃完了我的最后一块点心，打完了我的最后一次桥牌。我是一个建筑师，不是一个战士。"他勉强地露出一丝微笑，"我担心我再也回不到画板上工作了。"

"不。"苏鲁克回答道，"你一直都是个战士。你只是休了一个职业长假。我猜这在现在的职场里很常见。"

"真的？"

"当然。"苏鲁克说道。他在背后交叉手指以祈求好运。"我用我的荣誉发誓。"

"那我就要活下来！"莫尔加喘着气说道，"我又是部落里的战士了！有人看到我的眼镜了吗？"

苏鲁克站了起来。"守护一下我的哥哥。"他说道，"找些医生来治疗他的伤口！"

其他人也纷纷来到了他们周围。史密斯看了看广场对面，看着那辆被他消灭的坦克和旁边的噶斯特人尸体。他为自己和他的朋友们感到骄傲。然后他想到了莫尔加和卡尔薇丝，又为自己的骄傲感到内疚。他看了看躺在地上的盔甲大师,骄傲又恢复了几分。他那许多胳膊保证了他将来会成为一个很好的帽架。

温斯科特站在他身后对他的部下喊道:"大家,保证城市的安全!守护城墙——那是什么?"

史密斯回过头来。地面在颤动,虽然幅度很小,但足以引起人们的注意。灰尘在他的靴子周围飞扬。他瞥了苏鲁克一眼,苏鲁克严肃地点了一下头。

"见鬼。"温斯科特说道。一个巨大的东西从噶斯特人大院里升了起来。它像提线木偶一样猛地跳动着,嗡嗡作响,像一个巨大的绞刑架一样赫然出现在房屋上空。它的驾驶舱是椭圆形的,上面的金属闪闪发光。它喷出绿色的烟雾,下面有十来根摇摆着的金属触手,它们像海藻一样弯曲着、伸展着。巨大的腿伸展开来。驾驶舱的中央有一扇窗户,窗户后面是某种气体,还有一张恐怖的脸露出微笑凝视着战场。

他们呆呆地看着它在地平线上展开。有那么一会儿,它俯视着他们,他们仰望着它。接着,侧翼的舱门突然打开,随着一声可怕的号叫,它朝他们迈了一步。

"是火星人的行走器!"史密斯喊道,"大家快找掩护!蹲下!"

"咔嚓"——炸弹从它上面飞了出来,慢慢地在空中画出弧线,坠落在城市之中。黑色的烟雾升了起来。人类、莫洛克人和噶斯特人都开始逃跑,那些被烟呛住的人剧烈地咳嗽着倒地身亡。

"那是火星佬的战争机器!"有人喊道,"我们被困住了!"

温斯科特平静而严肃。"那我们就得像斯巴达的勇士那样慷慨赴死,伙计们。"他说着,把手伸向他的皮带扣,"脱……"

"等等。"史密斯把手放在少校的胳膊上,"我们不需要脱掉裤子来向它证明我们是男人。把它交给我吧!"

温斯科特停顿了一下,很明显,他是在权衡哪一个的吸引力更大——是打倒这个火星人,还是脱掉自己的衣服。"哦。"他说道,"那好吧!你有什么计划?"

"我也许能从侧翼包抄它,但我需要你来吸引它的注意力。"

"乐意效劳!"温斯科特再一次把手伸向皮带扣。

"最好还是用枪吧!"史密斯转向苏鲁克,"我们俩要不要争一下这个机会?"

苏鲁克点了点头,然后伸出一个拳头。史密斯也一样。他们手在空中晃了三次,然后又伸了出来。

"石头。"史密斯说道。

"剪刀。"苏鲁克说道,"石头赢了剪刀。这个机会归你了。祝你狩猎愉快,朋友。"

战争机器在城市里大步走着,发出巨大的吼叫声。毒气弹从它的侧翼飞出来;它的触手砸坏房屋,掀翻汽车;它的干燥光线把水泥和人都变成了尘埃。

史密斯穿过后面的小巷。那行走器的噪声像远洋客轮一样,盖过了他的靴子踩在鹅卵石上的声音和他急促的呼吸声。

他来到了伊斯特帝国公司的仓库,跑了进去。里面光线阴暗,空无一人。大理石在脚下发出咔嗒咔嗒的声音。噪声越来越频繁,也越来越近。

他跨上台阶。一楼有茶室,还有一些用来进行测试的密闭房间。二楼全是些储存茶叶的大缸。三楼是屋顶。

他冲进阳光和枪火的轰鸣声之中。

史密斯跑到了屋顶边缘。行走器像蹚过池塘一样穿过城市。等离子炮弹在它的主体周围闪闪发光。某种光环在它周围跳动,驱散了炮弹。该死的力场。他的步枪将毫无用处。

你究竟应该如何阻挡这种东西?它唯一的弱点应该是驾驶员,但是它在驾驶舱里很安全。开动脑筋,他对自己说。火星人是可怕的软体动物,靠血液生存,免疫系统非常脆弱。有那么一会儿,他在考虑往枪管的一端擤些鼻涕,但是那个驾驶员几乎肯定能对人体细菌免疫。也许可以用茶给它下毒——但是他该如何让那个机器喝茶呢?

此外,那个站在行走器的顶端、幸灾乐祸地笑着朝下面的城市挥舞着拳头的小身影又是什么?肯定是某个噶斯特人,但有一只金属眼睛的噶斯特人……

在行走器撞倒了一座瓮星的城市建筑时,462哈哈大笑。一股恶臭升了起来,那机器的通风口"砰"的一声关上了,以阻挡危险的微生物。它停了下来,抬起一条巨大的腿,看了看脚底,然后发出一种愤怒的金属声。它刚刚踩进了污水管道里。

462不再笑了,他朝自己的风衣里咳了咳。行走器在一个酒吧的废墟上把脚蹭干净,接着跟跟跄跄地往前走,枪炮打在主体周围的力场上，噼啪作响。462咯咯地笑着，在机器顶端捶了一下。"左转！去孤儿院！"

有什么东西在一座建筑上闪闪发光。那里有一个弱小的人类，就在屋顶写着"茶"的地方。462不知道他是否应该爬进行走器，这样他就能受到力场的保护。最后还是决定不去了，因为即使是不列颠人也不会愚蠢到试图和这么强大的战争机器作战的地步。他所知道的人里只有一个会做出这种尝试，而现在，那个人也应该被盔甲大师处理掉。当那个身影举起步枪的时候，他眯起眼睛看了一眼，突然之间，他意识到盔甲大师已经死了。

"阿卡，伐卡！"他说道。

子弹击中了462的腿，把他从行走器上打了下来。他从视线中消失了。史密斯笑了——那行走器转向他。

干燥光线在屋顶上画出一道灼热的线。史密斯跑到门口，冲下楼梯，听到碎石在他的身后掉落。

他气喘吁吁地跑到了二楼。战争机器的噪声再次响了起来。在他的想象之中，它是一个巨大的银色物体，就像长着腿的水壶。没错，他想，几乎就是一个行走的大茶壶。

办公室的另一边有一个品尝用的大茶壶。史密斯把它打开，抓起一把茶包放了进去。他需要喝点茶来思考出可行的计划。

随着一声震耳欲聋的巨响，行走器在建筑物的正面撕开一个口子。它的驾驶舱降了下来，上面的观察窗正对着墙上的口子，仿佛有一架直升机悬浮在外面。泛光灯把史密斯的影子投射到大茶壶上。玻璃后面的飞行员咧嘴笑着，口水流了下来。

触手扭动着伸进了房间。每一只触手的末端都有一根空心的刺，那是用来吸收血液的注射器。

一个注射器像蛇一样迅速地刺了过来，史密斯扑倒在地上，它插进了大茶壶里，发出可怕的吮吸声。他拔出"开化者"，用双手举了起来，朝行走器的通风口开了一枪。

热茶喷在驾驶舱里。茶的热气从通风口冲了进去。那火星人以为是史密斯的血，于是吸了一口，结果喝了一嘴伯爵茶。驾驶员吐了一口，它愤怒地翻腾着，用触手拍打着玻璃。而突然之间，它开始颤抖起来，接着没了动静，慢慢地趴在了控制台上，它的金属臂也扑通一声垂在了地板上。

"哎呀。"史密斯说道。

他摇摇晃晃地走到外面，来到了欢呼的人群之中。温斯科特在那台战争机器前面手舞足蹈。"去死吧，肮脏的家伙！这招怎么样？嗯？"

"我觉得你应该把裤子穿回去。"史密斯说完便晕了过去。

温斯科特低头看着他。"不可思议。"他说道，"不穿裤子把人吓晕的感觉还真好。"

06
与神皇帝的决斗!

卡尔薇丝躺在她的床上,眼睛紧闭着。"我要死了。"她说,"这也太糟糕了。"

德莱基特站在床边。她的舱室里没有多少空间,而他块头似乎又太大了,显得有些拥挤。"你不会死的。"德莱基特说道,"你会挺过去的。"

"我感觉自己就像一只陆龟,在烈日之下被人翻了个底朝天。"她喘着气说道。

"陆龟?"

"就是乌龟嘛,差不多啦!这不公平!"卡尔薇丝喊道,"我第一次战斗就变成了这个样子!我还没满两周岁呢,现在就要死了!"她哭了起来,"你知道吗?我还从来没有见过什么令人匪夷所思的事情呢!更没见过着火的攻击舰,什么都没有。真是见鬼,我被制造出来,只经历过几次宿醉,还没有跟人上过床呢,然后我就要死了。现在,所有这些时刻都将变成不可能。我不想就这么死了,我还没有经历过人生,而且我的腿太粗了。"

"你不会上天堂的。"德莱基特坚定地说道,"你只是小睡了一会儿,妹妹。"

她睁开眼睛。"我要去一个更美好的地方。"她低声说道,"一个有绿色的田野、小马,甚至还有很多奇异的独角兽的地方。"

温斯科特将头靠在门上。"你好。"他说着,走进了房间,"听说你遇到了麻烦。我不能对此置若罔闻。那么,病人在哪儿?"

"她躺在这儿呢!"德莱基特说着,闪到了一边。

温斯科特睿智地点了点头。"波莉,是吧?"他靠了过去,"波莉,你能听到我说话吗,波莉?"

"能。"她小声说道。

"很好。我希望你把眼睛睁开,波莉。你能做到吗?"

"我觉得我不……"

"试试,波莉。"

她慢慢地睁开了眼睛。

"很好。"温斯科特说道,"现在,听着,你会挺过去的,波莉。你会好起来的,你不会死的,你知道为什么吗?"

"不知道。"她虚弱地说道。

"因为我这么说了!想在我的眼皮子底下死?你想得倒挺美!现在赶紧起来,不然我就依军法审判你浪费时间,你这个懒鬼!好了。"他说道,"这样应该差不多了。"说完,他便离开了房间。

"疯子。"德莱基特说道,他对这种安慰的方法感觉很失望。

门又开了,温斯科特朝房间里看了看。"我听到你说的话了。"然后关上门走了。

"哦,好吧!"卡尔薇丝叹了口气,"我想我最好还是活着吧!我可不想上军事法庭。"她眨了眨眼睛,"我猜你不会给我检查伤口,对吧?"

第二天大家在宫殿里碰面了。在大会堂里,也就是之前瓮星参议院的所在地,有四百多名市民聚集在一起互相交谈着。这些人中有一些身上穿着盔甲,手里拿着武器,其他人则穿着他们的工作服。他们全都是茶农,瓮星的公民。

墙的顶端挂着一面不列颠太空帝国的旗帜,上面布满了尘土。阳光透过玻璃穹顶倾泻进来,在旗帜上投射出一道道光斑。一小群莫洛克人在跟一名当地的记者聊天。机器人管家在人群中穿行,端茶倒水。海拉克斯的照片被撤了下来,并且烧毁了。那些被砍下来的头颅被体面地埋葬了。那些宣传用的海报在被撕碎之后,扔进了废物箱里。

大理石地板上有一道长长的裂缝,远处的墙上有一些弹孔。没有人试图处理这些东西,将来也不会。正是在这里,海拉克斯的狂热粉丝被一群愤怒的公民驱散了:民主在行动。

史密斯进来的时候,听到了一部分谈话内容。"已经开始收拾了。"一个士兵说道,"一旦噶斯特工兵完成了城市里的清洁工作,我们就会让他们帮忙采茶。他们非常乐意参加劳动。——他们本来以为自己会因为投降而被榨成汁什么的。"

一个戴着礼帽的结实男人点了点头:"这会是一项很困难的工作,但是没有什么是不列颠的工人应付不了的。一旦投票选出了新的参议院,就得把他们纳入行会。"

"……我只是抓着他的外套后面,开始猛敲那个又大又圆的东西——哦,你好啊,头儿。"

"你好,卡尔薇丝,又活蹦乱跳起来了?"

她点了点头,把衬衫拉了起来。她的腹部缠着绷带:"我准备死的时候被人骂了一顿。"

"我之前去看过你,但是你在睡觉。"史密斯说道,"你在战斗中有很多精彩的表现。"

史密斯看到蕾哈娜靠在对面的墙上。她挥了挥手。"苏鲁克在哪儿?"史密斯用口型比画道。蕾哈娜指了指。那位勇士躲在阴影之中,脚边放着一个运动包。史密斯尽量不去想里面装的是什么。

房间远端的门开了。温斯科特走了进来,W跟在他后面。"好了,别胡闹了。"一个声音说道。紧接着,走出一群伊甸人的船长,几个疲惫不堪、满身灰尘的禁卫队员,还有大海拉克斯。

这群人看起来很憔悴。伊甸人看上去很困惑、很受伤,好几个人的眼睛是红的,可能是哭出来的。他们看起来如此愁眉苦脸,史密斯几乎有点可怜他们。在他们后面,禁卫队员发出嘶嘶声和咆哮声,还穿着皮外套的他们又急又气,却没有发泄的途径。他们进来的时候,卡尔薇丝弯下腰,用他们的骷髅旗表演了一段侮辱性的哑剧。

但是真正的大奖在最后面。当瓮星的神皇帝出现的时候,男人和女人们握紧拳头,咬牙切齿。房间里出现了一阵恶毒的咒骂声。

"叛徒!""杀人犯!""大胡子混蛋!"

海拉克斯穿着一件白色的长袍,他的胡须比平日里更加狂野。他的眼睛里有一种疯狂的、走投无路的情绪,这出现在一个用某种野生豚鼠做名字的人身上并不奇怪。

"叛教者!"他朝人群喊道。他突然冲了出去,想逃跑,但是温斯科特抓住了他的衣领。

"我们不要这样,老东西。"温斯科特说道。

当有人把音响拉到了大厅里,播放《耶路撒冷》的时候,所有的人都站着致敬。音乐停了,W走上前去,用手捂着嘴咳了几声。

"大家好。"他说道,"很高兴你们能来到这里。"

他那憔悴的长脑袋像上了发条一样,从左边转到右边。面对下面的观众,他的嘴巴在小胡子下面挤出一个笑容,与他脸上的皱纹搏斗着。

W说道:"今天,我们在这里接受侵略军的投降。整个瓮星将重获自由,参议院也将重新掌权。瓮星将再一次成为不列颠太空舰队保护下的自由星球。"他的笑更自在了一些,仿佛为发现这个动作不会对他造成伤害而感到满意。

"这还只是个开始,公民们!今天,我们烧开了一壶茶,它的蒸汽能让整个银河系都看到。茶叶必须源源不断地产出,它也将会如此!不列颠太空帝国的旗帜将会由瓮星的公民扛着,在成百上千个星球上飘扬,在他们面前,茶叶将会像一条棕色的河流一样……"

他剧烈地咳了咳,"泛着崇高品德的光芒,源远流长。"

大厅的一边突然有了动静,海拉克斯挣脱了看守,转过身来,从一个士兵那里夺来一把剑。他跳到了房间中央,挥舞着剑,用肮脏的手指指着 W。"杀了这个人!"他喊道,"杀了他!"

没有人移动,甚至那些伊甸俘虏看起来都不想听从他的命令。

"你的能力在这里没有用。"W 说道,"一直都没有用。"

这位神王先知咆哮着,挥动着剑:"我诅咒你下十八层地狱!好了,你们这些懦夫中谁敢跟我一战?嗯?一对一,我的剑对你的剑!我的上帝——我——对你们这些堕落的人!谁想跟我对阵?是你这个哮喘的病秧子,是你这个矮胖的金发荡妇,还是你这个叫史密斯的人?"这个疯子眯起了眼睛,"没错,你。我听说你是个很好的战士。你要来面对我吗,异教头子?"

"当然不要。"史密斯说道,"我是个文明人。"

"而我则恰恰相反,是一个疯狂的野蛮人。"人们闻声回过头来,看到苏鲁克张开下颌,走上前去。"我们来办正事吧,大胡子。"

"等一下。"神皇帝停了下来,"没有人跟我说过这个——这个——你是个什么怪物,魔鬼杂种?"

"我是杀戮者苏鲁克!"苏鲁克鞠了个躬,"我在战场上不会惧怕任何敌人,因为我是一个勇敢的战士。如果你真的这么想殉道,蠢货,就让我来帮你吧!"

海拉克斯往后退了一步。他的靴子在大理石地板上摩擦着。

苏鲁克安静而又冷静地向前走去:"或者你想找个小一点的人来杀?某个可以让你攻其不备的路人,还是某个可以让你拳打脚踢的小女人？你是不是害怕面对一个会反击的敌人？我想是的。你才是个懦夫，你这个臭气熏天的人。现在，就像不列颠人说的那样，如果你觉得自己够硬气的话，就过来试试吧！"

神王先知的眼睛里燃烧着怒火："为什么？你这个该死的地狱蝎子，在第九只山羊的火湖里燃烧的四角蝰蛇……"

"啊！"苏鲁克说着，轻轻地敲了敲他的手表。

"以仁慈博爱的上帝之名，我要把你活剥了！"海拉克斯冲上前去，苏鲁克闪到一边，剑砍在了他旁边的空气中。在一道钢铁和鲜血的闪光中，神皇帝倒地而死。他四肢伸开躺在地板上，那一大块白袍好像一个没有活力的鬼魂。苏鲁克擦了擦他的刀，把它收了起来。有人在尸体上盖了一张毯子。人群中传来窃窃私语。

"总算解脱了！"一个女人喊道。

"他死了！"卡尔薇丝喊着，"耶！"

史密斯看了看躺在地上的尸体，又朝右边瞥了一眼，看了看瓮星的公民们，以及夹在其中的他的船员。史密斯想：我们可算不上狂热。狂热分子一定会大喊大叫。我们只是去完成工作，不管它是什么。

W继续他的演讲。

"下周将举行瓮星的临时参赞的选举。与此同时，茶托女巫奥瓦尔热切地表示自己将帮助让一切回到正轨。第一个任务将是让茶叶流通到帝国的其他地方。然后，有了茶叶做动力，我们就可以跟噶斯特人作战，让太空恢复秩序！"

"说得好！"史密斯喊道，"为茶叶和无畏级战舰欢呼吧！"

"闭嘴，渣滓！"一个禁卫队员低吼着，"我们坚不可摧的军团……"

"哦，你可安静点吧！"史密斯厉声回答，那禁卫队员踉跄着后退，仿佛被打了似的。他像一条撞到了鼻子的狗一样低吼着，摇了摇头，试图驱散疼痛。

"精神控制。"奥瓦尔低声说道。

"他懂得'啸腾'。"蕾哈娜喘着气说。

"好了，你够了。"史密斯说道，他对自己有些惊讶，"听着，大蚂蚁，如果你想看一幅未来的图景，那就想象一下一只拷花皮鞋正踢着一个大红屁股——永远踢个不停。"

W点了点头。"说到这个话题，"他说道，"我们最近缴获了一大批很普通的伊甸啤酒和一堆音乐储存盘。明天，茶叶将会重新流动起来。但是今晚，我的朋友们——让我们尽情地享受舞蹈和烧烤吧！"

与尤利安星其他大部分地区不同，这里的风景温和宜人。

这个国家几乎全是森林，旅鼠人住在地面上或者树上。建筑的高度是地位的象征：尤里亚的农奴住在地上的棚屋里，而贵族则住在由通道连接的加固树屋里，农奴们偶尔会从下面往棚屋上扔石头。尤里亚西部最大的树屋要塞是泽克将军的城堡。

接走462的飞船着陆在泽克的城堡边缘，一辆地面汽车把他送到了里面。对尤尔人来说，现在是初秋。汽车驶过的时候，有落叶在空中飞舞。但是这里可不是什么乡村乐土。大门顶部的尖刺上有十几个毛茸茸的脑袋，平民们鬼鬼祟祟、心惊胆战。尤尔人知道应该如何管理星球，462想。

他由四个挥舞着斧头的卫兵带到了树屋。尤尔人的身高跟他差不多，但是他们都穿着仪式用的盔甲，这让他们有些笨重。462夹在他们中间，显得骨瘦如柴，气势汹汹。他跛得很厉害。他从火星人的战争机器上掉下来之后，很多东西都摔坏了，不过大多数还是坚硬而又管用的。

一台由农奴拉着的升降梯把他带到了树屋的最高点。一名仆从敲了一下帘子旁边的一小块三角铁，帘子后面有什么东西咕哝了一声。那仆人把帘子拉开，示意462进去。

房间里几乎没有什么设施，或者说干净得有些病态。窗户旁边有一个画架，前面站着一个身影，他穿着一件便袍，戴着一顶外星军团样式的帽子。那身影转了过来，鼻子抽动着。

"哼哼，泽克将军。"462说道。

泽克眯起眼睛看着462。他那一本正经的脑袋从一边歪到另一边，一双机灵的大眼睛在那噶斯特人的制服上转来转去。"嗯哼！"他说道，"我向你致以千万次的问候，指挥官。我听说你和可鄙的不列颠人打仗了。"

"你听说了？"

"是的！"那旅鼠人挺起了胸膛，"正如我们尤尔人说的，在没有一个红色的大屁股拖累的时候，消息是传播得最快的。欢迎来到寒舍，指挥官462。请放心待在这里，直到你的主人们召唤你去死，因为你在攻占瓮星的时候可耻地失败了。"

"还没有失败。"462说道。

"没有失败？"泽克笑了起来，那是一种尖利的窃笑，"愚蠢的外星蚂蚁，你被污秽的人类和肮脏的莫洛克人打败了。我嘲笑你的耻辱！哈哈哈！看，我在嘲笑你呢！"

462心想，杀了泽克应该会是一件令人感到愉快的事。可惜的是，他没有卫兵来执行这项任务，而跟所有的尤尔军官一样，泽克在近距离交锋的时候会是一个危险的敌人。"当我带着十亿个新盟友去找他们的时候，就不会失败了。"

"你是什么意思？"

"你要跟我去找他们。"

那约尔人点了点头，挠了挠他的长鼻子："嗯……你是想让尤尔的旅鼠人帮你，是吧？"

462忽视了这个问题。他那伤痕累累的脑袋在瘦削的脖子上向前探着。他注视着画架："有意思。"

"没错。"泽克指着画说，"这画的是阿尔达克山谷上空的云，那是一个以美丽和宁静著称的地方。你是无法理解这些东西的高贵的。"

"画中的这些人物在干什么？"

"是我站在一堆从外来者身上砍下来的四肢上给一个外来者开膛破肚。外来者都是懦夫，必须被消灭。我喜欢慢慢地杀死讨厌的外来者，哼哼！"

"自然了。这就是我想跟你说的。尤尔的旅鼠人有着传奇般的名声,将军,而你更是其中的佼佼者。即使在勇猛无畏的尤尔战士中,你也被称为——我该怎么说呢——一个谎话连篇、杀人如麻、心狠手辣的疯子。"

那军阀的触须骄傲地颤动着:"嗯,至少我在朝那个方向努力。"

"如你所知,我们目前正在展开毁灭地球的行动。地球人是一个奇怪的物种:他们平时越安静,战斗时就越凶猛。我的几个上司低估了地球人的顽固,尤其是那个不列颠太空帝国,他们也因为自己的错误被榨成了汁。另外,我们的同盟伊甸人已经暴露了自己的狂妄和愚蠢。"

"所以你想让他们被慢慢地杀死?乐意效劳!"

"不。我想让你们把残忍无情带给莫洛克人。"

"莫洛克人?这群卑鄙的渣滓!他们像野蛮人一样战斗,遵守着某种原始的荣誉准则。他们应该被砍死!"泽克的眼睛扫了一下墙上交叉的斧子,"砍死!"

462 捋了捋他的触角:"没错。而且在这场战争中,他们站在了地球人那边。"

泽克走到窗前,打开窗户,深深地呼吸了几口新鲜空气。下面,一个尤利安农民正在赶着一个松鼠犁队穿过他的小农场。泽克将军从袖子里抽出一把刀扔向农夫。462 听到远处传来一声尖叫。泽克关上了窗户,看起来心满意足。在旅鼠人中,生命是廉价的。

"那么。"他说道,"你担心的是噶斯特帝国会输?"

462摇了摇头:"我担心的是我们走向最终胜利的步伐可能会被拖慢。我们愿意给你们机会与我们分享这一胜利。你们要攻击莫洛克人的星球和银河系西部的人类。作为回报,你们将有机会杀死大量的低等外来者,并捕获无数的祭品。你们可以在空闲的时候折磨他们,或者把他们献祭给你们的战神。

"人类的时代已经终结,泽克将军。这是一个新时代的开始:噶斯特人的时代。你可以成为胜利者中的一部分。当然,如果你愿意的话,你也可以带领尤尔的旅鼠人走向命运的悬崖。所以,你所需要做的就是答应我们。我的仆人会跟你的仆人交谈,我们会把相应的文件整理好,然后订立盟约。"

泽克将军哼了一声:"哦,我明白了。所以,你是真的希望我抛弃成千上万条我勇敢的族人的生命,就为了在一群你执意要打败的可恶灵长类动物面前逞威风?你是在要求我让我的士兵们去送死,就为了满足我自己小小的施虐癖?"

"是的。"

"我什么时候能够开始?"

苏鲁克像哈姆雷特一样,伸直手臂举着一个头骨,给它的下颌骨上涂胶水。他站在约翰·皮姆号上自己的房间里,周围是他最喜欢的战利品。一个普洛克图兰撕裂兽的香蕉形脑袋在壁炉上对他笑着。

有人敲了敲门:"嘿,苏鲁克。你到底还去不去啊?"

"等一下，小女人。"苏鲁克说道，"我马上就过去。"

他把手伸进包里，掏出一大撮胡子，按在了头骨的胶水上。他对结果很满意，于是把头骨放在了架子上，旁边是一个戴着厨师帽的头骨。

不列颠太空帝国的人一直没有找到462，但是却发现了新伊甸帝国的基列船长，他昏迷不醒地躺在一个噶斯特人的地堡中，似乎是用自己的手把自己打昏了。因为海拉克斯已经死了，462似乎也逃离了这颗星球，他们决定把基列的脑袋运回地球，以谋杀和发动侵略战争为由对他进行审判。

苏鲁克负责在回家的路上看守基列船长。正如史密斯所指出的那样，这算不上是一项非常艰难的任务，只要基列能够在活着、没有受到进一步伤害、完好无损的情况下接受审判就可以——虽然他可能需要清洗一下。

苏鲁克取出他用来盛放垃圾的托盘，从嘴里吐进去一颗果核。他用靴子踩下踏板，垃圾桶的盖子弹了起来，他把盘子里的那些果核倒了进去。

"我要拉你下地狱，你这个猪脸的王八蛋！"垃圾桶里传出一个声音。

"当然。"苏鲁克合上垃圾桶，离开了房间。

卡尔薇丝在她的船舱里，差不多要出发了。她穿着她的蓝色连衣裙，检查了一下杰拉德的食物是否充足。仓鼠的轮子吱吱作响。苏鲁克环视了一下房间，里面有很多靠垫，还有一本印有设特兰矮种马的挂历，这让人感觉非常不舒服。

"你好。"苏鲁克说道。

"嘿,苏鲁克。你怎么样?"

"我挺好的。你呢?"

"总的来说还算不错。我的伤口正在愈合。"

"很好,因为我们必须谈谈。"

她走近了一些,眯着眼睛,满腹狐疑:"继续。"

"我听说你在战斗中救了伊桑巴德·史密斯的命。"

"哦,好吧,是的。"

"那么你做得非常好。你现在已经有过浴血的经验了。"苏鲁克说道,"我的族人有个习惯,就是在战场上浴血之前不能取名字。当我跟史密斯作战时,我给他取名叫'马祖兰',意思是'跳过懒狗的敏捷的棕色狐狸'。现在我决定给你取一个战士的名字。"

"哇。"她感到由衷的高兴,说道,"那——嗯,你真是太好了,苏鲁克。你知道,我之前就觉得我的军事才能早晚有一天会被人注意到。"她站得更直了一些,继续说道,"我的战士名字叫什么?"

"阿诺拉克。"

"什么?阿诺拉克?你是在拿我寻开心呢?就不能换一个吗?"

苏鲁克看起来很受伤,她从来没见过他这样:"阿诺拉克是一个尊贵的名字!"

"但是,苏鲁克,'阿诺拉克'是书呆子们穿的某种外套。你不能那样称呼我。"

"那么,也许你应该考虑一下在我的语言中这个词的意思,而不仅仅是你的语言里的意思。"

卡尔薇丝皱起了眉头:"嗯,我想,你说得也对。那么,它是什么意思呢?"

"它的意思是……'小猪'。"

"小猪?这是我的名字?真见鬼。行吧,就小猪吧!不过对你来说,它的意思是'波莉',好吧?最好是'波莉公主'。"

苏鲁克面露愠色:"我的妥协是有限度的,小猪公主。不过,你的莫洛克名字可以按照你的意愿保密。现在,我们必须趁着天黑和大家都喝醉的时候赶去参加庆祝活动,否则你就找不到能够发泄你那肮脏的春情的人了。如果是那样的话,你就会——等等,我还记得那句话——变成一个肥胖而又可悲的大龄剩女了。"

他们到达会场的时候,派对正值高潮。啤酒无限畅饮,但是海拉克斯的法律却让这些居民对茶产生了新的渴望。火车站的水箱下面生起了一堆巨大的篝火,水箱被洗得干干净净,里面装满了珍贵的茶叶。明天,它将为通往种植园的铁路服务;但是今晚,它被当作一口巨大的锅。

苏鲁克和卡尔薇丝沿着大街走着。一个小贩从一个烧烤架上给他们拿了一些香肠。男男女女三五成群地经过,喝着酒,欢呼着。今天之前,他们一直是士兵,但是现在,他们又成了市民,成了为联合园艺设施监管机构工作的茶农。

"看,"苏鲁克说道,"庆祝活动。"

人影在篝火的映照下笨拙地移动着,每个人都有着自己的节奏。他们像兴奋的僵尸一样摇晃着,胡乱地挥着手。不列颠人在跳舞。

伊桑巴德·史密斯站在舞动的人群边缘，一只手里端着一大杯啤酒，另一只手里拿着茶杯。他在跟W说话，但是眼睛却盯着篝火。当他们走近的时候，史密斯转了过来，朝他们点头示意："你们好啊！玩得怎么样？"

"挺好的。"苏鲁克说道，"就是食物比较让人失望。这个'热狗'明显就是一种香肠。我也严重怀疑在这里卖汉堡的商家当中没有一个值得期待的。我想知道还有没有剩下来的葡萄干布丁？"

"祝你能找到。"史密斯说道。那外星人跳进人群里，消失在了视野之中。

史密斯叹了口气，低头看着卡尔薇丝："谢谢你之前在战斗的时候照顾我。你干得非常好，卡尔薇丝。我很高兴看到你又恢复了状态。"

她咧嘴一笑，耸了耸肩："嗯，你知道我的，天生就喜欢把事情闹大。哦，看呐——奶酪和菠萝棒！"

W给她递了一把。"来加入我们吧！"他说道，"我和史密斯刚才在讨论下一步的工作。既然军队又有茶喝了，我在想着去搞一下尤尔人。他们现在建立了一个被他们称为'银河友谊计划'的帝国。我们觉得这听起来不太妙。啊，温斯科特在那儿呢！"他指着篝火继续说道，"还有米切尔小姐。"

史密斯回过头来看着那些在火光中跳舞的人影。温斯科特本可以成为一个战争英雄，一个无所畏惧的领袖，但是他跳舞的时候却像个婚礼上的大叔。相比之下，蕾哈娜既摩登，又富有表现力，几乎到了一种令人尴尬的程度。卡尔薇丝在史密斯旁边站了一会儿,看着蕾哈娜跳舞。

"那么,你跟'呼啸山庄'小姐是一对了?"

"我不确定。"史密斯说道,"你知道,自从那次战斗以来,我几乎没怎么跟她说过话。一切都是那么忙乱。"

卡尔薇丝点了点头:"好吧,你知道的,感情这东西不能操之过急。静待良机吧!等待合适的时机跟她说一说你的真实感受,然后再与她共度良宵。"

"谢了,卡尔薇丝。"

"乐意效劳。"

两个高大的身影从阴影中走了出来,跟他们打着招呼:"史密斯!苏鲁克!阿诺拉克!"

"怎么了?"卡尔薇丝说着,立刻在心里给自己提了个醒:不要再答应一个意思是"小猪"的名字了。是阿格煞德和莫尔加在叫他们。莫尔加看起来有些不舒服,但考虑到他的伤势,这已经算很好了。莫洛克人的伤口愈合得很快,不出一周,他就能恢复正常了。现在,他的手上缠着绷带,翻领毛衣下面有一些隆起,那肯定是一处伤口的敷料。他走路的时候有点跛。

阿格煞德的手插在他那件巴伯尔外套的口袋里。他的脖子上围着一条围巾。

"你们好,我的亲人们!"苏鲁克说道。

"大家好。"阿格煞德回应道,"我们想我们在离开之前最好跟你们打声招呼。"

"你们要走了？"史密斯问道。

莫尔加点了点头："没错。我们在这里的任务已经完成了，而且说实话，这种聚会我不是很习惯。它有点，你知道的，太热闹了。不过还是要谢谢你。这次的经历让我们受益良多。"

"是啊！"阿格煞德说道，"你知道，史密斯，当你为我们提供跟你并肩作战的机会时，我觉得你是个傻瓜，就是那种认为'机敏'是一种黄鼠狼的傻瓜。但是你帮助我重新找回了我们浴血奋战的传统，你还让我学会了要为我的两个儿子都感到骄傲：我务实的儿子莫尔加，他给家里带来了一份收入；还有我这原始的战士儿子苏鲁克——他不赚钱养家。这是个非常棒的假期。"他补充道，"我要向办公室里的所有朋友推荐战争。你可以称之为从收税员变成刀斧手！"

苏鲁克微微鞠了一躬："我就知道我的家庭还是很值得尊敬的。再见了，父亲。再见了，莫尔加。"

他们没有拥抱：莫洛克人不喜欢表露情感。好吧，史密斯看着他们离开，心里想。很快，他就得和蕾哈娜谈谈了。他不知道应该说些什么。事实上，不知道怎么回事，跟她有过一次肌肤相亲之后，他们俩之间变得比以前更尴尬了。他们是情人、伴侣、爱人？还是说，她只是犯了一个可怕的、赤裸裸的错误？也许她根本就不需要我，他想。也许她只是有些困惑什么的。困惑？因为什么？别瞎想了，他告诉自己。坦然面对吧！

苏鲁克在他旁边咯咯地笑着："我还以为我的父亲不会耍什么花招了呢！他竟然设法把一本有关法学院的小册子塞进了我后

面的口袋里。"

史密斯并没有在认真听。蕾哈娜已经不再舞动——他发现摇摆爵士乐还没有完全消失——而且正在走过来。

"嘿，大家伙儿！"她喊道，"在这里！过来吧，伙计们！"

他们跟她一起吃了素食烧烤。几把野餐椅大致被摆成了一个半圆形，温斯科特和他的人已经在那里了，他们正搬着一箱缴获的啤酒在那里忙活。苏姗的胳膊用吊带吊着。W小心翼翼地坐了下来，帮她打开了一瓶啤酒。就连瑞克·德莱基特也在那儿，他在人群的最远处，盯着一杯威士忌，火光照在他的胡茬上。

他们一安顿下来，蕾哈娜就关掉了收音机。他们能隐约听到城市里其他派对传来的音乐，但他们这群人却突然间变得安静而又亲切。他们看起来有些紧张。

"嘿，伙计们。"蕾哈娜说道，"在今天这个特殊的日子里，我觉得在集体中表达我们的感受是非常重要的。我觉得我们今天已经分享了一些非常重要的东西，我们还展示了我们对压迫性暴政的反抗，对吧？"

"对，太对了，太好了。"温斯科特说着，站了起来，明显松了口气。

"我还没说完呢！"蕾哈娜说道。他又闷闷不乐地坐了回去。"现在，"她说着，把一绺脏辫拨到旁边，"我们所有人都经历了一次相当大的冒险。而且，任何一个像我一样熟读托尔金全集的人都会知道，冒险的结尾往往会有一个派对——还有一首歌。"

她把手伸到座位后面，拿出了一把原声吉他。人群中响起了一阵不安的抱怨。"这是我自己写的。"

史密斯做了个鬼脸。尽管他很爱蕾哈娜,但他内心中的一个黑暗的部分却在低语:"民谣音乐——直到死亡把你分开。"他发现了一根小香肠,把它掰成了两瓣。蕾哈娜拨弄着琴弦,发出了声响。

"哦,我的上帝啊,我的伤口!"卡尔薇丝喊着,她跳了起来,双手抱头,摇摇晃晃地走了。蕾哈娜弹了一个和弦。卡尔薇丝又跌跌撞撞地回来了,她抓住德莱基特的胳膊,把他拖在身后,跟跟跄跄地离开了。"还有他的伤口!"她喊着,然后他们就消失在夜色之中。

"好了。"蕾哈娜说道,"我要开始了。你们可以跟着我一起唱副歌:如果有听众加入的话,唱歌总是会……更真实一些。"

在茫茫太空和星辰之中,
有一个东西指引着人类前行,
它既不是政治,也不是信仰,
而是茶叶决定着未来的方向。
长期的安逸让我们将此遗忘,
迪德科特已经被外星人盯上。

噶斯特人和伊甸人来入侵了,
这是一件很严重的事情,
他们散布仇恨、侵扰人民,
还强行建立了一个神权政体。

他们的计划是征服银河系——
因为他们上面有位老大哥。

他们强占了我们的土地和财产,
还试图将历史一并改写,
他们用暴政压迫我们,
但是永远不能夺走我们的茶叶。

瓮星的居民守护着他们的家园,
勇敢的男人和女人们,
为了他们的未来而战。
莫洛克人却碰巧是无性的,
万一有的话,还要记住,
那些转换了性别的人。

所以我们反抗他们的残酷政权,
摧毁了他们的坦克和战争机器。
我承认,对于某些人来说,
非暴力手段只会让你挨打,
而且在有等离子炮的时候,
也没必要使用甘地的手段。

他们强占了我们的土地和财产，
还试图将历史一并改写，
他们用暴政压迫我们，
但是永远不能夺走我们的茶叶。
这个故事告诉我们，
茶是流动的。
还有——大家都去哪儿了？

当蕾哈娜环顾四周的时候，史密斯偷偷地把耳朵里的两瓣小香肠取了出来。深空行动小组利用强大的潜行能力悄悄溜进了黑夜之中，毫无疑问，他们是去寻找啤酒和摇滚乐了。

"好像就剩下我们了。"史密斯说着，站了起来，走到她附近的一把椅子旁，把椅子朝她拉了拉，然后坐了下来。"好了。"他说道。

"嗯。"蕾哈娜颇为惆怅地说道。

"那么，你介不介意我……"

他靠了过去，准备吻她，她却往后退了退："伊桑巴德，我们得谈谈。"

"谈谈。好的，当然。"他往后靠在野餐椅上思考了片刻。这一定就是人们说的"前戏"。毫无疑问，她期望着他能说点什么，好让她进入状态。"这首歌真好听。"他说道。

蕾哈娜转过来看着他，他吃惊地发现她的脸上流露出真诚的忧虑。突如其来的恐惧将他整个人都占据了——一些不好的事情马上就会发生,而且看起来似乎不会是什么粗鲁的事情,而是一段关于为什么应该赋予海豚选举权的催泪独白。

"这样行不通的,伊桑巴德。"她说道。

"胡说。"他高兴地说,"我只喝了三大杯。就像卡尔薇丝说的那样:只要你转一转摇把,还是可以让一辆旧车上路的。"

"不是那样的。"蕾哈娜回应道,"问题不在你,伊桑巴德,而在我。"

"你?如果是因为你是半个外星人的话,我真的不介意。又不是说你是比利时人什么的。"

"很快你又得离开了。"蕾哈娜说道,"而我必须留在这里,跟政府的人待在一起,学习如何运用我的能力。伊桑巴德,不管怎么样,我都无法靠近你。我们应该像朋友一样分手。"

"但是——但是——你什么意思啊?我们总不能握个手然后一走了之吧?我们——你知道的——做过了。这很重要,不是吗?"他突然警觉起来,又接着说道,"我们的确做过了,对吧?"

"是的,我们的确做过了。"她伤心地说道。

"另外,你不是也喜欢自由恋爱之类的东西吗?我的意思是,我可自由得很呢!"

"哦,伊桑巴德,如果你对此稍微有些经验的话,我不会拒绝的。但是我不想伤害你。我知道你对我有感情,我也知道我们不会有什么结果。为了我们两个人,必须结束这种状态。"

"别说什么我的感情!我是英国人,看在上帝的分上。我不在乎感情。我几乎没有感情。蕾哈娜,这样不公平。如果我是一个更糟糕的人,那你今晚就会跟我在一起。这究竟是什么逻辑?"

"我想这样对……"

"该死的女人!"史密斯站起来喊道,"你们这些人是怎么回事?一个人从马上摔下来,整个世界就得跟着一块玩完?好吧,"他最后说道,"我受够了。你爱做什么就做什么吧!我要找的是一个理智、正直,并且真正关心做正确事情的人,而不是让人失望、让人胡思乱想的人。"

"你们好。"杀戮者苏鲁克一边说着,一边走了过来,"有人想杀死任何人吗?"

"没有,谢谢。"

"我刚刚经历了我一生中最恶心的一件事。侏儒卡尔薇丝正在厨房的桌子上奖励赏金猎人德莱基特呢!"他皱起了眉头,"实际上,还挺激烈的。有的时候,能无声地走路也不算什么好事。"他瞥了蕾哈娜一眼,"她哭了,史密斯。这我可管不着。"他转过身,往前走了一步,又回过头来,"除非你想让她被杀死?"

史密斯看了看,蕾哈娜哭了。"不用了,苏鲁克。"他说道,"不过还是谢谢你的好意。"

苏鲁克耸了耸肩:"只是一个念头。"他信步走进黑暗之中,愉快地用下颚吹着口哨。

史密斯匆匆回到座位上。蕾哈娜在哭泣。那是一种安静的、有些烦人的哭泣,就像什么东西慢慢地漏了出来一样。"哦,蕾哈娜。"他俯着身子说道,"我很抱歉。我不是故意那么粗鲁的。只是,你知道,这似乎也太……"

他没能把话说完。她倾过身体吻住他,快得就像普洛克图兰撕裂兽的卵在宿主身上寄生一样。他还没来得及晕过去,她就停了下来。她看着他,摇了摇头,好像很惊讶。

女人,他想,真的很奇怪,非常奇怪。

"哦,伊桑巴德。"她说道,"你真的认为我们之间会有结果吗?"

"我看不出有什么不可以的。我连太空飞船都能开,差不多吧,你应该去仪表板那儿看看。"

她笑了:"嘿,我刚刚想到了一个很棒的主意。"

"真的吗?"

蕾哈娜诡秘地往前靠了靠:"你知道那个被他们当茶壶用的水箱吧?篝火快灭了。茶应该还是热的。"

"是的,没错。怎么了?"

"想去游泳吗,伊桑巴德?"

"但是我没带泳衣啊!"

她咧嘴一笑:"我也没有。"

"嗯,那就没办法了……哦,我的上帝啊,你是说……"

"是的。"

让他意外的是,自己居然没有当场昏过去。

"哎呀。"他说道,"嗯,我本来想说,天呐。茶来了!"

致谢

如果没有家人和朋友的鼓励,我永远也无法完成这本书。我尤其想要感谢红波、密尔弥冬,以及韦鲁勒姆作家圈的每一个人,感谢他们的帮助;还要特别感谢我那长期受苦的父母,以及我的朋友欧文(尽管他并不喜欢喝茶)。我向你们所有人举杯。

版权专有　侵权必究

图书在版编目（CIP）数据

迪德科特的神皇 /（英）托比·弗罗斯特著；刘炳耀译. —北京：北京理工大学出版社，2020.3

（史密斯船长大事记）

书名原文：God Emperor of Didcot

ISBN 978-7-5682-8123-2

Ⅰ. ①迪… Ⅱ. ①托… ②刘… Ⅲ. ①幻想小说–英国–现代 Ⅳ. ①I561.45

中国版本图书馆CIP数据核字（2020）第021683号

北京市版权局著作权合同登记号　图字：01-2019-5999

Cpoyright © Toby Frost 2018

Toby Frost has asserted his right under the Copyright, Designs and Patents Act 1988 to be identified as the author of this work.

The simplified Chinese translation rights arranged through Rightol Media(本书中文简体版权经由锐拓传媒取得 Email: copyright@rightol.com)

出版发行	/ 北京理工大学出版社有限责任公司
社　　址	/ 北京市海淀区中关村南大街5号
邮　　编	/ 100081
电　　话	/（010）68914775（总编室）
	（010）82562903（教材售后服务热线）
	（010）68948351（其他图书服务热线）
网　　址	/ http://www.bitpress.com.cn
经　　销	/ 全国各地新华书店
印　　刷	/ 三河市华骏印务包装有限公司
开　　本	/ 880毫米×1230毫米　1/32
印　　张	/ 10.5
字　　数	/ 214千字
版　　次	/ 2020年3月第1版　2020年3月第1次印刷
定　　价	/ 49.80元
责任编辑	/ 李慧智
文案编辑	/ 李慧智
责任校对	/ 周瑞红
责任印制	/ 施胜娟
排版设计	/ 飞鸟工作室

图书出现印装质量问题，请拨打售后服务热线，本社负责调换